맹수주의보

이하린 장편소설

3

단글

맹수주의보 3

초판 1쇄 인쇄 2015년 11월 4일
초판 1쇄 발행 2015년 11월 11일

지은이 이하린
발행인 오영배
기획 박성인
책임편집 김보나
표지 일러스트 권정아
제작 조하늬

펴낸곳 (주)삼양출판사 · 단글
주소 서울시 강북구 도봉로 173
대표 전화 02-980-2112 **팩스** / 02-983-0660
출판등록 1999년 3월 11일 제9-00046호.

ISBN 979-11-313-0422-8 (04810) / 979-11-313-0419-8 (세트)

 **단글**은 (주)삼양출판사의 로맨스 문학 브랜드입니다.

맹수주의 보

이하린 장편소설

3

달글

| 차 례 |

1.
초콜릿보다 더 달콤한

"뭐 하나 물어봐도 돼?"

"뭔데요?"

"대체 무슨 음식을 하려고 하길래 이런 재료들이 다 필요한 거야?"

두 사람은 마트에서 장을 보는 중이다. 차윤성은 카트 안에 차곡차곡 담기는 음식 재료들을 가만히 지켜보다가 문득 궁금해졌다.

그의 질문에도 서다래는 눈 하나 꿈쩍하지 않은 채 당당하게 말했다.

"이따가 먹어보면 알아요. 다 필요해서 사는 거니까 의심하지 말아요."

"의심이라니. 그냥 궁금해서 물어본 거야."

차윤성은 전혀 조합이 맞지 않는 음식 재료들을 눈으로 한 번 훑어보곤 다시 시선을 돌렸다. 말 그대로 이 재료들로 어떤 결과물이 나오든 상관없었기 때문이다.

중요한 사실은 서다래가 그를 위해 해 주는 음식이라는 것이다.

차윤성은 크게 내색하진 않았지만 그 사실이 매우 기분 좋았다.

드르륵.

서다래는 카트를 끌며 걷고 있는 차윤성의 옆모습을 슬쩍 훔쳐봤다.

그는 아는지 모르는지 모르겠지만, 이 마트 안에서 장을 보고 있는 모든 아줌마들의 시선이 차윤성을 향하고 있었다.

그리고 이렇게 주목받는 남자의 옆에 선 여자는 다른 누구도 아닌 서다래, 자신이었다.

마냥 좋기도 하고 불안하기도 한 복잡미묘한 감정이 들었다.

서다래가 잠시 생각에 빠질 때였다.

다시 들려온 차윤성의 목소리가 그녀의 상념을 깨웠다.

"아까 오이도 필요하다고 했지? 저기 있는데, 하나 담을까?"

마치 어렸을 때 엄마 손을 잡고 마트에 온 것처럼 오늘따라 천진난만해 보이는 차윤성의 모습에 서다래는 자신도 모르게 미소 지었다.

살짝 고개를 끄덕이며 그녀가 입을 열었다.

"네. 오이까지 사면 이제 대충 다 산 것 같네요."

말을 하며 서다래는 혹시나 빼놓은 것이 없나 제자리에 서서 다시 한 번 주변을 둘러보았다. 그 덕분에 카트를 끌고 오이가 있는 쪽을 향해 걷던 차윤성과 몇 걸음 거리가 벌어졌다.

우뚝.

확!

그 사실을 금세 눈치챈 차윤성이 걸음을 멈추고 뒤편에 우두커니 서 있는 서다래의 손을 잡아챘다.

"아!"

갑자기 느껴지는 차윤성의 손길에 서다래가 순간 놀라 그를 쳐다볼 때였다.

차윤성이 나지막이 말했다.

"내 옆에서 떨어지지 마."

말을 함과 동시에 그는 잡은 서다래의 손을 살짝 잡아끌었다. 그러자 그녀가 차윤성의 힘에 못 이겨 한 걸음 앞으로 더 가까이 다가왔다.

하지만 다시 옆에 가까워졌음에도 불구하고 차윤성은 잡은 서다래의 손을 놓지 않았다.

마주잡은 손이 뜨거워서 서다래는 자신도 모르게 다른 곳으로 시선을 피했다. 그러곤 이유 없이 밀려드는 부끄러움을 감추기 위해 투덜거리듯이 말했다.

"뭐예요? 어린애도 아니고 유치해요."

"날 이렇게 만든 건 너야."

차윤성의 매력적인 낮은 목소리가 서다래의 가슴에 부채질을 했는지 심장이 뛰어왔다.

그때였다.

무심코 고개 돌린 방향에서 차윤성과 자신이 같이 걷고 있는 모습이 유리에 비쳐 보였다.

손을 마주잡은 채 카트를 끌며 장을 보는 모습이 마치 신혼부부 같단 생각이 들어 서다래의 얼굴이 붉게 변했다.

* * *

치지직.

요리를 하는 서다래의 뒷모습을 차윤성이 안절부절못하며 뒤에서 지켜봤다.

참다못한 그가 결국에 입을 열어 말했다.

"도와줄까?"

"아니에요. 잘 되어 가고 있는데 도와줄 거 없어요."

서다래의 대답만 듣자면 너무나도 아무렇지 않아 보였지만, 차윤성의 눈에는 전혀 잘 되어 가고 있는 것처럼 보이지 않았다.

프라이팬에서 타고 있는 정체 모를 음식도 그랬지만, 그가 신경이 쓰이는 건 음식이 맛이 있고 없고가 아니다.

서다래의 어설픈 요리 솜씨를 보고 있자니 그녀가 금방이라도 다칠 것만 같았기 때문이다.

칼질을 할 때도 옆에서 얼마나 전전긍긍했는지 그 짧은 새에 수명이 조금 줄은 느낌이 들 정도다.

여전히 불안한 시선으로 그녀를 바라보고 있을 때였다.

휘익!

다급하게 움직이던 서다래의 손이 프라이팬에 가까이 다가갔다. 당장이라도 프라이팬에 손이 데일 것 같은 순간이었다.

덥석.

지켜보고 있던 차윤성이 재빨리 손을 뻗어 서다래의 손을 잡아챘다.

칙!

덕분에 서다래의 손을 감싼 차윤성의 손등이 프라이팬에 닿아 데이고 말았다.

"앗! 괜찮아요?"

"조심해야지. 다칠 뻔했잖아."

"고마워요. 그런데 윤성 씨 손 데인 거 아니에요?"

차윤성은 살짝 붉게 변한 손등을 은근슬쩍 뒤로 감추면서 나지막이 말했다.

"아니야. 안 데었어."

"휴, 다행이네요. 이제 뒤에 앉아 있어요. 거의 다 됐어요."

불안한 마음이 남아 있었기 때문에 잠시 망설였지만 차윤성은 결국 하는 수 없이 고개를 끄덕였다.

차윤성이 의자를 빼서 앉아 있으니 정말 곧이어 서다래가 한 음식들이 식탁 위에 차려지기 시작했다.

서다래가 마지막으로 프라이팬에서 한 음식을 접시에 담다가 아무래도 너무 까맣게 탄 것 같아 쓰레기통에 버리려고 할 때였다.

그녀의 움직임을 눈치챈 차윤성이 말했다.

"그걸 왜 버려?"

"이건 너무 타서 못 먹을 것 같아요. 그래서 재빨리 뒤집으려고 한 건데……."

"가지고 와. 내 거야."

"예?"

"날 위해 해 준 음식이잖아. 그럼 내 거야. 마음대로 버리지 마."

차윤성은 자리에서 일어나서 저벅저벅 걸어오더니 서다래의 손에 들려 있던 음식을 빼앗아 식탁으로 가지고 갔다.

"그, 그거 먹지 말아요! 탄 거 먹으면 몸에 안 좋단 말이에요."

"내가 알아서 해."

고집을 부리는 차윤성을 바라보며 서다래는 내키지 않았지만 하는 수 없이 자리에 가서 앉았다. 의자에 앉자 서다래는 잠시 잊고 있었던 게 떠올라서 다시 벌떡 자리에서 일어났다.

서둘러 냉장고 문을 열고 그녀가 가지고 온 것은 다름 아닌 막걸리였다.

탁!

차윤성은 복잡한 눈빛으로 식탁 위로 올라온 막걸리 병을 가만히 쳐다보다가 나지막이 말했다.

"나 책임 못 질 거면, 술은 안 하는 게 좋을 텐데."

"어차피 집에서 먹는 건데 뭐가 걱정이에요? 내가 다 책임질 테니까 걱정 말고 마셔요."

"……정말 책임질 수 있겠어?"

"당연하죠."

뭐가 문제냐는 듯이 당당하게 말하는 서다래를 차윤성이 잠시 쳐다보다가 다시 입을 열었다.

"네가 그렇다면야…… 나도 더는 사양 안 해."

차윤성은 더 이상 말없이 막걸리 병을 들어 서다래 앞에 놓인 사발에 따라 주었다. 그러곤 자신의 잔에 막걸리를 채우고 들었다.

막걸리가 담긴 그릇을 내미는 차윤성의 잔을 보곤 서다래가 자신의 잔을 갖다 대며 건배했다.

챙!

그릇이 부딪치며 안에 담겨 있는 막걸리가 출렁거렸다.

막걸리를 한 잔 마신 차윤성의 젓가락이 드디어 식탁 위에 놓인 음식들을 향해 움직이기 시작했다.

그의 젓가락에 집힌 음식이 차윤성의 입안으로 들어가는 모습을 서다래가 잔뜩 긴장한 상태로 바라보고 있었다.

꿀꺽.

자신도 모르게 마른침을 한 번 삼킨 서다래가 조심스레 물었다.

"어때요?"

떨리는 눈동자로 자신을 바라보고 있는 서다래의 시선을 눈치챈 차윤성이 피식 웃으며 답했다.

"맛있어. 최고야."

차윤성의 칭찬에 서다래의 얼굴이 순간 환해졌다.

"정말요? 어디 한번 봐요."

서다래는 재빨리 자신의 젓가락으로 차윤성이 먹었던 음식을 한 점 집어서 입에 넣었다.

입 안에서 한 번 씹자마자 서다래의 안색이 파랗게 변했다.

"이게 뭐예요…… 너무 짜요."

소금에 한 번 흠뻑 담갔다가 건진 것처럼 짠 맛에 서다래는 충격을 받고 말았다.

대학교에 들어오고 나서 너무 바빠진 탓에 요리를 멀리하긴 했지만, 집에 있을 땐 짬짬이 동생들에게 음식을 차려줬던 그녀다.

그런데 이건 예상보다 너무 심했다.

서다래는 잠시 멍해진 정신을 추스르며 재빨리 다른 음식들도 입에 넣어 맛을 봤다.

음식을 하면서 중간에 맛을 보긴 했지만, 한 번에 이것저것 여러 개의 요리를 하느라 다 세심히 맛보지 못했다.

서다래는 마치 돌멩이라도 씹는 것 같은 표정으로 자신이 만든 음식을 먹고는 어깨를 축 떨어트린 상태로 말했다.

"……미안해요. 내가 너무 자만했어요. 다시 생각해 보니까 요리를 안 한 지 꽤 오래 됐는데, 예전처럼은 맛이 날 줄 알았어요."

서다래가 스스로 자책하는 모습에 차윤성은 말없이 손을 올려 그녀의 머리를 쓰다듬어 주었다.

슥슥.

부드러운 느낌에 서다래가 숙이고 있던 고개를 들자 사랑스럽다는 듯이 자신을 바라보고 있는 차윤성의 얼굴이 보였다.

따스함을 머금고 그녀를 바라보는 시선에 서다래는 이유 없이 가슴 두근하고 뛰어왔다.

차윤성이 나지막한 목소리로 말했다.

"누가 맛없대?"

"그럼 이게 맛있어요?"

"말했잖아. 최고라고."

"거짓말하지 말아요."

"진짜야. 내 입맛엔 딱인데 뭘 그렇게 풀이 죽고 있어."

자신을 위로하려는 차윤성의 태도가 너무 뻔히 느껴져서 서다래는 미안한 마음에 괜스레 더 투덜거리듯이 답했다.

"그게 정말이면 윤성 씨 입맛이 이상한 거라고요."

서다래의 말에도 차윤성은 눈 하나 깜빡하지 않은 채 다시 젓가락을 집어 들며 그녀가 해 준 음식들을 먹기 시작했다.

"나한텐 최고야. 네가 날 위해 해 준 거잖아."

정말 맛있다는 듯이 음식을 먹기 시작하는 차윤성을 바라보며 서다래는 아연질색하고 말았다.

본인이 한 음식들이 얼마나 맛이 없는지 아까 먹어보고 알았기 때문이다.

"아, 알았어요. 그 정도면 충분히 위로가 됐으니까 그만 먹어요. 그러다가 정말 배탈 나요. 이 음식들은 버리고 다른 거 시켜 먹어요. 네?"

방금 전과 달리 오히려 서다래가 차윤성을 타이르듯이 사정하며 말을 했다. 하지만 그녀의 이런 말에도 차윤성은 젓가락질을 멈추지 않은 채 말했다.

"누구 마음대로 버리겠다는 거야? 말했잖아, 음식은 네가 했지만 전부 내 거야."

정말 기분 좋다는 듯한 표정으로 고집을 부리고 있는 차윤성을 보고 있자니 서다래는 기가 막힐 수밖에 없었다.

남들이 보면 그녀가 그에게 아무것도 해 준 게 없는 줄 알겠다는 말을 하려다가 서다래는 멈칫한 채 입을 다물 수밖에 없었다.

정말로 그녀가 차윤성을 위해 해 준 것이 하나도 생각이 나질 않았기 때문이다.

예전에 그를 위해 전기구이 통닭을 사 온 적은 있었지만 그건 그가 모르는 일이다. 불면증을 고쳐주기 위해 찾아간 적은 있었지만, 사실 그건 회사에 들어가기 위한 조건에 포함된 행동이었다.

결론적으로 하나를 받았기에 하나를 준 적은 있을지 몰라도 순수하게 그를 위해 이렇다 할 무언가를 해 준 적이 없다는 사실을 깨달은 서다래는 스스로를 자책했다.

맛있게 먹고 있는 차윤성을 쳐다보며 서다래는 눈덩이처럼 커진 미안한 마음에 작은 목소리로 중얼거리듯이 말했다.

"고작 이런 걸로 그렇게 좋아하면 내가 너무 미안해지잖아요."

서다래의 작은 목소리를 정확히 들은 차윤성은 그녀를 똑바로 쳐다보며 말했다.

"네가 나한테 해 주는 것 중에 고작이라 부를 만한 건 하나도 없어."

차윤성의 가벼운 말 한 마디에도 서다래는 가슴이 술렁거렸다.

그녀는 빠르게 뛰는 심장을 진정시키며 애써 침착한 표정으로 다시 한 번 그를 향해 물었다.

"정말…… 다 먹을 생각이에요?"

차윤성은 당연하다는 듯이 조금의 망설임도 없이 고개를 끄덕이며 말했다.

"내 행복을 뺏어가지 말아줬으면 좋겠는데."

지금까지 차윤성이 한 입으로 두말하는 것을 본 적이 없었기에 서다래는 지금 그의 말이 진심이란 사실을 알았다.

서다래는 작게 한숨을 내쉬며 고개를 끄덕였다.

"알겠어요. 맛이 없어서 창피하지만 그래도 첫 작품이니까 같이 먹어요."

"그 말은 두 번째 작품도 만들겠다는 소리로 들리는데?"

"이렇게 망했는데 당연히 재도전해야죠. 나중에 명예회복할 거니까 그땐 기대해요."

열의를 불태우는 서다래의 말에 차윤성은 어설픈 요리 솜씨로 다칠 뻔했던 그녀가 떠올라 걱정이 앞섰다.

"네가 해 준 음식을 먹는 건 좋지만…… 그래도 넌 요리를 하는 것보단 그냥 맛있게 먹는 편이 낫겠어."

"왜요, 맛없어서요?"

"아니라니까 몇 번을 말해. 그냥 네가…… 다칠까 봐 그래."

"요리하다가 다쳐 봤자 얼마나 다친다고요."

"싫어. 네 몸에 작은 상처라도 나는 거."

상상만으로도 정말 싫다는 듯이 표정을 딱딱하게 굳히는 차윤성을 바라보며 서다래는 괜스레 웃음이 새어 나왔다.

"풋. 그렇게 내가 걱정이 되면 밖에는 내보낼 수 있겠어요?"

"마음 같아선 나 없인 아무데도 내보내고 싶지 않지. 왜, 그럴 마음 있어?"

"진심으로 묻지 말아요. 그런 생각은 속으로 참아달라고요."

그렇게 두 사람은 처음 계획했던 대로 화기애애한 분위기로 대화를 나누며 막걸리를 반주 삼아 식사를 시작했다.

서다래는 본인이 만들었지만 너무나도 맛이 없는 음식 탓에 막걸리만 홀짝거리며 마셔댔더니 생각보다 취기가 금방 올라왔다.

어느새 불그스름하게 변한 얼굴로 턱을 괸 채로 차윤성을 가만히 바라보다가 서다래가 말했다.

"내가 왜 좋아요?"

"뭐?"

"말해 줘요, 내가 좋은 이유가 있을 것 아니에요. 정말 궁금해서 그래요."

다짜고짜 묻는 단도직입적인 질문에 차윤성은 당황할 수밖에 없었다.

"그런 게 어디 있어. 좋으면…… 그냥 좋은 거지."

"치. 좋은데 이유가 왜 없어요?"

붉게 변한 얼굴로 투정부리는 서다래를 바라보며 차윤성이 말했다.

"서다래, 벌써 취한 거야?"

"아니요. 아직 멀쩡한데요?"

"이렇게 주량이 약해서야 나 없이 밖에서 술 마신다고 하면 내가 허락이나 할 수 있겠어?"

"아니에요. 나 정말 완전 멀쩡하다니까요, 봐요."

드륵.

서다래는 의자를 뒤로 빼며 자리에서 벌떡 일어났다. 갑작스러운 그녀의 행동에 일순 차윤성조차도 놀라서 그녀를 쳐다봤다.

타박타박.

서다래는 그 자리에서 몇 걸음 걷기 시작했다.

아마 똑바로 걷는 모습을 보여주려고 하는 듯 보였다. 하지만 실상 그녀의 걸음걸이는 삐뚤삐뚤하기 그지없었다.

어딘가 부딪칠 것 같은 불안함에 차윤성이 재빨리 자리에서 일어나 서다래의 어깨를 잡아챘다.

덥석.

갑자기 다가온 차윤성을 보고 서다래가 깜짝 놀란 눈으로 그를 올려다볼 때였다.

차윤성이 어처구니가 없다는 듯이 웃음을 흘리며 나지막이 말했다.

"이 주정뱅이."

"아니에요. 나 하나도…… 안 취했어요."

"그래, 알았어."

차윤성이 서다래의 어깨를 쥔 채 건성으로 대답을 할 때였다.

스륵.

서다래의 머리가 그대로 차윤성의 가슴을 향해 다가가 기대었다.

그러자 그녀의 달콤한 샴푸 냄새가 확하고 풍겨왔다.

여유로웠던 차윤성의 행동이 순간 딱딱하게 굳어버렸다.

휙.

서다래가 고개를 위로 번쩍 치켜들며 차윤성을 바라봤다. 품에 안겨 있다시피 한 자세에서 고개를 들어 올리니 두 사람의 얼굴이 한순간에 아주 가까워졌다.

서다래는 붉게 달아오른 얼굴로 차윤성의 얼굴을 빤히 바라보며 조심스레 말했다.

"말해 줘요. 정말 알고 싶단 말이에요."

"뭘 말하는 거야?"

"윤성 씨가 날 왜 좋아하냔 말이에요."

"그 말은 마치 내가 널 좋아하면 안 된다는 소리처럼 들리는데?"

"그렇잖아요. 난 아무것도 아닌데…….."

서다래는 자신의 코앞에 보이는 조각처럼 잘생긴 차윤성의 얼굴을 보며 가볍게 한숨을 내쉬었다. 그러더니 중얼거리며 다시 입을 열었다.

"하아. 확실히 얼굴도 여자인 나보다 더 예쁜 것 같아요."

"그건 또 무슨 말도 안 되는 소리야?"

외모뿐이 아니다.

K그룹이라는 재력부터 시작해서 차윤성이 가지고 있는 모든

게 외모가 조금 반반한 것 말고는 평범하기 짝이 없는 서다래와
는 비교가 될 수가 없었다.

차윤성은 자신이 수인족이라는 이유로 고민하는 듯했지만,
어떻게 보면 그것보다 더 큰 문제는 두 사람간의 신분 차이였다.

그 사실이 서다래를 불안하게 만들었다.

말하지 않았을 뿐, 처음부터 차윤성의 고백을 받아들이지 못
한 이유도 그 때문이었다.

심각한 서다래의 표정과 다르게 차윤성은 너무나도 당연하다
는 듯이 아무렇지 않은 얼굴로 대답했다.

"네가 아무것도 아니란 듯이 말하지 마. 날 움직일 수 있는 건
세상에 너뿐이니까."

차윤성의 대답을 들은 서다래는 그 말이 만족스럽지 않은 듯
고개를 스르륵― 내려 다시 그의 가슴팍에 얼굴을 묻었다.

"그게 날 좋아하는 이유는 아니잖아요. 맨 정신으로는 물어볼
용기가 없어서 이렇게 술까지 마신 건데……."

서다래는 정말 미치도록 궁금했다.

차윤성이 왜 하필 다른 여자가 아닌 서다래 자신을 좋아하는
지 말이다.

그 이유를 듣는다면 조금이라도 자신감이 생길 것 같았다. 그
리고 그가 좋다고 느낀 부분을 더 가꾸고 싶었다.

그가 자신을 싫어하지 않도록.

서다래는 차윤성의 가슴에 안겨서 다시 나지막이 중얼거렸

다.

"억울해요."

"뭐가 그렇게 억울한데?"

차윤성은 자신에게 안기다시피 기대있는 서다래를 보며 잠시 고민하다가 아무래도 어딘가에 앉혀야겠단 생각에 그녀를 번쩍 안아 들었다.

휘익.

공주님 자세로 안긴 서다래는 갑자기 허공에 뜬 느낌에 잠시 놀란 듯했지만, 곧이어 시무룩한 얼굴로 자신을 안고 있는 차윤성을 쳐다봤다.

"이거 봐요, 매번 나만…… 그래요."

너무나도 작게 웅얼거리는 목소리에 차윤성조차 그녀의 말을 제대로 듣지 못했다. 그래서 그는 서다래를 소파에 눕히듯이 편하게 앉히곤 다시 한 번 물었다.

"무슨 말이야?"

"매번 나만 이렇게 가슴 떨리고 억울하다고요."

"그 말은 난 널 보고 떨지 않는단 거야?"

정말 억울하다는 표정을 지으며 서다래는 고개를 크게 끄덕였다. 그런 그녀를 보곤 차윤성이 서다래의 한 손을 잡아챘다.

획!

그러곤 서다래의 손을 쥔 채로 그대로 차윤성은 자신의 심장 부근으로 가져다 대었다.

두근두근두근.

빠르게 뛰는 심장 소리.

순간 서다래는 술기운이 날아가 버릴 정도로 놀라고 말았다.

"아⋯⋯."

신기하게도 이렇게 빠르게 뛰는 차윤성의 심장 소리를 알아
채자마자 마치 전염병에 걸리기라도 하듯이 서다래의 가슴도 심
하게 떨려 왔다.

손으로 느껴지는 차윤성의 심장 소리. 그리고 귓가를 울릴 정
도로 너무나도 크게 울리는 자신의 심장 소리.

두근거림이 어지러울 정도로 느껴질 때였다.

마침 그녀의 귓가를 파고드는 낮은 목소리가 들려왔다.

"얕보지 마."

차윤성이 더는 곤란하다는 듯이 미간을 좁힌 채로 다시 낮은
목소리로 말했다.

"난 그렇게 참을성이 좋은 남자가 아니야. 좋아하는 여자를
이렇게 눈앞에 두고 참을 수 있는 남자가 아니라고. 난 분명히
경고했으니까⋯⋯ 이젠 네가 책임질 차례야."

스윽.

그러고는 더는 참을 수 없다는 듯이 차윤성의 얼굴이 서다래
를 향해 기울어졌다.

아무리 차윤성이라 해도 술기운이 조금이라도 오른 상태였
다. 그런 그를 상대로 자꾸만 느껴지는 서다래의 체온은 그를 끌

어당기고 말았다.

조금씩 이성의 끈이 끊어지며 차윤성은 자신의 본능을 제어하지 못할 정도로 강렬하게 서다래를 원하게 되었다.

좋아하는데 어찌 갖고 싶지 않을까.

겹쳐지는 두 사람의 입술 사이에서 뜨거운 숨이 흘렀다. 그렇게 농밀한 키스를 나누던 차윤성은 순간 뭔가 이상함을 느꼈다.

처음에는 조금이나마 반응하던 그녀의 움직임이 없어진 탓이다.

의아함에 차윤성이 입술을 떼고 서다래의 얼굴을 바라봤다. 그러자 언제부터인지 눈을 감은 채로 잠에 빠진 서다래의 모습이 보였다.

"······하!"

차윤성은 잠이 든 서다래의 얼굴을 확인하는 순간 허무함이 밀려와 헛웃음을 짓고 말았다.

서다래가 잠이 든지도 모른 채 끝까지 밀어붙이려고 했던 자신이 기가 막힐 뿐이다.

잠시 잠이 든 그녀의 얼굴을 가만히 내려다보던 차윤성이 조심스럽게 한 손을 들어 그녀의 얼굴을 쓰다듬었다. 여전히 뜨거운 눈빛으로 서다래를 바라보며 차윤성이 나지막한 목소리로 말했다.

"서다래, 너니까······ 내가 이렇게 옴짝달싹 못하는 거야."

이렇게 잠에 빠지고 만 서다래를 보고 있는 이 순간에도 차윤성은 그녀가 사랑스러워서 미칠 것만 같았다.

쪽.

차윤성은 자고 있는 서다래의 이마에 입을 맞췄다.

지금 이 순간을 세상 모든 것을 다 준다고 해도 바꾸고 싶지 않았다.

차윤성은 방금 전 절박해 보이는 표정으로 자신의 어디가 좋은지 말해달라던 서다래가 떠올라서 나지막이 중얼거렸다.

"젠장, 이런 감정을 어떻게 말로 표현하란 거야?"

2.
좋다, 이 남자가 너무 좋다

"으음."

서다래는 희미하게 정신이 돌아오자마자 번쩍하고 눈이 뜨였다. 어젯밤 차윤성에게 술주정을 부리던 게 파노라마처럼 떠올랐기 때문이다.

"맙소사……."

창피함에 서다래의 얼굴이 붉게 변했다.

그와 동시에 어제 차윤성이 뜨겁게 속삭였던 말들이 드문드문 머릿속에서 살아났다.

"난 그렇게 참을성이 좋은 남자가 아니야. 분명히 경고했으니까…… 이젠 네가 책임질 차례야."

손에서 느껴지던 엄청나게 빠르게 뛰던 차윤성의 심장 소리. 그리고 그녀의 입 안을 헤집던 그의 뜨거운 숨결.

그 순간을 다시 떠올렸을 뿐인데도 서다래의 심장이 미친 듯이 빠르게 뛰기 시작했다.

두근두근.

서다래는 누운 상태로 자신의 가슴을 부여잡으며 생각했다.

'나 그런 상황에서…… 그냥 자버린 거야?'

아무리 머리에 베개만 갖다 대면 자는 타입이라고 해도 이건 너무 심했다. 굳이 스스로에게 변명을 하자면 차윤성과 개울가에 빠진 그날 밤, 그와 같은 방 안에서 잠깐 졸았던 게 전부라 피곤한 상태였다는 것이다.

하지만 그렇다고 해도 그 상태에서 그냥 잠들어 버린 걸 본인도 납득할 수는 없었다.

그뿐만이 아니다.

어제 그에게 자신의 어디가 좋은지 말해 달라고 꼬장을 부린 것도 만만치 않았다.

'으아! 윤성 씨 얼굴을 어떻게 보지?'

서다래가 양손으로 얼굴을 가리며 창피함에 죽으려고 할 때였다.

침대 안에서 뒤척거리던 서다래에게 무언가 따뜻한 게 닿았다.

그 감촉은 분명 다른 사람의 살결이었다.

커다란 침대에 누워 있는 건 혼자가 아니었다.

누군가 다른 사람이 자신의 옆에 누워 있다는 생각이 들자 깜짝 놀란 서다래가 덮고 있던 이불을 걷어차고 몸을 일으켰다.

팟!

"……!"

자리에서 일어나자마자 서다래는 속으로 소리 없는 비명을 지를 수밖에 없었다.

바로 옆에는 차윤성이 누워서 자고 있었다.

처음에는 머리카락이 곤두설 정도로 놀랐지만 이내 서다래는 그대로 시간이 멈추기라도 한 것처럼 가만히 앉아서 그의 모습을 훔쳐보고 있었다.

차윤성이 이렇게 곤히 자고 있는 모습을 제대로 본 건 처음이기 때문이다.

매번 그녀보다 먼저 일어나있던 그다.

딱 한 번, 그의 불면증을 고치기 위해 이사실을 찾았던 날. 그가 잠이 들 때까지 옆에 있었던 적은 있었지만 신입사원이었기 때문에 서둘러 다시 사무실로 돌아오느라 그의 얼굴을 자세히 보지 못했다.

이사실로 다시 돌아왔을 때도 이런저런 생각에 잠겨 자는 그의 얼굴을 자세히 들여다본 적은 없었다.

이렇게 무방비한 차윤성의 얼굴을 보는 건 정말이지 처음이었다.

하얀 시트를 어지럽히며 누워 있는 그.

감고 있는 두 눈에 드리워진 속눈썹이 매우 길었다. 웬만한 여자들이 마스카라로 올린 것보다 훨씬 길고 짙어 보였다.

그 아래로 누군가 섬세하게 조각한 듯이 뻗어 있는 날카로운 콧날. 굳게 다물고 있는 입술 그리고 베일 것 같이 날렵한 턱 선.

이렇게 무방비한 모습조차도 완벽하기 그지없는 남자였다.

그리고 이런 순간조차도 그녀의 심장을 가만히 놔두질 않는 남자였다.

두근.

질리지도 않는지 그녀의 심장은 차윤성의 모습을 눈에 담자 다시 뛰기 시작했다.

서다래는 다시 한 번 깨달을 수밖에 없었다.

좋다. 이 남자가 너무 좋다.

그녀는 차윤성이란 남자에게 완전히 홀려버리고 말았다.

잠시 넋을 잃은 것처럼 차윤성을 바라보던 서다래는 그에게 조심스럽게 이불을 덮어주고 침대 밖으로 나오기 위해 움직였다.

그가 잠에서 깨기 전에 어제 일도 사과할 겸 아침밥이라도 다시 차려볼까 싶은 생각 때문이었다.

그때였다.

덥석!

침대에서 빠져나가려던 서다래의 손목을 강하게 움켜쥐는 손길이 있었다.

서다래가 깜짝 놀라 뒤를 돌아보니 자고 있는 줄만 알았던 차윤성이 가늘게 눈을 뜨곤 그녀를 바라보고 있었다.

놀란 그녀가 입을 벌리고 있자 그가 막 잠에서 깬 탓에 허스키해진 목소리로 말했다.

"어디 가려고?"

"지금 깬 거예요?"

"어딜 가려고 하는지 물었잖아."

"그, 그게……."

서다래는 잠에서 깬 차윤성을 바라보자 어제 일이 떠올라서 얼굴이 붉게 변했다.

말을 더듬거리며 망설이던 그녀가 작은 목소리로 다시 뒷말을 이었다.

"어제 일이 좀 미안하기도 하고, 아침밥이라도 차려볼까 해서……."

획!

서다래의 말이 채 끝나기도 전에 차윤성이 잡고 있던 그녀의 손을 끌어당겼다.

그러자 순식간에 서다래의 몸이 균형을 잃고 침대 위로 풀썩 쓰러졌다.

스슥.

마른침대 시트가 구겨지며 차윤성이 자세를 바꿔 침대 누워 있는 그녀를 가볍게 품에 안았다.

순식간에 서다래는 그의 어깨에 기대다시피 안긴 모양새가 되었다.

얼떨결에 이런 자세로 안기게 된 서다래가 제정신을 차리기도 전에 차윤성의 낮은 목소리가 귓가를 파고들었다.

"어제 말했잖아, 너 다치는 거 싫으니까 요리는 이제 하지 마."

"그럼 저 요리 실력 평생 안 늘 텐데 그래도 좋아요?"

"무슨 상관이야. 내가 평생 해 주면 되지."

인간보다 뜨거운 차윤성의 체온. 가까이서 들려오는 듣기 좋은 낮은 목소리가 서다래를 어지럽게 했다.

그녀는 터질 것 같은 자신의 심장 소리를 감추기 위해 차윤성의 어깨를 살짝 밀어냈다.

"그, 그런데 제가 왜 윤성 씨 침대에 같이 누워 있는 거예요?"

"떨어지기 싫어서 내 옆에 눕혔어. 억울하면 그렇게 잠들지 말았어야지."

"그리고 아침부터 이런 자세는 너무……."

"왜? 아침은 안 되는 거야? 어제 보니 네가 잠드는 걸 방지하려면 차라리 이렇게 이른 시간이 나을 것 같은데."

차윤성의 발언에 서다래는 입술만 달싹거릴 뿐. 얼굴이 새빨갛게 변했다.

새빨갛게 변한 그녀의 얼굴을 바라보던 차윤성이 슬쩍 입술 끝을 올리며 장난스럽게 말했다.

"참, 아까 어제 일이 미안해서 아침밥 차려 주려고 했지? 그렇다면 그거 말고 다른 걸로 해 줘."

"뭐, 뭐로요?"

"나한테 먼저 입맞춰 줘."

"네에?"

서다래의 눈이 튀어나올 것 같이 크게 뜨여졌다.

그 모습에 차윤성은 그저 피식거릴 뿐. 금세 두 눈을 감고 어서 해 보라는 듯 고개를 내밀었다.

아주 짧은 순간 서다래의 머릿속은 과부하가 걸릴 정도로 생각이 많아졌다.

잠시 망설이던 서다래는 눈앞에 보이는 탐스러운 입술을 향해 돌진하듯 다가갔다.

쪽!

차윤성의 입술에 도장을 찍은 서다래가 창피함에 재빨리 몸을 일으키려고 했다.

단순히 그녀를 놀리려고 했을 뿐. 정말 그녀가 먼저 입을 맞춰 줄 거라고 생각하지 못했던 차윤성은 순간 놀라서 두 눈이 크게 뜨여졌다.

하지만 곧이어 입가에 진한 미소가 지어졌다.

휘익.

서둘러 방을 나가려는 서다래의 손목을 다시 손쉽게 잡아챈 차윤성이 나지막이 말했다.

"이러고 도망치려고?"

"시, 시키는 대로……!"

부끄러움에 다급히 말하던 서다래는 뒷말을 끝까지 내뱉지 못했다.

"읍!"

순식간에 차윤성의 입술이 다가와 그녀의 입을 막아버렸기 때문이다.

숨이 멎을 뻔한, 타들어 가버릴 것 같이 뜨거운 키스를 서다래는 당해 낼 재간이 없었다.

짙은 키스를 나눈 후 간신히 입술을 떼었을 때다.

여전히 새빨갛게 달아오른 얼굴로 서다래가 분하다는 듯이 중얼거렸다.

"시키는 대로 했는데 이러는 게 어디 있어요? 반칙이에요."

차윤성은 복숭아같이 물든 그녀의 뺨을 사랑스럽게 바라보며 나지막한 목소리로 말했다.

"그게 무슨 소리야? 잘해서 준 상이잖아."

"그, 그런 게 어디 있……!"

"싫어? 그럼 한 번 더 할까?"

농담이 아닌 듯 정말로 다시 서다래를 향해 기울어지는 차윤성의 몸에 그녀가 기겁하듯이 놀라며 침대에서 일어났다.

타닥타닥.

서다래의 도망치는 발걸음 소리가 시끄럽게 집안을 울려 댔다.

그녀의 뒷모습을 누운 상태로 물끄러미 바라보며 차윤성이 살짝 웃음을 머금은 채 아쉽다는 듯이 중얼거렸다.

"이런, 놓쳐버렸네."

이렇게 서다래와 하루 종일 함께할 수 있다면 좋겠지만, 아쉽게도 차윤성은 오늘 바삐 움직이면서 해야만 할 것들이 있었다.

그녀를 안전하게 지키기 위해 차윤성이 해야 할 일은 많았다.

여태까지 웅크리고 있던 몸을 움직여 어머니와 제대로 싸워보려면 많은 것들이 필요했다.

차윤성이 늘어지는 몸을 억지로 일으켜 세우며 나갈 준비를 마치고 밖으로 나왔을 때였다.

벌컥.

거실에는 서다래가 앉아 있는 모습이 보였다.

그런데 뜻밖에도 그녀 역시도 나갈 준비를 끝마친 상태였다.

생각지도 못한 모습에 궁금해진 차윤성이 물었다.

"휴일인데 어디 가려고?"

"오늘은 저도 약속 있어요."

아까 일 때문인지 아직도 약간 불을 붉게 물들이며 시선을 피하는 서다래를 보다가 차윤성이 무심코 말했다.

"설마 상대가 남자는 아니겠지?"

별 생각 없이 내뱉은 질문인데 뜻밖에도 서다래가 바로 대답하지 못한 채 망설였다.

그 모습을 본 차윤성의 미간이 급격히 좁아지며 아까보다 훨씬 낮아진 목소리로 다시 말했다.

"정말 남자야?"

"그게…… 오래전에 한 약속이에요."

"무슨 약속인데?"

"있어요, 그런 게. 여기까지만 알아 두세요."

단호하게 말을 자르는 서다래의 목소리에 차윤성은 자신도 모르게 지그시 입술을 깨물었다.

질투가 머리끝까지 치솟아서 대체 어떤 남자인지 어떻게 알게 된 사이인지 이런저런 추궁을 잔뜩 하고 싶었다.

하지만 그의 마음대로 그녀를 휘두를 수는 없었기에 조심스러워질 수밖에 없었다.

또한 그렇게 막무가내로 하다가 이런 자신의 모습에 서다래가 숨 막힌다며 질려 할까 봐 겁이 나기도 했다.

못마땅한 차윤성의 눈빛을 알아챈 서다래가 다시 입을 열었다.

"설마 저 못 믿어요?"

"믿어."

"그런데 왜 그렇게 봐요?"

"넌 믿는데, 다른 남자를 못 믿는 거야."

화끈.

차윤성의 말에 서다래의 볼이 더 붉게 변했다.

그녀가 기어들어가는 목소리로 다시 나지막이 말했다.

"그렇게 봐주는 건 고마운데, 그건 윤성 씨 착각이에요."

"누가 그래? 그게 착각이라고. 서다래 너 그런 안일한 생각으로 다른 남자들 앞에서 방심하지 마."

여전히 못마땅하다는 눈빛으로 차윤성이 순식간에 거리를 좁히며 서다래를 향해 가까이 다가갔다.

차윤성이 손을 들어 그녀를 만지려고 하자 서다래가 허공에서 그의 손을 잡아챘다.

탁!

차윤성이 자신의 잡힌 손을 한 번 쳐다보곤 다시 의아한 표정으로 서다래를 바라볼 때였다.

더 이상 붉어질 수 없을 만큼 빨갛게 익은 얼굴로 서다래가 더듬거리며 말했다.

"유, 윤성 씨는 진도가 너무 빨라요."

"내가 빠르다고?"

서다래는 입을 꼭 다문 채 고개를 끄덕거렸다.

자꾸만 이렇게 예고도 없이 다가오는 스킨십에 서다래는 수명이 줄어들 것만 같았다.

지금도 심장은 미친 듯이 벌렁거리고 있었다.

"천천히…… 부탁해요."

"네 말은 손부터 잡고 팔짱끼고 어깨동무하고 뭐 그런 순서를 말하는 건가?"

제대로 짚은 차윤성의 말에 서다래가 다시 한 번 크게 고개를 끄덕일 때였다.

스윽.

허공에서 잡고 있던 차윤성의 손이 방향을 틀어 움직이며 순식간에 아까와 반대로 서다래의 손을 움켜쥐었다.

강하게 잡혀버린 손 안에서 뜨거운 열기가 느껴졌다.

서다래가 영문을 몰라 차윤성을 올려다보자 그가 나지막한 목소리로 말했다.

"손."

그리고 차윤성이 마주잡은 손을 슬쩍 당겨 서다래를 자신에게 더 가깝게 다가오게 만들었다. 그러더니 다른 손으로 그녀의 팔을 잡아 팔짱을 끼듯이 자신의 옆구리에 끼웠다.

다시 나지막한 목소리로 말했다.

"팔짱."

여기까지 당하자 서다래도 머릿속에 '설마!' 하는 생각이 들었다.

하지만 그렇다고 그를 멈출 순 없었다.

차윤성이 잡고 있던 서다래의 손을 자신의 허리를 감싸게 만든 후 그녀의 어깨를 감싸 안았다.

"어깨."

순식간에 바짝 밀착이 된 몸.

그의 숨결이 코앞에서 느껴질 정도로 얼굴이 가까워졌을 때였다.

"바, 반칙이에요! 이렇게 한 번에 진도를 다 빼는 게 어디 있어요?"

"네 말대로 순서대로 진행한 거 맞잖아."

"하지만 이건……!"

서다래는 하려던 말을 끝까지 내뱉지 못했다.

바로 눈앞에서 보이는 차윤성의 얼굴에 미소가 맺혔기 때문이다. 반달처럼 둥그렇게 휘는 차윤성의 눈가를 바라보며 서다래는 순간 할 말을 잃었다.

차윤성이 그녀의 얼굴을 가만히 들여다보며 나지막이 말했다.

"서다래, 귀여운 짓도 적당히 해."

점점 가까이 다가오는 차윤성의 얼굴에 서다래는 자신도 모르게 두 눈을 질끈 감았다.

키스당한다!

그 생각이 머릿속에 강하게 들 때였다.

쪽!

차윤성의 부드러운 입술이 그녀의 이마에 닿았다가 떨어졌다.

질끈 감았던 두 눈을 슬쩍 뜨고 바라보니 차윤성이 그녀를 바라보며 웃고 있었다.

왠지 분한 마음에 서다래가 그를 흘겨볼 때였다.

차윤성이 다시 말했다.

"서다래, 내 여자가 되는 것보다 그걸 취소하는 게 더 어려운 일이란 거 알아둬."

서다래가 뾰로통한 얼굴로 정확히 의미를 모르겠는 그 말에 대해 다시 물었다.

"그게 무슨 말이에요? 저보고 취소 한번 해 보란 거예요?"

"아니, 취소는 절대 불가능하단 소리야."

차윤성이 다시 서다래를 향해 고개를 숙이며 그녀의 눈가에 입을 맞췄다.

그러곤 달콤한 목소리로 속삭였다.

"그러니까 바람피우면 안 돼."

서다래 자신도 알고 있었다.

사귄 지 얼마 되지도 않아 다른 남자를 만나러 간다는 자신이 좋게 보이지 않을 거라는 것 정도는.

하지만 차윤성과 사귀기 전에 한 약속이기도 했고, 확실히 매듭을 지어야 할 일이 있었기에 더욱더 자리에 나가야만 했다.

피치 못할 그녀의 상황을 설명할 수 없었기에 어느 정도 차윤성의 투정은 각오했지만, 그의 행동은 그녀의 상상 이상이었다.

"정말 꼭 가야 하는 자리란 말이지?"

"그럼, 가서 30분마다 확인 전화해. 아니다. 그 시간이면 무슨 일이 벌어질지 몰라. 그러니…… 5분마다 해."

"말도 안 된다고? 그럼 나가지 마."

아직도 집을 나오기 전에 말도 안 되는 요구를 하던 차윤성의 모습이 눈에 선했다. 온갖 방해공작을 간신히 뿌리치고 나온 서다래는 덕분에 약속 장소에 도착해서도 기진맥진이었다.

한 커피숍.

아직 약속 장소에 상대가 도착 안 한 것을 확인한 서다래는 아무 테이블에나 자리를 잡고 앉았다.

그러다가 문득 방금 전의 차윤성의 얼굴이 떠올라 자신도 모르게 웃음 짓고 말았다.

"풋."

정말 그녀가 다른 남자를 만나러 나가는 게 마음에 들지 않는 듯 잔뜩 좁혀진 미간. 심통이 난 듯한 그의 표정이 정말 이상하게도 그녀를 행복하게 만들었다.

어쩌면 서다래는 지금까지 몰랐을 뿐 자신의 성격이 생각보다 나쁠지도 모른다는 생각이 들었다. 차윤성에게 받는 질투가 이렇게 기분이 좋을 줄은 정말 생각도 못 했기에.

사랑받는다는 느낌이 말로 표현할 수 없을 정도로 좋았지만, 그래도 더 이상 차윤성에게 걱정을 끼칠 수는 없었기에 오늘은 일찍 들어가 봐야겠단 생각을 할 때였다.

혼자 앉아서 바보처럼 실실 웃음을 짓는 서다래를 향해 누군가 다가왔다.

저벅저벅.

서다래의 바로 옆에 도착한 그가 말했다.

"다래 씨, 일찍 나오셨네요."

남자의 듣기 좋은 목소리에 서다래의 고개가 돌아갔다. 그의 얼굴을 확인한 서다래가 말했다.

"오셨어요?"

서다래가 보는 곳.

거기에는 이은호가 서서 그녀를 바라보고 있었다.

* * *

달리는 차 안.

강지욱이 운전을 하던 도중 슬쩍 조수석에 앉은 차윤성을 바라보며 말했다.

"생각보다 도련님 참 집요한 스타일인 거 아십니까?"

그의 말에 차윤성이 짐짓 아무것도 모른다는 듯 무표정한 얼굴로 대꾸했다.

"무슨 소릴 하는지 모르겠군."

"서다래 씨한테 몰래 우리 애들을 붙이는 게 어디 있습니까? 모르긴 몰라도 나중에 이 사실을 아시면 크게 화내실 겁니다."

"꼭 서다래가 누굴 만나는지 궁금해서 그런 건 아니야. 혹시라도 어머니가 무슨 짓을 할까 봐 그런 거지."

"물론 맞는 말씀이긴 합니다만. 정말 이런 특수한 상황이 아니었다면, 서다래 씨를 그냥 보내주셨을 겁니까?"

강지욱의 날카로운 질문에 차윤성이 애써 유지하고 있던 무표정을 확 구기며 대답했다.

"그런 상황이었으면, 내가 직접 갔겠지."

몰래 쫓아가서 지켜보고 싶은 걸 간신히 억누를 수밖에 없었다. 어머니와 맞서기 위해선 해야 할 일이 산더미와 같았기 때문이다.

강지욱은 그런 차윤성의 대답을 예상했었는지 고개를 절레절레 흔들며 나지막이 중얼거렸다.

"것 보십시오. 그래서 도련님이 집요하단 겁니다."

"이게 집요하다니. 넌 아무것도 모르니까 그런 소리 하는 거야."

신경 쓰이는 게 한두 개가 아니다.

도대체 약속 상대가 누구기에 말해 주지 않는 건지. 혹시 이은호인지. 그가 아니라면 자신이 모르는 전혀 다른 남자인지. 궁금해 미칠 것 같았다.

마음 같아선 보내고 싶지도 않았다.

하지만 이 정도에서 그친 것은 서다래를 믿었기 때문이다.

문제는 믿고 말고를 떠나서 그녀가 다른 남자를 만난다는 상상을 하면 화가 난다는 사실이었지만…….

차윤성이 다시금 서다래를 떠올리며 심란한 생각을 하고 있을 때 강지욱이 말했다.

"제가 모르는 게 어디 있습니까?"

납득이 안 간다는 듯한 강지욱의 질문에 차윤성이 심드렁한 얼굴로 대꾸했다.

　"너 누군가 미치도록 좋아해본 적 없잖아."

　그 말을 들은 강지욱은 순간 할 말을 잃었다.

　반박할 순 없었다. 실제로 그는 아직까지 누군가에게 간절한 감정을 가져본 적이 없었기 때문이다.

　하지만 이내 강지욱은 어처구니가 없다는 듯이 웃으며 말했다.

　"지금 도련님처럼 변할 바엔 전 그냥 이대로가 나은 것 같습니다."

　"그런 소리 말고, 나중에 한 번 해 봐. 좋아."

　가볍게 툭 던지듯이 한 말이지만 지금 차윤성의 말이 그의 진심이란 걸 강지욱은 알았다.

　강지욱이 아까보다 더 어처구니가 없다는 표정으로 말했다.

　"그렇게 좋으십니까?"

　차윤성이 씩 웃었다.

　"보면 모르겠냐?"

　그의 말마따나 과거와 달리 생동감 넘치는 차윤성의 얼굴을 힐끔 쳐다보곤 강지욱이 자신도 모르게 피식하고 웃었다.

　하지만 이내 퉁명스러운 표정을 지으며 다시 말했다.

　"아무래도 전 사양하겠습니다. 너무 바보 같아요."

　"마음대로 해라. 하지만 나중에 그런 때가 찾아오면 나한테 이 정도 가지고 집요란 말은 못 할 거다. 지금 이게 내 딴에는 엄청 참고 있는 거니까."

"맙소사. 서다래 씨가 안쓰러워지는 순간이군요."

대놓고 놀리는 듯한 강지욱의 말에 차윤성은 대꾸할 가치도 없다는 듯이 고개를 돌렸다.

가만히 창밖으로 지나가는 풍경을 바라보고 있자니 문득 자신을 향하던 이은호의 도전적인 눈빛이 떠올랐다.

언제나 속마음을 알 수 없는 놈이라고 생각했지만, 그런 눈빛을 지니고 있을 거라곤 차윤성조차 알아차리지 못했었다.

인정하고 싶지 않지만 이은호에게 그런 양보할 수 없는 감정을 들게 만든 건 서다래인 것 같았다.

그리고 누군가의 진심이 내 여자를 향하고 있다는 사실은 꽤나 신경이 쓰이는 것이었다.

끼익!

목적지에 도착하자 차윤성이 차에서 내리면서 강지욱을 향해 나지막이 말했다.

"내가 외삼촌을 만나고 있는 동안에 혹시라도 서다래한테 무슨 일이 생기진 않는지 잘 살피라고 전해. 무슨 일 있으면 바로 연락하고."

"그렇게나 많은 호위를 붙이고도 걱정되십니까? 저놈들도 생각이 있으면 서다래 씨를 노릴 바엔 차라리 도련님을 공격할 테니 걱정 말고 다녀오십시오."

강지욱의 대답을 듣고 몸을 돌리려던 차윤성이 뭔가 마음에 걸리는 게 있는지 갑자기 멈춰 서선 다시 그를 바라보며 말했다.

"아무래도 안 되겠어. 서다래 약속 상대가 누군지 확인해 보고 그게 이은호면 나한테 바로 알려줘."

강지욱은 지금까지 한 번도 본 적 없는 차윤성의 질투하는 모습이 생소해서 조금 짓궂게 놀린 것도 사실이다. 하지만 지금 이 말은 그가 들어도 기가 찰 만큼 귀엽게 느껴졌다.

"왜요? 역시 이은호 도련님은 신경 쓰이십니까?"

"당연하지. 그 녀석은…… 진심인 거 같으니까."

말하면서도 내키지 않는다는 듯 좁혀진 차윤성의 미간을 보고 강지욱이 자신도 모르게 피식 웃음을 흘리곤 말했다.

"어차피 양보해 줄 생각도 없으시잖아요."

"당연한 거 묻지 마."

차윤성은 짤막한 대답만 남긴 채 그제야 다시 몸을 돌려 걸음을 옮겼다.

저벅저벅.

그렇게 빌딩 최고층으로 향한 차윤성은 눈앞에 보이는 커다란 문을 열고 안으로 들어갔다.

스윽.

문이 열리며 안에 그를 기다리고 있는 K토이의 사장, 외삼촌의 모습이 보였다.

차윤성의 모습을 본 외삼촌 조창섭은 부드러운 미소를 지으며 말했다.

"저번에 다쳤다더니 몸은 괜찮은 게냐?"

"네. 지금은 말끔히 다 나았습니다. 그때 도와 주셔서 고맙단 인사를 진작 드리러 왔어야 했는데 제가 늦었네요."

"그런 인사치레야 언제 받든 상관없다. 그것보다 총회에 같이 온 여성분이 있다던데 어떻게 된 게야? 지욱이한테 물어봐도 통 대답을 하질 않으니······."

"사실 오늘 찾아온 이유가 그 때문입니다."

의미심장한 차윤성의 말에 따스했던 외삼촌의 눈빛이 대번에 날카롭게 변했다.

"왜? 무슨 일이라도 생긴 게냐?"

차윤성은 그런 외삼촌의 변화에 슬쩍 웃음을 흘리곤 나지막한 목소리로 다시 말했다.

"왜 매번 저한테 물어보시던 질문 이번에는 하지 않으시는 겁니까?"

"질문?"

조창섭은 시간이 얼마 지나지 않아 차윤성의 말이 무엇을 뜻하고 있는지 알아차릴 수 있었다.

언제부터인가 답답한 마음에 그는 차윤성을 볼 때마다 혹시 후계자 자리에 대한 생각의 변화가 없는지 묻곤 했기 때문이다.

"윤성아, 너······ 설마 심경의 변화가 생긴 게냐?"

차윤성은 올곧은 눈동자를 빛내며 고개를 끄덕였다.

"네. 이제 제가 가져와야겠습니다. 후계자란 자리."

"허."

그토록 바라던 순간이었지만 조창섭은 이상하게 마냥 기뻐할 수가 없었다. 그가 복잡한 표정을 지은 채로 차윤성을 향해 다시 말했다.

"저번에는 요리사가 되고 싶다더니 그 생각은 이제 접은 게야?"

저번에 차윤성이 요리사나 될까 한다며 웃으며 말하는 모습이 너무 해맑아서 이젠 정말 자신의 욕심을 버리고 조카를 놔줘야겠다고 생각했다.

그래서 차윤성이 원하는 대로 목숨을 부지하는 걸 도와줄 뿐 그를 후계자로 만들겠단 마음을 놓아 버렸다. 그런데 생각지도 못하게 차윤성의 심경에 변화가 찾아온 것이다.

차윤성은 외삼촌이 그때 말한 요리사에 관한 것을 기억하고 물어볼지 몰랐기에 잠시 생각을 하고는 이내 피식 웃으며 말했다.

"뭐, 이제는 한 여자의 요리사가 될 생각입니다."

어쩌면 처음부터 서다래였다.

그녀의 자취방에서 지낼 때, 자신이 해 준 음식을 맛있게 먹는 서다래를 보고 난 다음부터 요리사가 되는 것도 나쁘지 않겠다는 생각이 들었었다.

지금까지 깊게 생각해 본 적이 없어서 몰랐지만 어쩌면 차윤성은 처음 만난 순간부터 서다래를 향해 급속도로 마음이 기울었는지도 모른다.

"설마…… 네가 지금 말하는 여자가 총회에 데리고 온 여성분을 말하는 게냐?"

"맞습니다."

간단한 차윤성의 대답에 조창섭의 표정이 단번에 어두워졌다.

차윤성과 함께 온 인간 여자.

수인족 중에 그 이야기를 모르는 자는 현재 아무도 없을 것이다.

"그 여성분은 인간이지 않더냐? 정말 네가 인간과 맺어질 생각인 게야?"

"네. 그래서 더욱 후계자 자리, 제가 가져야겠습니다. 외삼촌."

차윤성이 후계자 자리에 욕심이 생긴 이유가 오직 한 인간 여자 때문이란 사실이 조창섭에게 조금 혼란스럽게 다가왔다.

피가 옅어질 대로 옅어진 수인족이 아닌 이상 인간과 맺어지는 수인족은 없다. 수인족이라면 당연히 누구보다 강한 후계자를 얻어서 대를 잇기를 바라기 때문이다.

그런데 타고났다고 해도 틀린 말이 아닐 정도로 강한 혈통을 지닌 차윤성이 인간 여자를 원한다는 것은 충격적이지 않을 수 없었다.

잠시 침묵을 일관하던 조창섭이 낮은 목소리로 말했다.

"설마 윤성이 네가 후계자가 되고 싶은 이유가 그 여성분을 지키기 위해서냐?"

현재 차윤성이 후계자가 되기 위해선 외삼촌의 도움이 절실히 필요했다.

마음에 들지 않는다는 뉘앙스를 풍기는 조창섭의 목소리를 듣고 망설일 만도 했지만 차윤성은 당당하게 대답했다.

"그렇습니다."

그동안 얼마나 오랜 세월 차윤성을 꼬드겼는지 모른다.

조창섭 본인의 욕심도 있었지만, 조카에 대한 걱정도 컸다. 그런데 그토록 노력을 해도 꿈쩍하지 않던 차윤성이 한 인간 여자 때문에 이렇게 변해 있었다.

"하하하하!"

조창섭은 결국 웃음 터지고야 말았다.

호탕하게 웃는 외삼촌의 모습을 바라보며 차윤성이 물었다.

"도와주실 거죠?"

"그래. 단, 조건이 있다."

시원시원한 조창섭의 대답에 차윤성의 얼굴에 그도 모를 미소가 번졌다.

처음으로 서다래와의 관계를 인정받았다는 느낌이 들기도 했기 때문이다.

"뭡니까? 그 조건이란 거."

"내게 한 번 소개시켜주려무나. 그 여성분."

생각 외로 너무나도 간단한 조건이었다.

차윤성이 피식 웃으며 대답했다.

"어쩔 수 없군요. 조만간 같이 한 번 오겠습니다."

"그래, 그럼 쇠뿔도 단김에 빼랬다고. 이제 어떻게 후계자가 될지 의논해 볼까?"

＊　　　＊　　　＊

　이은호와 서다래, 두 사람은 호화 레스토랑에 앉아 식사를 하고 있었다.

　달그락달그락.

　나이프로 스테이크를 먹기 좋은 크기로 썰고 있는 서다래의 모습을 잠시 바라보다가 이은호가 입을 열었다.

　"여기 음식 맛이 어떻습니까? 다래 씨 입맛에 맞으세요?"

　그의 질문에 서다래는 겸연쩍게 웃으며 대답했다.

　"이렇게 좋은 레스토랑인데, 당연히 맛있어요."

　"다행이군요."

　이은호는 서다래와 식사를 한다는 생각에 태어나서 처음으로 어떤 음식점을 가야 할지 몇 날 며칠을 고민해야 했다.

　간신히 정한 곳인데 서다래가 맛있다고 해 주니 이곳을 선택하길 잘했다는 생각이 들었다.

　서다래가 먹는 모습을 바라보며 이은호의 입가에 부드러운 미소가 지어질 때였다.

　지이잉, 지이잉.

　그의 주머니 안에서 휴대폰이 울리기 시작했다.

　서다래와 함께 있는 지금 웬만한 전화는 무시하고 받지 않았을 테지만 지금 울리는 전화는 달랐다.

지금 이 전화가 어디에서 걸려온 것인지 잘 아는 이은호는 주머니에서 휴대폰을 꺼냈다. 그리고 통화버튼을 누르기 전에 잠시 서다래를 바라보며 말했다.

"다래 씨, 잠시 실례하겠습니다."

서다래는 이은호의 손에 들린 휴대폰을 보고 바로 그의 말뜻을 알아차렸다. 바로 고개를 끄덕이며 대답했다.

"네. 전 괜찮으니 천천히 통화하세요."

그렇게 서다래의 허락을 구하고 나서야 이은호는 전화를 받았다.

이미 어떤 용무로 온 전화인지 알고 있었기 때문에 이은호는 전화를 받자마자 본론부터 말을 꺼냈다.

"어떻게 됐어?"

―예상하신 대로 윤성 도련님 쪽 사람들이 여자 분을 비밀리에 보호하고 있었습니다.

"숫자는?"

―그게…… 생각보다 너무 많습니다.

"제압이 불가능한 정도인가?"

―네. 완전히 제압하긴 힘들 것 같습니다. 저들과 한판 붙는 건 문제가 되지 않는데, 그렇게 되면 저쪽 윗선에 바로 보고가 들어갈 겁니다. 그걸 막을 방법이 없습니다.

총회에서 차윤성의 신부로 소개된 서다래.

그의 어머니가 그녀를 가만히 놔둘 리가 없는 상황이다.

위험에 노출된 그녀를 당연히 차윤성이 절대 혼자두지 않을 거라 예상하긴 했지만 이건 생각보다 너무 철저했다.

이은호가 잠시 고민을 하며 말이 없자 휴대폰에서 다시 목소리가 들려왔다.

—어떻게 할까요, 도련님? 계획대로 단숨에 저들을 제압해서 두 분의 행적을 완전히 감추기엔 무리가 있을 것 같습니다.

"하는 수 없지. 내가 여기 있다는 소식을 저쪽에서 최대한 늦게 알아차리도록 만들어 봐."

말을 하며 이은호의 눈동자가 서다래를 향해 움직였다.

서다래의 모습을 눈동자에 담으며 그는 나지막한 목소리로 다시 말을 이었다.

"……더 이상의 방해는 받고 싶지 않으니까."

자신과 서다래가 만난다는 사실을 차윤성이 알게 되면 그가 이곳으로 달려올지도 모른다.

지금까지 매번 그랬던 것처럼 이번에도 당해 줄 생각은 없었다. 더 이상 서다래와 차윤성 그 두 사람이 함께 걸어가는 뒷모습을 지켜보고 있지만은 않기로 다짐한 그다.

이제부터는 차윤성에게 순순히 서다래를 빼앗기지 않을 것이다. 가만히 손 놓고 앉아서 당할 생각은 추호도 없었다.

—네, 도련님. 그럼 최대한 시간을 벌어보겠습니다. 믿고 맡겨주십시오.

휴대폰에서 들려오는 짤막한 대답을 마지막으로 이은호의 통화가 끝났다.

다시 휴대폰을 주머니 안에 넣는 이은호를 바라보며 아무것도 모르는 서다래가 순진무구한 얼굴로 물었다.

"휴일에도 업무 전화가 오는 거예요?"

"업무 얘기 같았습니까?"

"심각한 대화 같아서 일 얘기인 줄 알았는데, 아닌가요?"

"사실…… 저에겐 일보다 더 심각한 내용의 전화였습니다."

지금 이 시간이 이은호에게 얼마나 귀한지 어떻게 설명할 수 있을까.

바라고 바랐던 서다래와의 데이트다.

간신히 손에 넣은 기회를 놓치고 싶지 않았다. 다른 사람의 방해로 아무렇게나 날려 버리고 싶지 않았기에 더욱 조심하고 경계할 수밖에 없었다.

"그래요? 무슨 전화인데 그렇게 심각한 거예요?"

통화 내용이 조금 이상했기에 문득 궁금해진 서다래가 물었다.

"그게 말이죠……."

그녀의 질문에 이은호는 그답지 않게 당황하고 말았다.

둘러대려고만 하면 핑계 댈 말은 많았지만, 이상하게도 서다래와 대화를 할 때면 평소의 이성적인 그는 사라졌다. 그리고 어수룩한 이은호라는 남자만 남아서 이렇듯 그녀의 사소한 질문에도 쩔쩔매고 말았다.

당황한 이은호의 모습을 보자 서다래는 괜한 질문을 했다는 생각에 황급히 다시 입을 열었다.

"생각 없이 물어본 거니까 대답 안 해 주셔도 돼요. 저도 참 주책없이……."

반대로 지금은 오히려 서다래가 자신이 무심코 내뱉은 질문에 당황해서 더욱 횡설수설 할 때였다.

"큭."

그 모습에 이은호는 자신도 모르게 웃고 말았다.

갑자기 웃고 마는 그의 모습을 서다래가 놀란 듯이 바라봤다. 하지만 이런 사소한 일일지라도 그녀와 함께하는 모든 순간이 행복한 걸 어쩔 수가 없었다.

이은호는 안주머니에서 무언가를 뒤적거리다가 테이블 위에 올려놓았다.

슥—

그러고는 매우 근사한 목소리로 말했다.

"로맨스 좋아하세요? 어떤 취향인지 몰라 제가 마음대로 골랐습니다."

테이블 위에는 요즘 인기가 많은 로맨스 영화 티켓이 두 장 놓여 있었다.

그것을 확인한 서다래의 눈동자가 흔들렸다.

사실 어떻게 말을 꺼내야 하나 고민하고 있었다. 그런데 영화 티켓을 보는 순간 여기서 더 이상 시간을 끌면 안 될 것 같다는 판단이 섰다.

서다래는 아직 다 끝나지 않은 식사를 멈추고 포크와 나이프를 내려놓았다.

"식사 끝내고 말하려고 했는데 그냥 지금 얘기할게요. 은호 씨, 사실 오늘 제가 이 자리에 나온 이유는 할 말이 있어서예요."

단호한 서다래의 얼굴을 보자 이은호의 마음속에 불안한 감정이 피어오르기 시작했다.

하지만 그런 것에 상관없이 나지막한 서다래의 목소리가 이어져 들려왔다.

"총회에서 은호 씨가 제게 보여 준 마음이 너무 고마워서 오늘 이렇게 약속을 잡게 된 거였지만……."

이상한 낌새를 눈치챈 이은호가 다급하게 입을 열었다.

"다래 씨!"

하지만 서다래는 자신의 하려던 말을 멈추지 않았다.

"저 이제 은호 씨에게 기회 줄 수 없어요. 제 마음이 어디로 향하는지 뼈저리게 깨닫고 말았거든요. 그래서 은호 씨한테 제 입장 확실히 밝히려고 나온 거예요."

순간 이은호는 찬물을 뒤집어쓴 느낌이었다.

어젯밤 잠자리에서 오늘을 기대하며 설레었던 마음, 오늘 커피숍에서 자신을 기다리는 서다래를 보며 벅차오르던 감정…….

잠시 동안 꾸었던 달콤한 꿈에서 깨어난 느낌이었다.

강제로 현실로 돌아와 버린 이은호의 가슴은 먹먹해졌다. 결국은 이렇게 되고야 말았다.

잠시 아무런 말도 잇지 못하던 이은호가 가라앉은 눈빛으로 서다래를 바라보더니 자그만 목소리로 말했다.

"……다시 생각해 봐도 윤성 도련님인 겁니까?"

"네."

어느 정도 짐작은 하고 있었다.

늘 남에 대해 아는 건 쉬웠지만, 자신의 모습을 드러내는 건 두려웠다.

처음으로 내보인 진심.

외면당할 가능성이 크다는 것쯤은 알고 있었다.

"만약 윤성 도련님보다 저를 먼저 만났다면 지금 이 상황이 달라졌을까요?"

애처롭게 들리는 이은호의 말에 서다래는 순간 아무런 말도 할 수가 없었다.

이미 그녀의 마음은 온전히 차윤성을 향해 갔다.

설령 이은호를 먼저 만났다고 해서 달라질 건 없었을 거란 생각이 들었지만, 그렇게 확신을 갖기엔 눈앞에 있는 이은호란 남자도 사랑에 빠지게 될 만큼 매력적인 건 사실이었다.

하지만 잠시 망설였을 뿐 서다래는 확신에 찬 목소리로 대답했다.

"설령 그랬다고 해도 지금과 달라질 건 없었을 거예요. 저한테 더 마음 쓰지 마세요. 그동안 정말 고맙고…… 미안해요."

이은호는 설명할 수 없을 만큼 허탈한 마음에 그저 피식 웃음 짓고 말았다.

그 모습이 너무나도 쓸쓸하게 느껴져 슬프게 보이기까지 했다.

서다래의 저 고맙고 미안하단 말이 사랑한다는 말로 변하길 얼마나 바랐는가.

지금 그를 가장 비참하게 만드는 건 이렇게 확실한 통보를 들었음에도 불구하고 그의 마음이 아직 여기서 끝내고 싶지 않아 한다는 것이었다.

마음 한구석에서는 이대로 서다래를 납치라도 하고 싶다는 욕구까지 가득 차올랐다.

강제로라도 데려가서 옆에 둘까.

이제 마음 따윈 안 바랄 테니 몸만이라도 내가 가지면 안 될까.

그런 자신의 지독한 생각들이 이은호를 더욱 비참하게 만들었다.

문제는 그런 생각들을 완벽히 눌러서 참아낼 수가 없다는 것이었다.

스스로가 얼마나 비참해지는지 잘 알면서도 이은호는 이 타들어 가 버릴 것 같은 감정을 참지 못하고 결국 입을 열어 말했다.

"······나중에라도 윤성 도련님이 질리면 한 번쯤 돌아봐주시겠습니까?"

이은호의 절절한 심정이 느껴졌기에 서다래는 더욱 단호하게 고개를 저으며 말했다.

"그럴 일 없을 거예요. 그러니 기다리지 마세요."

"그러지 말고, 언제든지 윤성 도련님이 싫증나면 오세요. 저한테…… 기한은 평생 드리죠."

"그 말은 잘못 들으면 평생 기다린단 소리같이 들려요. 그러지 마세요, 은호 씨."

생각보다 너무 아팠다.

가슴이 찢어질 것 같았지만, 이은호는 서다래 앞에선 한 번도 보인 적 없는 가면을 처음으로 얼굴에 썼다.

이은호가 자신의 감정과는 전혀 다른 밝은 표정을 지으며 홀가분하다는 듯이 웃었다.

"아쉽네요. 다래 씨라면 날 이 어둠에서 구해 줄지도 모른다고 생각했습니다."

서다래의 머릿속에는 문득 저번에 이은호가 어둠을 무서워한다고 고백했던 게 떠올랐다.

물론, 이은호가 말한 어둠은 그저 어두운 곳을 의미하는 것은 아니었다.

하지만 서다래는 그때가 생각나서 잠시 입술을 달싹거리며 고민하다가 말을 했다.

"아무도 누군가를 구해 주지 못해요. 은호 씨 스스로가 본인을 구해내야죠."

조심스레 내뱉는 서다래의 말에 이은호는 진심으로 희미하게 웃었다. 그녀의 이런 면이 그를 얼마나 간절하게 만드는지 아는 걸까.

서다래의 목소리는 계속 이어졌다.

"저한텐 과분할 정도로 좋은 분이시니 잘해내시리라 믿어요."

"감사합니다."

사실 이은호는 지금이라도 서다래의 마음을 약하게 만들어 그녀를 붙잡을 수만 있다면 그게 무엇이라도 할 수 있을 것만 같았다.

마음 같아서는 차윤성에게 주고 남은 거라도 달라고 소리치며 조르고 싶었다.

하지만 가면을 쓴 이은호는 그저 웃을 뿐이었다.

이런 말을 꺼내기 힘들었을 서다래의 마음을 아니까. 그녀의 얼굴에 지어진 미안한 표정이 마음 아파서. 오로지 서다래를 위해서 이은호는 웃었다.

서다래가 다시 말했다.

"이만 자리에서 일어날까요?"

"다래 씨, 먼저 가 보세요. 전 잠시만 더 있다가 일어나겠습니다. 오늘 이렇게 절 거절하셨으니 그 정도는 해 주실 수 있죠?"

"네."

서다래는 뭔가 더 말을 하고 싶었지만, 그러면 안 된다는 것을 알기에 오히려 더 차갑게 보이도록 자리에서 바로 일어섰다.

뚜벅뚜벅.

망설임 없이 레스토랑을 나가는 서다래의 뒷모습을 바라보며 이은호의 가면이 조금씩 벗겨지기 시작했다.

서다래에게 마음을 준 순간부터 어쩌면 이런 장면이 찾아올지도 모른다고 생각했다.

그래서 자신도 모르게 몇 번이나 상상을 해 보았던 이별이다.

그런데 상상보다 그 이별은 너무나도 허무했다.

너무나도 허무하기 짝이 없어서 이은호는 다시 서다래를 쫓아가서 붙잡고 울고 싶었다.

툭.

잘 참았던 눈물이 그제야 그의 얼굴을 타고 떨어졌다.

"생각보다…… 너무 아프잖아, 이거."

3.
서로를 향한
주체할 수 없는 마음

외삼촌과 대화를 끝마치고 나온 차윤성은 엘리베이터 앞에서서 강지욱과 전화 통화를 하고 있었다.

"지금 서다래가 누구와 만나는지 아직까지 확인이 안 됐다는 게 말이 돼?"

—죄송합니다. 서다래 씨를 보호 중인 이들과 연락이 원활하게 이루어지지 않고 있습니다. 누군가 일부러 저희 연락망을 방해하고 있는 것 같은데…… 혹시 몰라 제가 직접 가고 있는 중입니다.

"지금 서다래가 어디 있는지 위치 파악은 제대로 된 거 맞아?"

—네. 서다래 씨를 놓친 건 아닙니다. 저희가 지금 어디에 계신지 정확히 파악하고 있으니 위험하다거나 하신 건 절대 아닙

니다. 그러니 걱정은…….

"이 상황에 내가 걱정을 안 하게 생겼어? 혹시라도 어머니가 개입된 일은 아닌지 자세히 살펴보고 바로 연락 줘. 나도 일 끝내고 바로 갈 테니까."

―알겠습니다.

꽉!

차윤성이 거칠게 전화를 끊음과 동시에 휴대폰을 손 안에 세게 쥐었다. 조금만 더 힘을 줬다가는 휴대폰이 부서져 버릴 것만 같아 차윤성은 가까스로 이성을 되찾았다. 지금 같은 상황에 연락조차 안 됐다가는 미쳐버릴 것만 같았으니까.

딩―

때마침 도착한 엘리베이터를 타고 차윤성은 자신의 사무실이 있는 층수를 눌렀다.

마음 같아선 당장이라도 서다래를 향해 달려가고 싶었지만, 하필이면 지금 외삼촌이 만나보라고 한 손님이 오고 있는 상태였다.

누군지는 몰라도 같은 편으로 만들어 두면 차윤성이 후계자가 되는 데에 아주 든든한 아군이 될 사람이라며, 꼭 얼굴도장이라도 찍고 가라는 외삼촌의 권유에 차윤성은 하는 수 없이 약속 장소로 향하고 있었다.

차윤성의 사무실로 직접 오겠다고 했으니 조금만 있으면 도착할 것이다.

스윽.

차윤성은 자신의 사무실에 도착하자마자 한 손으로 넥타이를 느슨하게 풀었다.

속이 바짝 타들어 갈 정도로 서다래가 걱정됐다.

그녀가 잘못된다는 상상만으로도 세상을 잃은 것처럼 가슴이 철컹 내려앉는데, 우습게도 그녀를 지키기 위해 차윤성은 이 자리에 있었다.

'……빌어먹을.'

차윤성이 미간을 찌푸리며 신경질적으로 의자에 앉을 때였다.

또각또각.

이곳을 향해 걸어오는 여자의 구두 소리가 복도에서 들려왔다.

상대가 남자라고 들은 것은 아니었지만 막연히 그럴 거라고 예상했었다. 그런데 발소리를 들어 보니 약속 상대는 여자였던 모양이었다.

잠시 기다리고 있자니 곧이어 사무실의 문이 열렸다.

벌컥!

열리는 문 사이로 상대의 정체를 확인한 차윤성은 전혀 예상치 못한 얼굴에 놀랄 수밖에 없었다.

"넌……"

"안녕하세요, 도련님. 지금은 단둘만 있는 자리니 편하게 그냥 오빠라고 불러도 될까요?"

차윤성 앞에 모습을 드러낸 그녀는 동생 차해운의 약혼녀라고 소문이 파다한 장지현이었다.

문득 총회에서도 잠깐 마주쳤던 기억이 스치듯이 떠올랐다. 차윤성이 납득이 안 간다는 얼굴로 장지현을 보며 말했다.

"넌 해운이의 약혼녀잖아. 그런데 날 도우러 이 자리에 왔단 건가?"

"정확히 말하자면 아직은 해운 오빠의 약혼녀가 아니에요. 물론 저희 집안과 해운 오빠네 어머니가 약혼식 날짜를 잡고 있긴 하지만 아직 치러진 것은 아니니까요."

"약혼녀든, 약혼녀 예정이든 간에 해운이를 두고 날 돕겠다고? 여기 온 속셈이 대체 뭐야?"

"아직 의자에 앉지도 않았는데, 여자인 저를 세워 두고 너무 몰아붙이시는 거 아니에요. 윤성 오빠?"

"허락한 적 없으니 호칭 똑바로 불러. 누가 네 오빠란 거냐?"

차윤성의 차가운 지적에 장지현은 자신도 모르게 손톱을 세워 주먹을 말아 쥐었다.

순간 자존심이 상했지만 그래도 금방 평정심을 되찾을 수 있었다. 곧 저 거만한 남자가 자신에게 넘어올 거라 확신했으니까.

장지현의 매끈한 손바닥에 난 손톱자국은 순식간에 치료되어 사라졌다. 혈통이 좋은 가문인 만큼 치유력 또한 차윤성 못지않게 뛰어났다.

장지현은 무감각한 얼굴로 자신을 바라보고 있는 차윤성을 향해 다시 입을 열었다.

"도련님이라 불리길 원하신다면 그렇게 해드릴게요. 일단 제가 여기 온 이유는…… 도련님의 외삼촌인 조 사장님이 제가 해운 오빠와의 약혼식을 파기하길 원하세요. 그게 불가능하다면 식을 미뤄서라도 저희 두 집안의 결합을 늦춰주길 바라고 계시죠. 물론, 저도 그럴 생각이 있다고 대답을 했고요."

지금 수인족들 사이에서 차윤성이 인간 여자를 데리고 총회에 왔다는 소문 다음으로 가장 핫한 것이 바로 차해운과 장지현의 약혼식에 관한 내용이었다.

다른 누군가가 이 자리에서 장지현의 말을 들었다면 알려진 소문과 전혀 다른 내용에 깜짝 놀라고 말았을 것이다.

장지현은 자신의 말이 흥미롭지 않냐는 듯 눈을 빛냈지만, 이야기를 듣는 차윤성의 표정은 조금도 변하지 않았다.

차윤성이 무미건조한 목소리로 말했다.

"그 말은 날 위해서 약혼식을 파기해 줄 마음이 있다는 건데 그럼으로써 네가 얻는 건 뭐지? 내가 시간이 별로 없어서 그런데 본론부터 얘기해 줄 순 없나?"

차윤성은 장지현과 같은 부류의 여자를 여럿 본 적이 있었다. 자신의 목적을 위해서라면 수단과 방법을 가리지 않는 여자.

더군다나 동생인 차해운을 배신하면서까지 자신을 도울 정도다. 더욱더 그녀를 신뢰할 수 없었다.

여전히 별다른 반응이 없는 차윤성의 태도에 장지현은 입술을 지그시 깨물었다. 하지만 그의 말마따나 아직 본론조차 나오지 않은 상황이다.

지금부터 그녀가 내세우는 조건을 차윤성이 무시할 거라고는 생각지 않았다.

그렇기 때문에 장지현은 여전히 여유로운 웃음을 입가에 지은 채로 다시 입을 열었다.

"그래요. 그럼, 도련님이 원하시는 대로 본론부터 얘기하도록 하죠. 말했다시피 전 윤성 도련님을 위해 약혼식을 파기할 수도 있어요. 하지만…… 그것보다 더 큰 도움을 줄 수도 있죠."

"……?"

그보다 더 큰 도움?

쉬이 이해가 되지 않는 말이다.

차윤성이 잠자코 자리에 앉아서 그 뒤에 이어질 장지현의 설명을 기다리고 있을 때였다.

달칵.

문가에 서 있던 장지현은 차윤성을 향해 똑바로 선 상태에서 뒤로 손을 뻗어 사무실의 문을 닫았다. 그러고는 다시 손을 올려 자신이 입고 있는 블라우스의 단추를 풀기 시작했다.

하나, 둘, 셋…….

단추가 하나씩 풀리면서 장지현의 뽀얀 속살이 드러나기 시작했다.

차윤성은 이해하지 못할 그녀의 행동에 단번에 눈살을 찌푸리며 언짢은 목소리로 말했다.

"지금 뭐하는 거지?"

"날 가져요. 그러면 저희 집안은 해운 오빠가 아니라 윤성 도련님을 도울 거예요."

"설마 나보고 널 가지고 네 집안을 움직이란 소리인가?"

"사실이에요. 제가 윤성 도련님의 아이를 갖는다면 부모님도 더 이상 어쩌지 못하실 거예요. 어때요?"

순식간에 블라우스를 완전히 벗어 버린 장지현의 상체에는 볼록하게 솟아오른 그녀의 가슴이 적나라하게 드러나는 브래지어 한 장만 남아 있을 뿐이었다.

아래에는 H라인의 짧은 하이웨이스트 스커트를 입고 있었는데 그 모습이 섹시하기 그지없었다.

"큭큭."

하지만 그런 장지현의 노골적인 유혹을 받았음에도 불구하고 차윤성은 황당하다는 듯 웃음을 터뜨릴 뿐이었다.

변함없는 차윤성의 냉정한 태도를 보자 그제야 장지현도 뭔가 잘못되었음을 깨달을 수 있었다.

차윤성이 나지막한 목소리로 말했다.

"괜한 시간만 낭비했군."

그가 망설임 없이 의자에서 일어나 밖으로 나가려고 할 때였다.

그 모습을 멍하니 지켜보던 장지현이 퍼뜩 정신을 차리고 말했다.

"설마 지금 절 이렇게 거부하는 이유가 한낱 인간 계집 때문은 아니겠죠?"

우뚝.

차윤성이 걸음을 멈추고 싸늘한 눈동자로 장지현을 바라보며 말했다.

"말조심해라."

"이, 인간 계집 때문이라면…… 좋아요. 제가 한 발 양보해드리죠. 저와 그 인간을 같이 소유해도 상관없어요."

"상대할 가치가 없는 여자로군."

저벅저벅.

잠시 멈췄던 걸음을 움직여 다시 사무실 밖을 향하는 차윤성의 모습에 장지현이 이를 악물고 소리쳤다.

"이만큼 양보를 했는데도 날 거부한단 말이에요? 그딴 인간 계집애! 평생 힘 한번 쥐어 세계 안을 수조차 없을 텐데 마음껏 사랑이나 나눌 수 있겠어요?"

파앗!

순식간에 거리를 좁힌 차윤성이 장지현의 목덜미를 한 손으로 움켜잡은 채 커다란 책상으로 내리쳤다.

콰지직!

강한 힘을 견디지 못하고 책상에 거미줄처럼 금이 가며 찌그러졌다.

하지만 차윤성 아래에 깔린 장지현은 웃었다.

이 정도 충격쯤이야 조금의 고통은 있을지언정 수인족이라면 금방 나을 상처이기 때문이다.

"왜요? 이제 그럴 마음이 생겼어요?"

수인족끼리의 잠자리는 과격하다.

힘이 강한 그들에게 이 정도쯤은 아무것도 아니었다.

장지현의 도발에 차윤성의 몸이 그녀 쪽을 향해 기울기 시작했다.

스윽.

점점 다가오는 차윤성의 상체. 그의 무게를 느끼며 장지현이 속으로 '아, 이제 다 넘어왔구나!'란 생각이 들며 환희에 젖을 때였다.

차윤성의 숨결이 장지현에게 닿을 만큼 가까워졌을 때 그녀의 귓가에 들리는 서늘한 목소리가 있었다.

"내 여자는 평생 소중하게 안아줄 거니까. 그런 건 너 따위가 염려할 부분이 아니야."

생각지도 못한 차윤성의 태도에 수치심을 느낀 장지현의 얼굴이 시뻘겋게 변했다.

차윤성이 아무렇지도 않게 다시 몸을 세웠다. 붉게 물든 장지현의 얼굴을 별 감흥 없이 힐끔 쳐다보곤 몸을 돌리려 할 때였다.

수치심과 모욕감으로 얼룩진 장지현이 다급하게 입을 열었다.

"잠깐!"

차윤성의 차가운 시선이 다시 그녀를 향하자 장지현은 지금까지와 달리 표독스러운 표정을 드러낸 채 악에 받친 목소리로 말했다.

"날 이렇게 모욕하고도 후계자가 될 수 있을 거라고 생각해? 차윤성 당신…… 후계자가 되지 못한다면 아무것도 아니야. 내가 부숴 버릴 수도 있어."

장지현의 경고에 차윤성의 한쪽 입꼬리가 올라갔다.

"반대로 내가 후계자가 된다면 네가 그토록 자랑스러워하는 너의 가문이 오늘 일로 인해 몰락의 길을 걷게 될 거다. 그때서야 넌 지금의 일을 후회하겠지."

"이……!"

"왜, 네 도움 없이는 불가능할 거라고 생각했나?"

분하다는 듯이 장지현이 이를 갈았다.

하지만 화가 치밀어 오르는 것과 동시에 마음 한편에서는 차윤성을 혹시 잘못 건드린 건 아닌가 하는 불안감이 엄습할 때였다.

어느샌가부터 복도에서 발걸음 소리가 들려왔다.

뚜벅뚜벅.

차윤성이나 장지현이나 두 사람 모두 다른 데 신경을 쓰느라 제법 가까이 다가와서야 알아차린 발소리다. 그 소리는 순식간에 사무실 앞에 도착했다.

끼익—

문이 열리는 소리와 함께 차윤성과 장지현으로 인해 엉망이 되어 버린 사무실 안으로 들어온 사람이 있었다.

그녀는 다름 아닌 서다래였다.

"......!"

눈앞에 보이는 광경에 순간 서다래의 눈동자가 크게 뜨여졌다.

장지현은 브래지어 한 장만 입은 채 차윤성의 책상 위에 앉아 있었다.

차윤성은 넥타이를 거칠게 풀어헤친 듯 보였고, 방금 전 장지현과 밀착했을 때 생긴 립스틱 자국이 셔츠에 묻어 있었다.

놀란 건 서다래뿐만이 아니었다.

빨리 여기서 나가 그녀를 찾아가려 했던 차윤성이다. 서다래가 이곳에 올 거라고는 전혀 예상치 못한 일이었기에 깜짝 놀란 눈으로 그녀를 바라보고 있을 때였다.

그가 뭐라고 말을 하기도 전에 서다래가 열었던 사무실의 문을 그대로 다시 닫았다.

쾅!

전혀 생각지도 못한 행동이었다.

다시 닫혀버린 문을 바라보며 차윤성이 다급하게 서다래를 쫓아가기 위해 몸을 움직였다. 동시에 이 모든 일의 원흉인 장지현을 서늘한 눈빛으로 바라보곤 말했다.

"꺼져."

평생 이런 취급을 받아본 적 없는 장지현은 지금 이 상황이 기가 막힐 뿐이었다.

서둘러 사무실 밖으로 나간 차윤성은 서다래의 뒤를 쫓아갔다.

저벅저벅.

빠른 걸음으로 순식간에 서다래의 뒤를 따라잡은 차윤성이 그녀의 팔목을 잡아채 그 자리에 세웠다.

"서다래."

나지막한 차윤성의 목소리에 앞서 걷던 서다래의 몸이 순순히 그를 향해 돌아섰다.

스윽.

하지만 드러난 서다래의 얼굴은 차가웠다. 도무지 무슨 생각을 하고 있는지 어떠한 감정도 읽을 수가 없었다.

"왜 네가 도망가?"

"제가 혹시 방해한 건 아닌가 해서요."

예상외로 침착하기 이를 데 없는 말투였다. 하지만 가시 돋친 서다래의 말에 차윤성의 가슴이 순간 답답해졌다.

"방해라니. 그게 무슨 말도 안 되는 소리야? 네가 오해할 만한 상황을 만든 건 미안해. 하지만 아무 일도 없었어."

"알겠어요."

차윤성의 변명에도 서다래는 그저 순순히 고개를 끄덕이며 나지막이 대답할 뿐이었다.

그 모습을 보자 차윤성은 더욱더 걱정이 될 수밖에 없었다. 차윤성이 재차 입을 열어 말했다.

"다시 한 번 말하지만, 네가 신경 쓸 만한 일은 조금도 없었어."

"······그만 가 볼게요."

서다래는 별다른 말없이 다시 몸을 돌려 걸어가려고 했다. 하지만 이대로 그녀를 보내기엔 도리어 차윤성이 신경 쓰여서 미쳐버릴 것만 같았다.

휙!

다시 가버리려는 서다래의 팔목을 차윤성이 다시 잡아끌며 말했다.

"서다래, 오해하지 말아 줘. 이렇게 널 보낼 바엔 차라리 나한테 솔직하게 소리를 지르고 화를 내주는 게 더 편할 것 같아."

애절한 차윤성의 목소리에 차가웠던 서다래의 얼굴이 조금씩 변하기 시작했다.

얼굴에 표정이 드러나기 시작하자 서다래는 그를 바라보던 얼굴을 점점 바닥으로 숙였다. 그렇게 고개를 푹 숙인 상태로 그녀가 여전히 나지막한 목소리로 말했다.

"내가······ 어떻게 솔직하게 다 내 감정을 말할 수 있겠어요? 당신보다 이렇게 부족한데."

전혀 생각지도 못한 서다래의 말에 차윤성은 놀라고 말았다.

"그게 무슨 말이야?"

부족하다니.

누가? 누구에 비해서?

차윤성이 고개를 숙인 서다래를 복잡한 눈동자로 바라보다가 손을 뻗으려고 할 때였다.

서다래의 촉촉하게 젖은 목소리가 잇달아 들려왔다.

"내가 서다래라는 이름으로 누릴 수 있는 것보다 당신의 여자라는 이름으로 누릴 수 있는 게 더 많은 거 알아요? 나는…… 그게 무서워요. 언젠간 당신이 보잘것없는 나를 발견하고 떠날까 봐."

말을 하는 도중에 서다래 눈에서는 그녀도 모르게 눈물이 떨어지기 시작했다.

후두둑.

그동안 참아왔던 감정이 복받쳤는지 하염없이 흐르는 눈물을 막아 낼 수가 없었다.

다른 여자와 있는 아까 같은 장면을 보고 당연히 화가 났다. 차윤성의 말대로 소리를 지르고 화를 내고 싶었다. 하지만 그럴 순 없었다.

그러다간 정말 차윤성이 떠나 버릴지도 몰랐으니까.

차윤성에 비해 서다래는 자신이 보잘것없다는 걸 잘 알고 있었다. 그런데 이렇게 투정까지 부리게 되면 그가 금방 싫증이 날지도 몰랐다.

그 생각이 들자 화를 낼 수가 없었다.

그래서 서다래는 참았다.

참으려고 했다.

서다래는 흐느낌을 내지 않기 위해서 입술을 꼭 다물 때였다.

"거기까지만 해. 더 이상하면 화낸다."

어딘가 차갑게 들리는 차윤성의 말투에 서다래는 방금 전보다 어금니를 더 세게 깨물어야 했다.

그때 마침 차윤성의 커다란 손이 서다래의 턱을 감싸 쥐었다.

슥.

그리고 고개를 숙이고 있던 서다래의 얼굴을 들어 올렸다.

순식간에 눈물범벅이 된 서다래의 얼굴이 드러났다.

차윤성은 커다란 손으로 서다래의 볼을 감싸 쥐며 그녀의 눈물을 닦아 주었다. 그러곤 나지막한 목소리로 다시 말했다.

"서다래 네가 날 그렇게 봐주는 건 고마운 일이지만, 난 네가 생각하는 그렇게 대단한 남자가 아니야. 아주 꼴사납고 볼품없는 남자일 뿐이지. 오죽하면 널 내 것으로 만들기 위해 약은 짓도 서슴지 않고, 음흉하기까지 해."

갑작스럽게 들리는 차윤성의 말에 서다래가 딱딱하게 굳은 채로 그를 바라봤다.

그녀가 눈을 한 번 깜빡이니 다시 눈물이 한 방울 주르륵 흘러내렸다. 그 눈물을 다시 차윤성이 손으로 슥 닦아 내며 말했다.

"그러니까 이제 와서 내가 부담스럽다는 핑계를 대도 늦었어.

네가 날 떠나게 두지 않을 거야. 똑똑히 들어. 서다래, 난 널 놔 주지 않을 거야."

차윤성의 오렌지빛 눈동자가 사나운 듯 또는 애절한 듯한 눈 빛으로 서다래를 내려다보고 있었다.

그 특유의 꿰뚫릴 것 같은 강렬한 시선에 서다래는 옴짝달싹 하지 못한 채 홀린 듯 그를 바라봤다. 그러다가 그녀가 자그맣 게 입술을 열어 말했다.

"……날 절대 놓지 말아 줘요."

이렇게까지 그에게 빠져들게 만들어놓고 이제 와서 그녀를 혼자 내버려 두고 갈 순 없었다. 그런 건 서다래가 먼저 사양이 었다.

서다래는 자신의 마음을 차윤성이 얼마나 차지하고 있는지 다시금 깨닫고 말았다.

이제는 그가 자신이 싫어졌다고 해도 그냥 보내 줄 수 없을 만 큼 빠져들고 말았다.

서다래의 대답을 들은 차윤성의 눈동자가 놀란 듯 커졌다. 그 러곤 이내 곤란하다는 듯이 변했다.

"지금 그 말…… 너무 위험한 발언이야."

눈물로 번진 서다래의 얼굴, 붉게 물든 눈가가 그만큼 그를 사 랑한다는 말 같아서 차윤성은 그녀가 사랑스러워 죽을 것만 같 았다.

이렇게 가슴이 미어터질 것 같은 애달픈 감정은 차윤성 혼자에게만 있는 걸지도 모른다고 생각했다.

그런데 그게 아니었다.

차윤성의 반듯했던 눈썹이 일그러지며 그가 정말 곤란하다는 듯한 표정으로 다시 말했다.

"아까도 말했다시피 난 너를 눈앞에 두고 여유를 가질 만큼 그렇게 대단한 남자가 아니라고."

양손으로 감싸고 있던 서다래의 얼굴에 차윤성이 결국 참지 못하고 다가갈 때였다.

그의 그림자가 그녀의 얼굴 위로 덮이자 서다래의 두 눈이 조용히 감겼다.

스륵.

순간 차윤성의 가슴이 미친 듯이 쿵쾅거리기 시작했다.

세상에 그 어떤 유혹도 이보다 더 강한 건 없었다.

차윤성은 그도 모르게 저돌적으로 입술을 맞췄다.

집어삼키기라도 할 듯이 뜨거운 차윤성의 키스에 서다래는 정신이 아찔했다. 그녀가 숨이 벅차올라 더 이상은 무리라고 생각될 때 불현듯 차윤성의 입술이 떨어져 나갔다.

그러곤 조금 쉰 듯 만 듯한 섹시한 목소리로 그가 말했다.

"서다래, 지금 널 갖고 싶어."

이글거리는 그의 눈빛과 뜨거운 숨결.

굳이 더 입을 열어 설명하지 않아도 그의 말뜻이 무엇을 의미하는지 알아버릴 수밖에 없었다.

서다래는 이 위험한 맹수에게 금방이라도 잡아먹혀 버릴 것 같았다.

화악!

순식간에 서다래의 얼굴이 붉게 물들었다.

"그, 그게……."

"벌써 그렇게 얼굴 붉히지 마. 아직 시작도 안 했으니까."

"……!"

순간 서다래가 아무 말도 못 하고 눈이 휘둥그레져서 그를 바라볼 때였다.

휘익.

차윤성이 더 이상 말없이 서다래를 번쩍 안아 들었다. 그러자 위급함을 느낀 서다래가 서둘러 입을 열어 말했다.

"여, 여기서요?"

차윤성은 대답도 없이 다급하게 아무 문이나 열어젖혔다.

콰직!

차윤성의 손 안에서 방문의 손잡이가 장난감처럼 부서져 버렸다.

아무 방 안에나 들어온 차윤성이 주위를 한 번 둘러보더니 한쪽 벽면에 놓여 있던 커다란 책장을 쓰러뜨렸다.

쿠당탕!

커다란 소리와 함께 책장이 두 사람이 들어온 문을 막아버렸다.

깜짝 놀란 서다래와 달리 차윤성이 여전히 쉰 듯한 낮은 목소리로 말했다.

"아무한테도 널 보여 줄 생각은 없으니까 걱정 마."

입구를 막아버린 후, 서다래는 눈 깜짝할 새에 어느 순간 가죽 소파에 위에 눕혀져 있었다.

그녀는 자신의 위에 올라타서 금방이라도 잡아먹을 것처럼 쳐다보고 있는 오렌지빛 눈동자와 마주하자 미친 듯이 심장이 빠르게 뛰기 시작했다.

"유, 윤성 씨."

"어차피 오래 참지 못할 거라고 예상은 했지만, 그래도 최대한 널 배려하려고 했어. 그러니…… 이렇게 된 건 순전히 네 책임이야."

"제가 뭘 했다고요?"

"너무 사랑스러웠잖아."

화끈—

그게 무슨 말도 안 되는 소리냐고 반박하고 싶었지만, 그 전에 가슴이 설레서 얼굴이 다시 붉게 달아올랐다.

차윤성이 다시 한쪽 미간을 찡그리며 말했다.

"……그러지 말라고 했잖아."

차윤성은 당장이라도 자신의 아래에 누워 있는 서다래를 갖고 싶었다. 하지만 온 힘을 다해 자신의 본능을 억누르곤 다시 한 번 물었다.

"난 지금 여기서 널 가질 거야. 만약에 그게 싫으면 지금 말해."

"말하면 그만둘 거예요?"

이미 방금 전에 바깥으로 나가거나 들어올 수 있는 입구를 커다란 책장으로 막아버린 차윤성이다. 이제는 이곳을 나가고 싶다고 해도 마음대로 갈 수조차 없게 되어 버린 상황이었다.

서다래의 질문에 차윤성이 잠시 고민하다가 나지막이 말했다.

"모르겠어. 하지만 일단 말해 봐. 너한테 미움 받는 건 죽기보다 싫으니까."

"음……."

서다래가 우물쭈물거리며 확실히 대답을 못 하자 차윤성이 그녀를 향해 몸을 기울이며 나지막이 속삭였다.

"선택 못 하겠으면, 그냥 내가 하자는 대로 따라와."

이전에 차윤성이 고백을 했을 때도 그가 강하게 밀어붙이기 전에는 확답을 주지 않았던 서다래다. 이번에도 갈팡질팡 고민하는 그녀를 바라보며 차윤성이 제 뜻대로 밀어붙이려는 찰나였다.

다가오는 차윤성을 향해 서다래가 먼저 고개를 들어 입을 맞췄다. 그러곤 엄청나게 새빨개진 얼굴로 자그맣게 말했다.

"이번엔 그냥 따라가는 거 아니에요."

생각지도 못한 그녀의 기습 뽀뽀에 차윤성의 눈동자가 놀란 듯 커졌다. 하지만 이내 다시 반달처럼 휘어졌다.

차윤성이 부드럽게 웃으며 감미로운 목소리로 그녀에게 속삭이듯 나지막이 말했다.

"이젠 네가 부탁해도 못 그만둬."

입술이 맞닿자 서로를 갈망하는 듯한 짙은 키스가 이어졌다.

차윤성의 길고 가느다란 손이 서다래의 티셔츠 안으로 슥 들어갔다. 그러곤 능숙하게 잠시 입술을 뗀 틈에 위로 벗겨버렸다.

그 덕에 순간 서다래의 결 좋은 머리카락이 공중에 찰랑거렸다.

긴장한 서다래의 몸이 파르르 떨려오자 차윤성이 그녀를 달래려는 듯 부드럽게 그녀의 뺨을 쓸어주었다.

그 간질거리는 느낌에 서다래는 자신도 모르게 질끈 감았던 두 눈을 떴다. 그러자 자신을 바라보는 오렌지빛 눈동자와 다시금 시선이 마주쳤다.

눈이 마주치자 알 수 없는 뜨거운 열기가 느껴졌다.

다시 그녀의 입술에 차윤성의 입술이 내려앉았고 마주친 입술에서는 뜨거운 숨이 교차했다.

더 이상은 서로를 향하는 마음을 주체할 수가 없었다.

* * *

부스스.

언제 잠이 들었는지 깜빡 잠에 빠진 서다래가 정신을 차렸다. 그러자 잠들기 전과 다르게 온몸을 휘감고 있는 부드러운 이불의 감촉이 느껴졌다.

순간 '여긴 어디지?'란 생각과 함께 서다래가 무거운 눈꺼풀을 들어 올릴 때였다.

"아!"

그러자 눈앞에 그녀를 사랑스럽다는 듯이 바라보고 있는 차윤성의 얼굴이 보였다.

화끈!

그와 잠자리에서 나눴던 뜨거운 열기가 다시금 머릿속에 떠올라서 서다래의 얼굴이 자신도 모르게 붉어졌다.

서다래와 눈이 마주치자 차윤성이 커피향보다 더욱 감미로운 목소리로 말했다.

"일어났어?"

후다닥!

밀려드는 부끄러움에 서다래는 덮고 있던 이불을 코끝까지 끌어올렸다. 눈만 빼꼼 내놓은 채로 그녀가 말했다.

"여긴 어디예요?"

"내 방."

그제야 서다래의 눈에 익숙한 방 안의 풍경이 들어왔다.

곰곰이 생각해 보니 사무실에서 그와 관계를 가지고 난 다음 지쳐서 잠이 들었던 게 떠올랐다.

"설마 사무실에서 여기까지 절 데리고 온 거예요? 어떻게요?"

당황한 서다래가 눈을 동그랗게 뜨고 물어보자 차윤성이 피식 웃으며 답했다.

"네가 깰까 봐 매우 조심히. 아주 잘 옮겼지."

"그건 그렇다고 쳐도…… 왜 제가 내 방이 아니라 또 윤성 씨 방에 누워 있는 거예요?"

"왜일 것 같은데?"

"모, 모르죠. 나야."

눈만 이불 밖으로 내놓은 채로 깜빡거리는 서다래의 모습이 귀엽기 그지없었다.

차윤성이 짓궂은 표정을 지으며 다시 말했다.

"정말 몰라?"

"……정말 모르겠는데요."

"보고 싶으니까 그렇지. 그러니까 그만 가리고 얼굴 보여줘."

말을 하며 차윤성이 서다래가 덮고 있는 이불을 빼앗았다.

휘익!

그러자 이불 아래 감춰져 있던 붉게 물든 서다래의 얼굴이 다시 드러났다.

"아앗!"

서다래가 안타까운 비명을 질렀지만 이미 늦었다.

"뭘 아쉬워하고 그래. 그럼 언제까지 거기에 숨어 있을 생각이었는데?"

"부, 부끄럽단 말이에요."

서다래는 양손으로 빨갛게 달아오른 뺨을 감싸며 쥐어짜듯이 말했다.

차윤성은 그런 그녀가 너무 사랑스러워서 와락 끌어안고 말았다.

순식간에 차윤성의 품 안에 안기게 된 서다래는 깜짝 놀랐지만 이내 그의 단단한 팔 안의 공간이 얼마나 포근한지 깨닫고 말았다.

어느 순간 서다래는 스륵 눈을 감고 차윤성의 어깨에 살포시 기댔다.

이 감정은 바닥이 없는 것만 같았다.

두려울 만큼 지금 이 순간이 행복했다.

"각오해 두는 게 좋을 거야."

그의 목소리에 서다래가 자연스레 감았던 눈을 다시 슬며시 뜨곤 말했다.

"뭘요?"

"내가 너한테 엄청나게 사랑을 쏟아 부을 예정이거든."

한순간 눈앞이 아찔해질 정도로 달콤한 고백이었다.

그 말을 들은 서다래가 자신도 모르게 입가에 미소를 지으며 자그맣게 말했다.

"좋아해요…… 아주 많이."

속삭이듯이 들리는 서다래의 작은 목소리에 그녀를 안고 있던 차윤성의 눈동자가 커졌다. 그러곤 잠시 후 참을 수 없다는 듯이 고운 미간을 찌푸렸다.

꼬옥.

차윤성은 잠시 아무 말도 하지 못한 채 서다래를 더욱 세게 끌어안았다.

누군가가 태어나서 가장 행복한 순간을 꼽으라고 한다면 차윤성은 조금의 망설임도 없이 지금이라고 대답할 수 있었다.

차윤성이 나지막한 목소리로 말했다.

"좋아한다면서 나한테 미리 선 그어놓지 마. 서다래, 너 금방 한 걸음 물러서는 버릇이 있어. 갖고 싶으면 그냥 갖고 싶다고 말해."

서다래는 지금 차윤성이 하는 말이 사무실에서 마주쳤을 때를 가리키는 것이라는 걸 알았다. 그때 그에 비해 그녀 스스로가 보잘것없다고 말한 게 마음에 걸린 모양이었다.

지금에 와서 생각해 보니 조금 쑥스럽기도 했다. 어떻게 대답해야 할지 몰라 서다래가 대충 둘러대듯이 말했다.

"가, 갖고 싶은 거 없어요."

"없긴 왜 없어. 나 있잖아."

"그런……!"

단도직입적인 차윤성의 말에 순간 서다래의 말문이 막혔다.

"나한테 조금 더 투정부려도 돼. 아니, 그래줬으면 좋겠어."

서다래가 어떻게 대답해야 할지 몰라 잠시 망설이고 있을 때였다.

스윽.

차윤성이 그녀를 안고 있던 상체를 일으켜 다시 서다래의 얼굴을 바라봤다.

그렇게 눈이 마주치자 차윤성이 그녀의 손을 쥐고 자신의 가슴으로 가져갔다.

두근두근두근두근.

엄청나게 빠르게 뛰는 심장 소리.

그녀 자신의 심장 소리와는 비교도 되지 않을 만큼 차윤성의 가슴이 빠르게 뛰고 있었다.

"이렇게 널 원해. 너만 보면 이렇게 뛰는 심장이 거짓일 리 없잖아."

사락.

차윤성이 기다란 손가락으로 서다래의 머리카락을 쓸어 넘겨 주며 다시 말을 이었다.

"그 조그만 머리로 뭘 고민하는지 모르겠지만. 외모든 집안이든, 인간이든 수인족이든 그런 것 따위 지금 나한테 아무 의미도 없어. 중요한 건 내가 널 원한다는 거야. 아무한테도 날 양보하려고 하지 마. 난 네 거야, 서다래. 조금 더 소유해 달라고."

지금 이 순간 서다래는 세상에서 가장 행복한 여자였다.

부드러운 오렌지빛 눈동자가 온전히 그녀만을 담은 채 사랑을 고백하고 있었다. 흔들리지 말라고, 그는 그녀만의 것이라고.

이루 표현할 수 없는 행복감에 녹아버릴 것 같았다. 서다래가 얼굴에 한가득 미소를 지은 채 장난스럽게 투정을 부리듯 말했다.

"이렇게 멋진데…… 내가 안 불안하고 배기겠어요?"

그녀의 미소에 거짓말처럼 손을 올리고 있던 차윤성의 심장이 더욱 빠르게 뛰기 시작했다.

쿵쿵쿵쿵.

그것을 느낀 서다래가 깜짝 놀라서 그를 다시 쳐다볼 때였다.

차윤성이 웃으며 말했다.

"그렇게 멋진 내가 반한 여자가 바로 너야, 서다래."

서로의 눈이 마주치자 자연스럽게 차윤성의 입술이 서다래를 향해 다가왔다.

쪽쪽.

가볍게 입맞춤을 하던 차윤성의 입술이 어느 순간 서다래의 입술에 자신의 입술을 포갰다. 그러곤 곧이어 한순간도 놓치기 싫다는 듯 그녀에게 파고들었다.

차윤성은 거기에 그치지 않고 서다래의 뒤통수를 감싸며 천천히 침대 위로 다시 눕혔다.

잠시 후, 그의 입술이 서다래의 입술에서 천천히 떨어져 나갈 때였다.

그제야 뭔가 이상함을 느낀 서다래가 말했다.

"설마……."

"네 탓이야."

"또요?"

서다래가 납득이 안 된다는 듯이 그를 올려다보자 차윤성이 녹아버릴 것 같이 매력적인 미소를 지으며 말했다.

"날 너한테 이렇게 흠뻑 빠지게 만들었잖아."

*   *   *

째깍째깍.

강지욱은 자신의 손목시계를 내려다보며 시간을 확인했다.

조금 더 늦으면 회사에 지각할 시간인데도 불구하고 차윤성과 서다래 둘 다 아직까지 나올 기미조차 보이지 않았다.

"전화라도 해 봐야 하나?"

무심결에 꺼내 들었던 휴대폰을 바라보며 잠시 고민하던 강지욱은 다시 주머니 안에 넣었다.

"에이, 모르겠다. 알아서 하시겠지."

괜히 두 사람을 방해하고 싶진 않았다.

마음 편히 생각하기로 한 강지욱은 느긋하게 차에 기대어 서서 두 사람을 기다렸다.

이렇게 가만히 서 있자니 문득 어제 있었던 일이 그의 머릿속에 떠올랐다.

어제 혹시나 서다래에게 무슨 일이 생겼을까 봐 그녀에게 달려가던 중 강지욱에게 생각지도 못한 전화가 걸려왔다.

당연히 차윤성이 다시 전화를 걸었을 거라고 생각했다. 하지만 발신자 번호는 다름 아닌 서다래 본인의 휴대폰 번호였다.

깜짝 놀란 강지욱이 서둘러 통화 버튼을 누르고 전화를 받았다.

"여보세요? 서다래 씨?"

—아, 안녕하세요, 부장님.

"괜찮습니까? 무슨 일 있는 건 아니죠?"

다급한 강지욱의 목소리에 서다래가 잔뜩 당황한 기색을 감추지 못한 채 얼떨떨한 목소리로 대답했다.

—네? 아무 일도 없는데요.

"후우."

서다래의 대답을 듣자마자 강지욱은 자신도 모르게 안도의 한숨을 내쉴 수밖에 없었다.

왜 이런 일이 생긴 건지 더 조사를 해 봐야겠지만 지금 중요한 건 서다래에게 아무 이상도 없다는 사실이었다.

잠깐 생각을 추스른 강지욱은 그제야 뭔가 이상하단 걸 떠올렸다. 서다래가 그에게 전화를 걸 이유가 없기 때문이다.

강지욱이 서다래를 향해 다시 말했다.

"그런데 무슨 일로 저한테 전화를 하신 겁니까?"

—아, 그게…… 뭣 좀 여쭤보고 싶은 게 있어서.

쑥스러운 듯 어색한 서다래의 목소리에 강지욱은 의아했지만 금방 그 이유를 알 수 있었다.

—부장님 바쁘신데 죄송하지만, 혹시 윤성 씨가 지금 어디에 있는지 좀 알 수 있을까요?

서다래의 말을 들은 강지욱은 이상하게 헛웃음이 새어 나오고 말았다. 서로가 서로를 이렇게 생각하고 있다는 게 절절히 느껴졌기 때문이다.

차윤성은 강지욱에게 그녀가 누굴 만나는지 알아봐달라고 했다. 그리고 서다래 또한 차윤성이 자신을 걱정하고 있을까 봐 그에게 가려하고 있었다.

그런 그 둘의 생각이 중간에 있는 강지욱에겐 너무나도 잘 보였다.

어차피 차윤성도 그녀를 걱정하고 있던 찰나였기에 강지욱은 별 생각 없이 서다래에게 지금 그가 있는 위치를 말해 주었다.

그렇게 어느 정도 시간이 지났을 때였다.

아무리 기다려 봐도 차윤성과 연락이 닿질 않았다.

그저 단순히 서다래와 함께 있기 때문에 바쁘구나 하고 생각하던 중에 마침내 차윤성에게 전화가 왔다.

—안 바쁘면 잠깐 좀 도와줬으면 좋겠는데.

평소와 달리 지나치게 작게 말하는 차윤성의 목소리에 강지욱은 의아함을 느꼈지만, 대수롭지 않게 여기고 그가 말한 사무실에 도착했을 때였다.

거기에는 차윤성이 깨지기라도 할 듯이 조심히 서다래를 품에 안고 있는 모습이 보였다.

주변 광경은 말도 못했다.

부서진 문짝부터 시작해서 무너진 책장. 어느 지점부터는 멀쩡한 데라곤 찾아볼 수 없는 광경이었다.

"도련……!"

깜짝 놀란 강지욱이 그를 부르려고 할 때였다.

스윽.

차윤성이 한 손가락을 세워 입가에 가져가며 조용히 하란 제스처를 취했다. 그제야 강지욱은 차윤성의 품 안에 안겨 있는 서다래가 잠에 빠져 있단 사실을 알아차렸다.

눈치껏 목소리를 최대한 작게 낮춘 상태로 강지욱이 다시 말했다.

"대체 어떻게 된 일입니까?"

"어쩌다 보니 이렇게 됐어. 미안한데 뒤처리 좀 부탁할게. 이대로 놔둘 수는 없으니까."

"그래도 그렇지……."

말을 하던 강지욱은 어느 한 곳을 발견하곤 입을 벌리고 말았다. 잠시 할 말을 잃은 그가 이건 해도 해도 너무 한 거 아니냐는 듯이 황당하단 표정으로 다시 입을 열었다.

"여기는 도련님이 직접 부수신 거 아닙니까?"

강지욱이 가리킨 벽면을 힐끗 바라본 차윤성이 대답했다.

"어쩔 수 없었어. 여기서는 나가야 할 것 아니야. 나갈 때 공간이 좁으면 서다래가 깰 수도 있으니까."

"이렇게 일부러 벽을 허물어트려놓고 저보고 뒤처리를 맡기시는 겁니까?"

이제는 아예 일을 만들어서 주는 차윤성을 향해 강지욱이 불만을 토해 낼 때였다.

번쩍.

차윤성은 더 이상 아무런 대답도 하지 않은 채 서다래를 안고 그 자리에서 일어섰다.

그의 행동 하나하나가 너무나도 소중한 것을 대하는 듯이 조심스러워서 강지욱은 순간 다시 할 말을 잃고 말았다.

지금껏 강지욱이 단 한 번도 본 적 없는 얼굴의 차윤성이 거기에 있었다.

차윤성이 천천히 걸음을 옮기며 강지욱을 향해 작은 목소리로 속삭였다.

"그러니까 미안하다고 했잖아, 부탁 좀 할게."

썩 내키지는 않았지만 그렇다고 이런 표정으로 말하는 차윤성의 부탁을 거절할 수 있을 리가 없었다.

"……알겠습니다."

그렇게 시간이 지나 오늘 아침이 찾아온 것이다.

둘 사이에 무슨 일이 있었는지 몰라도 최소한 방해는 되고 싶지 않은 마음이 드는 건 어찌 보면 당연한 일이었다.

긴 상념에서 깨어난 강지욱이 다시금 손목에 찬 시계를 바라봤다.

'아무리 그래도 너무 늦으시는군.'

그렇게 손목시계를 바라보고 있던 강지욱은 귓가에 누군가의 발걸음 소리가 들려왔다.

"늦었어요!"

다급해 보이는 목소리를 내뱉는 서다래의 뒤편에서 그녀의 뒤를 쫓아 나오는 차윤성의 모습도 보였다.

차윤성이 마음에 들지 않는다는 표정으로 말했다.

"네가 회사를 안 다녔으면 좋겠어."

이미 몇 번이나 그런 뉘앙스를 풍기며 말을 하는 차윤성을 향해 서다래가 단호하게 말했다.

"그런 소리 하지 말라고 했죠. 그리고 이렇게 제가 늦잠을 잔 이유가 누구 때문이라고 생각하는 거예요?"

뽀로통한 얼굴로 자신을 째려보는 서다래를 보고 있자니 차윤성은 할 말이 없었다. 사실 밤새 그녀를 괴롭힌 범인이 바로 그였기 때문이다.

"어쨌든 전 이만 가 볼…… 에?"

서다래가 몸을 돌리다가 강지욱을 발견하고 깜짝 놀라서 쳐다볼 때였다.

그제야 자신의 존재를 알아차린 서다래를 향해 강지욱이 고개를 까딱거리며 인사했다.

"오늘부터 제가 모셔다 드리기로 했습니다."

"네에?"

믿을 수 없다는 듯 눈을 치켜뜨는 서다래를 향해 차윤성이 설명하듯이 덧붙여 말했다.

"앞으론 내가 회사에 있는 시간보다 없는 시간이 더 많을 거야. 그러니까 내가 없을 땐 지욱이랑 같이 다녀."

"그래도⋯⋯."

"이건 내 말대로 따라줘."

확고한 차윤성의 말에 서다래는 하고 싶은 말이 많았지만 삼킬 수밖에 없었다. 그가 이렇게 하는 이유가 자신의 안전 때문이란 사실을 잘 알기 때문이다.

그렇게 서다래를 차 안으로 밀어 넣은 차윤성이 운전석에 타고 있는 강지욱을 향해 말했다.

"잘 부탁해."

이런 말을 진지하게 하는 차윤성은 분명 강지욱이 알고 있는 차윤성과 거리가 멀었다.

그가 알고 있는 윤성 도련님은 결코 이런 사람이 아니었다. 하지만 결론적으로 이런 모습도 나쁘지 않았다.

강지욱은 조금은 장난스럽지만 어딘가 진지한 목소리로 말했다.

"제 목숨을 걸고 지켜드릴 테니 염려 마십시오."

4

경고했지,
지킬 수 없을 거라고

차윤성은 눈코 뜰 새 없이 바빠졌다.

지금까지 어머니의 손에서 살아남기 위해 나름 아등바등하며 살아왔던 그다. 하지만 지금에 비한다면 그땐 준비 기간에 불과했다고 말할 수 있을 정도로 바빴다.

그러다 보니 어느샌가 서다래의 곁에는 차윤성이 머무르는 시간보다 강지욱이 함께하는 시간이 월등히 많아졌다.

하루에 한 번 서다래의 얼굴을 보기도 힘든 지경에 이르자 결국 참다못한 차윤성이 특단의 조치를 내렸다.

차윤성이 하는 말을 들은 강지욱이 어처구니가 없다는 듯이 되물었다.

"제정신이십니까?"

"네 눈에는 내가 지금 제정신을 유지하는 걸로 보여?"

"그러니까 정신 차리라고 드리는 말씀입니다."

"잔말 말고 가지고 와."

도무지 남의 말은 들어 처먹으려고 하지도 않는 차윤성 때문에 결국 강지욱은 그의 말도 안 되는 명령을 따를 수밖에 없었다.

며칠 후, 강지욱이 차윤성에게 무언가를 내밀며 중얼거렸다.

"서다래 씨가 알게 되면 기분 나빠하실 겁니다."

"미리 말해두지만, 이 사실이 들키면 범인은 너야."

차윤성은 강지욱을 향해 으름장을 놓으며 그가 내민 것을 조심스레 받아 들었다.

사삭.

봉투를 열자 나타난 것은 다름 아닌 서다래의 사진들이었다. 평범하게 회사 생활 중인 그녀의 모습을 몰래 찍은 사진들이 여러 장 쏟아져 나왔다.

강지욱은 보고도 믿을 수가 없다는 듯 고개를 절레절레 저으며 말했다.

"생전 제가 이런 일까지 하게 될 거라곤 생각지도 못했습니다."

"다방면으로 경험도 늘리고 좋지 뭘 그래."

이미 차윤성의 시선은 서다래의 사진에 틀어박혀서 헤어나올 줄을 몰랐다.

그런 그를 보며 강지욱은 헛바닥만 차지 않았을 뿐. 못 말린다는 표정을 짓고 있었다.

　책상 위에 펼쳐 놓은 서다래의 사진들을 바라보다가 차윤성이 나지막이 중얼거렸다.

　"……왜 이렇게 변함없이 예쁜 거야. 회사에서 누가 찝쩍대는 놈은 없어?"

　"도련님이랑 만나는 걸 아는데 누가 그러겠습니까?"

　"혹시 모르잖아. 불에 뛰어드는 불나방이 있을지……."

　말을 하던 차윤성이 유난히 눈에 띄는 사진 한 장을 집어 들었다.

　정면도 아니고 다른 곳을 바라보며 웃고 있는 서다래의 사진이었다. 하지만 차윤성에겐 일순 가슴이 설레어 올 정도로 보고 싶었던 그녀의 미소였다.

　가만히 사진을 들여다보던 차윤성이 순간 얼굴에 더 가까이 가져다대었다.

　쪽.

　그러곤 조금의 주저도 없이 입을 맞췄다.

　강지욱이 대번에 표정을 찌푸리며 말했다.

　"그런 건 혼자 계실 때 해 주시면 안 됩니까?"

　"알아서 눈을 피하면 되잖아."

　강지욱이 뭐라고 하든 말든 차윤성은 그답지 않게 입꼬리를 올린 채 서다래의 사진을 양복 안주머니에 넣었다.

그 모습을 물끄러미 바라보던 강지욱이 지금까지 장난을 주고받던 표정을 지우곤 딱딱하게 물었다.

"제가 서다래 씨 곁에 있어서 도련님을 보필해드리지 못하는 게 마음에 걸립니다. 불편하신 점은 없으십니까?"

"그런 거 없어. 넌 서다래만 잘 지켜주면 돼. 나한텐 그게 가장 중요하니까."

지금 서다래의 안전이 가장 중요하단 사실을 모르는 것은 아니었다. 하지만 이렇게 가만히 있는 건 마치 두 손을 놓고 있는 것 같아 강지욱의 성에 차지 않을 뿐이었다.

잠시 말을 멈춘 강지욱이 다시 물었다.

"진행은 어떻게 되어 가고 있는 겁니까?"

예전에는 강지욱이 앞서서 보고하는 식이었지만, 지금은 그가 모르는 게 더 많았다.

차윤성은 이것저것 궁금해하는 강지욱을 향해 아무 걱정 말라는 듯이 말했다.

"다 잘 되어 가고 있어."

"저보고 그 말을 믿으란 겁니까? 도련님 말씀처럼 모든 일이 순조롭게 풀리고 있다면, 서다래 씨를 만나러 오지 못할 정도로 바쁠 이유가 없지 않습니까?"

정곡을 찌르는 강지욱의 말에 차윤성도 더 이상은 부정할 수만 없었다.

"말했잖아, 넌 서다래만 지켜달라고. 다른 건 신경 쓰지 마. 내가 알아서 할 테니까."

"그래도 어떻게 신경을 안 쓰겠습니까? 요즘 잠은 주무시는 겁니까?"

"서다래한텐 그런 소리 하지 마. 걱정할 테니까."

"그럼 도련님 소식을 기다리는 서다래 씨한테는 뭐라고 전합니까? 펑펑 노느라 연락도 잘 못한다고 전합니까?"

"나 참. 할 말이 없군."

차윤성이 허탈하다는 듯이 피식 웃어 보였다.

"도련님……."

"서다래한텐 알아서 너무 걱정하지 않게끔 둘러대 줘. 조만간 보러 갈 거야. 안 보면 내가 죽을 것 같아서 안 되겠어."

하고 싶은 말은 많았지만 강지욱이 할 수 있는 말은 한 마디였다. 그가 나지막한 목소리로 말했다.

"……너무 무리하지는 마십시오."

자신을 걱정하는 듯이 바라보는 그의 눈빛에 차윤성은 그저 한 번 더 웃어 보일 뿐이었다.

각오했던 것보다 후계자란 자리를 얻어내는 게 쉽지만은 않았다. 하지만 차윤성은 조금도 농땡이 피울 생각이 없었다.

그가 어떻게 하느냐에 따라 서다래의 안전이 걸려 있다고 생각되면 조금의 쉴 틈도 없었다.

분명 예전에 비한다면 어깨가 많이 무거워졌지만, 그렇다고 해도 이 무게가 서다래라고 생각한다면…….

차윤성에겐 이조차도 행복이었다.

그가 푹신한 의자 뒤로 고개를 젖히며 중얼거렸다.

"아, 보고 싶어 죽겠다."

*   *   *

"……래 씨, 서다래 씨!"

희미하게 들렸던 목소리가 어느 순간 또렷해지며 잠시 멍하니 있던 서다래의 귓가에 들려왔다.

"앗! 네!"

깜짝 놀란 서다래가 의자 앉은 채로 고개를 위로 젖혔다. 그러자 언제부터 서 있던 건지 책상 앞에 소유진이 서서 그녀를 바라보고 있었다.

"무슨 생각을 그렇게 해요? 제가 저번에 말한 일은 다 처리했어요?"

"아, 네. 다 처리해서 작성해두었어요."

이런저런 업무 얘기를 하다가 소유진이 다시 자신의 자리로 돌아가자 서다래는 자신도 모르게 안도의 한숨을 내쉬었다.

"하아."

요즘 따라 이런 상태였다.

서다래는 스스로가 왜 이런지 그 이유를 잘 알고 있었다.

스윽.

그녀가 손에 쥐고 있던 휴대폰을 습관처럼 켰다. 그러자 액정 화면에는 차윤성이 다른 데를 쳐다보고 있는 옆모습이 찍힌 사진이 있었다.

사실 얼마 전 그녀가 몰래 찍어둔 사진이었다.

몰래 찍는 바람에 초점도 흐려서 그의 실물과 비교할 수 없을 정도로 못 나온 사진이었지만, 그래도 이것마저 없었으면 정말 견디기 힘들었을지도 모른다.

차윤성은 점점 바빠지는 듯하더니 어느 순간부터 얼굴 한 번 보기 힘들어져 버렸다.

집주인도 없는 차윤성의 집에 서다래 혼자 지내고 있으니, 이 무슨 상황인지 모를 일이었다. 원래 자취집으로 돌아가야 하나 생각도 들었지만 그러기엔 아직 위험하다는 말에 참고 있었다.

언제까지 차윤성의 집에서 살아야 할지 모르기 때문에 자취집을 정리하지도 못한 상황이다. 월세는 계속 나가는데 어떻게 해야 할지……

쓸데없는 생각이 머릿속을 맴돌았지만, 결국 서다래가 하고 싶은 말은 한마디뿐이었다.

'너무 보고 싶어요.'

그녀는 자신도 모르게 액정 화면에 찍혀 있는 차윤성의 옆모습을 손가락으로 쓰다듬었다.

연락하고 싶은 마음은 굴뚝같았지만 혹시라도 방해가 될까 봐 꾹 참고 있는 중이었다.

하는 수 없이 액정 화면을 끄고 다시 업무에 집중하려고 할 때였다.

"다래 씨, 부장님이 찾으시는데?"

누군가의 목소리에 그녀의 시선이 부장실을 향해 옮겨갔다.

달칵.

부장실의 문을 열고 들어서니 강지욱이 커다란 책상 앞에 앉아 있는 모습이 보였다.

이제는 제법 자주 얼굴을 보는 사이라 조금은 익숙해진 두 사람이었다.

서다래가 그를 향해 말했다.

"부르셨어요?"

"앉으세요."

강지욱은 서다래가 들어오자 무언가 작성하고 있던 서류를 잠시 한쪽으로 밀어 넣은 후 책상서랍에서 흰 봉투 하나를 꺼내 들었다.

그게 뭔지 몰라 서다래는 얌전히 소파에 앉은 채로 물끄러미 바라보고 있을 때였다.

강지욱이 서다래를 향해 성큼성큼 다가오더니 흰 봉투를 내밀며 말했다.

"좋아하실지 모르겠지만, 제가 드리는 작은 선물입니다. 아무리 생각해도 양심에 조금 걸려서 말이죠."

"네?"

그의 말에 의미를 알아듣지는 못했지만 서다래는 얼떨결에 그 흰 봉투를 받아 들었다.

물끄러미 봉투를 바라보던 서다래가 궁금함에 다시 물었다.

"뭔지 열어봐도 되나요?"

"그럼요."

강지욱의 말에 서다래가 조심스럽게 흰 봉투를 열어봤다.

그러자 그 안에는 어떤 사진들이 가득 담겨 있었다.

처음에는 의아한 시선으로 보던 서다래의 눈동자가 금세 놀람으로 가득 찼다.

"이건!"

"윤성 도련님의 사진입니다."

서다래는 입을 벌린 채 그를 한 번 쳐다보곤 다급한 손동작으로 봉투 안에 있는 사진들을 꺼내 들었다.

그녀의 손에 들린 사진은 차윤성이 고등학생 때의 사진이었다.

하얀 남방의 교복을 입고 있는 그는 어딘가 삐딱한 시선으로 카메라를 쳐다보고 있었다. 그 모습이 조금 불량해 보이기도 하고, 그답기도 해서 서다래는 자신도 모르게 웃음이 터져 나올 뻔했다.

서다래가 말없이 사진을 바라보며 웃음 짓고 있자 강지욱이 조심스럽게 물었다.

"마음에 드십니까?"

"네. 정말 감사해요."

서다래는 들뜬 마음을 추스르며 사진을 다시 고이 봉투 안에 넣었다. 여기서 다 열어볼 수는 없었기에 집에 가서 천천히 살펴 볼 생각이었다.

그런 서다래의 모습을 바라보다가 강지욱이 나지막한 목소리 로 말했다.

"윤성 도련님이 조만간 서다래 씨를 보러 오시겠다고 전해 달 라셨습니다."

"그 말은 지난번에도 들었는걸요."

서다래는 조금 쓸쓸하게 웃어 보였지만 이내 아무렇지 않다 는 듯이 재차 말했다.

"저 신경 쓰지 말고, 하는 일 잘 마무리하라고 전해 주세요."

강지욱으로서는 당연히 차윤성이 지금 얼마나 바쁜지 대충 어림짐작이 되었다. 하지만 인간인 서다래는 다르다.

수인족에게 후계자란 자리가 어떤 건지, 그들에게 그게 어떤 의미인지 아무래도 설명한다 해도 말로서는 다 표현할 수도 없 을뿐더러 이해가 되지도 않을 것이다.

하지만 그녀는 싫은 기색 한 번 비추지 않은 채 차윤성을 믿고 기다리고 있었다.

분명 서다래도 그가 많이 보고 싶을 텐데 말이다.

가운데 있는 입장으로서 서로를 그리워하는 마음이 빤히 보였지만 그렇다고 해서 강지욱이 더 이상 나설 자리는 아니었다.

그는 딱딱한 목소리로 매일 하던 말을 다시 말했다.

"오늘도 퇴근 시간에 맞춰서 기다리고 있겠습니다."

차윤성이 바빠지고 난 뒤, 서다래의 출퇴근을 책임지고 있는 강지욱이다.

서다래는 여전히 미안하다는 표정을 지으며 말했다.

"네. 매번 저 때문에 고생하시네요."

"제가 해야 할 일입니다. 그럼 나중에 뵙겠습니다."

그렇게 강지욱과 간단한 대화를 나눈 서다래는 부장실에서 나왔다.

다시 자신의 자리에 돌아가서도 서다래는 손 안에 들린 흰 봉투 때문에 들뜬 마음이 들었다. 머릿속에는 사진을 찬찬히 들여다보기 위해 오랜만에 빨리 퇴근해서 집에 가고 싶단 생각이 들었다.

그렇게 어느덧 시계가 퇴근 시간을 가리켰다.

"다래 씨, 수고했어요."

"네. 수고하셨습니다. 내일 봬요."

서다래는 같이 일하는 사무실 사람들에게 인사를 하고 회사 건물 바깥으로 나왔다. 그리고 강지욱의 차가 주차되어 있는 곳을 향해 평소보다 조금 빠른 걸음으로 걸어갔다.

어느 날과 똑같이 제자리에 서서 그녀를 기다리고 있는 강지욱의 차가 보였다.

달칵.

서다래가 아무렇지 않게 차 문을 열 때였다. 순간 그리운 향기가 확하고 풍겨져 왔다.

혹시나 하는 마음에 운전석 쪽을 바라볼 때였다.

"……!"

못 본지 얼마나 됐다고 몇 번이나 꿈에서 나타났던 오렌지빛 눈동자가 실제로 눈앞에서 그녀를 바라보고 있었다.

"윤성 씨!"

차윤성이 그녀를 향해 부드럽게 웃으며 말했다.

"나 보고 싶었어?"

깜짝 놀란 서다래가 아무 말도 못 하고 서 있자 차윤성이 다시 재촉하듯이 입을 열어 말했다.

"말해 봐. 내가 보고 싶었다고, 보고 싶어 죽을 뻔했다고."

보고 싶었냐고?

차윤성은 지금 너무나도 당연한 질문을 서다래에게 하고 있었다.

이 따스한 눈빛, 매력적인 목소리.

얼굴을 못 보는 동안 그 무엇 하나 그립지 않은 게 없었다.

지금 차윤성이 그녀의 앞에 있다는 것. 그와 이렇게 얼굴을 마주 보고 있다는 사실 그 하나만으로도 서다래에겐 벅찬 감동이었다.

"안 보고 싶었을 리가 없잖아요. 언제부터 기다리고 있었던 거예요? 온다고 미리 연락을 줬으면 더 빨리 나왔을 텐데."

"일단 타. 오늘은 내가 집에 데려다줄게."

그의 말에 서다래는 미세하게 고개를 끄덕거리고 조수석에 올라탔다.

집에 데려다준다는 그의 말이 차윤성이 얼마 없는 시간을 쪼개서 왔다는 사실을 알아차리게 해 주었다. 그는 서다래를 집에 데려다주면 바로 다시 가 봐야 한다는 사실을 말이다.

탁!

서다래가 차 문을 닫자 차윤성이 운전하는 자동차가 매끄럽게 움직이기 시작했다.

정면을 응시한 채 운전하고 있는 차윤성의 옆모습을 힐끔 쳐다보곤 서다래가 퉁명스러운 목소리로 물었다.

"그러는 윤성 씨는…… 나 안 보고 싶었어요?"

"그래서 이렇게 달려왔잖아. 더 안 보면 죽을 것 같아서."

직접적인 그의 표현에 조금 섭섭해지려던 서다래의 마음이 순간 날아가 버렸다.

차윤성의 이런 표현이 좋았다.

그의 사랑을 독차지하고 있는 것 같은 느낌을 주는 말들이 말이다.

괜스레 치밀어 오르는 쑥스러움에 서다래가 얼굴을 창가로 돌리며 나지막한 목소리로 말했다.

"칫. 보고 싶었던 것치곤 연락이 너무 적었던 거 아니에요?"

서다래가 고개를 돌리자마자 바로 차윤성의 목소리가 귓가를 파고들었다.

"고개 돌리지 마."

깜짝 놀란 그녀가 차윤성을 다시 쳐다봤다.

그러자 운전을 하던 그의 시선이 힐끔 다시 그녀를 향하더니 나지막이 말했다.

"오늘은 계속 그렇게 나만 보고 있어."

"왜, 왜요?"

"같이 있을 수 있는 시간이 별로 없어서 조금이라도 네 얼굴 더 봐두고 싶어."

화끈!

진지한 눈빛과 목소리로 이런 말을 하는 차윤성을 보고 있자니 서다래의 얼굴이 순식간에 붉게 물들고 말았다.

부끄러움에 고개를 돌리고 싶었지만, 그래도 차윤성이 이렇게 말하는데 그럴 수도 없는 노릇이었다.

이러지도 저러지도 못한 채 서다래는 붉게 물든 얼굴로 차윤성을 바라보다 투덜거리듯 말했다.

"어린애예요?"

"얼굴 보고 싶다는 게 어린애야?"

"그렇잖아요."

"몰라. 그럼 어린애 할 테니까. 손도 잡아 줘."

스윽.

서다래가 뭐라고 말하기도 전에 차윤성의 커다란 손이 그녀의 작은 손 위를 덮었다.

뜨겁다고 생각될 정도로 따뜻한 그의 체온이 느껴졌다.

두근.

심장이 지치지도 않고 뛰어댔다.

회사에서 집까지 가는 이 짧은 시간 차윤성은 언제나처럼 그녀의 가슴을 설레게 했다. 이런 점은 오랜만에 봐도 조금도 변함없었다.

"이왕 손잡을 거면…… 더 세게 잡아줘요."

기어들어갈 듯이 작은 서다래의 목소리에 차윤성의 고개가 획하고 돌아갔다.

쑥스러운 듯 아래를 향하고 있는 시선, 하얀 피부를 붉게 물들이고 뺨.

그토록 보고 싶었던 서다래의 얼굴이었다.

차윤성이 곤란하다는 듯이 미간을 찌푸리며 말했다.

"얼굴을 봐도 미칠 것 같군."

"에?"

서다래가 무슨 말이냐는 듯 차윤성을 쳐다봤지만 그는 말없이 그녀의 손을 더 강하게 쥘 뿐이었다.

세게 쥐면 부서질 것만 같은 그녀의 작고 부드러운 손의 감촉을 느끼며 차윤성이 다시 입을 열었다.

"내가 지금 하는 일만 끝내면 우리 여행 갈까?"

"여행이요?"

"응. 서다래 너 방학 기간도 얼마 안 남았잖아. 방학 끝나기 전에 날씨가 좋은 나라로 놀러 가는 거 어때? 혹시 어디 가고 싶은데 있어?"

"저 해외여행 한 번도 안 가봤는데요?"

전혀 생각지도 못한 여행 가잔 말에 서다래가 놀란 눈을 깜빡거리며 그를 바라보고 있었다.

그런 그녀의 모습에 차윤성이 희미하게 웃으며 말했다.

"내가 처음이라니 더 욕심나네."

"전 어차피 방학 기간 동안만 회사에서 근무하기로 한 거라 개강하기 전에 며칠 시간이 비어요. 그런데 윤성 씨가 이렇게 바쁜데 괜찮겠어요?"

"지금 하고 있는 게 좀 중요한 거라 이것만 끝내면 나도 그 정도 시간은 낼 수 있을 것 같아. 그럼 그때 같이 여행 가는 거다?"

잠시 고민하던 서다래는 말없이 고개만 살짝 움직였다.

끄덕끄덕.

차윤성이 바쁜 것을 잘 알기에 사양을 해야 되는 것 아닌가 생각이 들었다. 하지만 그러기엔 서다래도 너무 욕심이 났다.

차윤성과 여행이라니.

그와 해변에서 노는 상상이 떠오르면서 벌써부터 신나는 기분이 들 정도였다.

말은 안 했지만 그런 그녀의 기분을 알아챈 것인지, 신호에 걸리자 차윤성이 커다란 손으로 서다래의 머리를 쓰다듬어주었다.

서로 눈이 마주치자 배시시 웃으며 그렇게 두 사람은 순식간에 집 앞에 도착했다.

끼익.

회사에서 집까지 그렇게 오래 걸리는 거리는 아니었지만 오늘따라 빨라도 너무 빨랐다.

아쉬운 마음이 가득했지만 그래도 철없이 투정을 부릴 수는 없는 노릇이다. 서다래가 먼저 차 문을 열며 아무렇지 않은 척 말했다.

"바빠도 항상 건강 잘 챙기고요. 그럼, 시간 날 때 또 연락해요."

"내 걱정 말고. 서다래 너나 몸조심히 잘 있어."

"네. 가 볼게요."

아쉬운 마음에 오히려 재빨리 차에서 내린 서다래는 차 문을 닫았다.

달칵.

살짝 손을 흔들자 곧이어 차가 다시 출발했다.

차가 가는 모습을 제자리에서 지켜보고 서 있다가 이대로 계속 있으면 차윤성의 마음이 편치 않을지도 모른단 생각이 들어 일부러 몸을 돌렸다.

그리고 현관문을 향해 똑바로 걸어갔다.

띡띡띡—

현관 비밀번호를 누르고 문 안에 들어가려는 찰나였다.

휘익!

강한 힘이 서다래를 끌어당겼다.

깜짝 놀란 그녀가 다급히 고개를 들어 올려다보니 어떻게 된 영문인지 차윤성이 거친 숨을 내쉬며 서 있었다.

차가 출발하는 걸 봤는데 언제 여기까지?

의아한 시선으로 그를 바라보고 있자 차윤성이 강렬한 눈빛으로 그녀를 바라보다 나지막이 말했다.

"남들 앞에서 하는 건 내 타입이 아니지만…… 역시 안 되겠어."

서다래는 모르겠지만, 차윤성은 알고 있었다.

그녀를 지키기 위해서 차윤성이 심은 수인족들이 곳곳에 숨어 이 집을 지켜보고 있다는 사실을.

끼이익.

서다래가 열어놓은 현관문 안으로 그녀를 반쯤 밀어 넣은 채 차윤성이 거칠게 입을 맞췄다.

당장 그녀의 선홍빛 입술을 머금지 않고서는 도무지 견딜 수가 없을 것 같았다. 입술이 맞닿자 어떻게 해도 풀리지 않은 갈증을 해소한 것처럼 그녀의 입술이 달게 느껴졌다.

갑작스러운 입맞춤에 서다래의 눈동자가 순간 파르르 떨렸지만, 이내 서로를 갈망하는 진한 키스가 이어졌다.

간신히 입술을 뗀 차윤성이 양손으로 감싸고 있는 서다래의 얼굴을 들여다보며 말했다.

"기다려줘. 금방 끝내고 올 테니까."

서다래도 고개를 들어 자신을 바라보는 차윤성의 오렌지빛 눈동자를 똑바로 마주하며 말했다.

"기다릴게요."

서다래는 처음으로 세상에 누군가를 이토록 원할 수도 있다는 사실을 깨달아 가고 있었다.

아무리 상처를 입어도 설령 앞으로 눈물을 흘리게 된다고 해도 상관없었다.

차윤성, 이 남자의 곁에서라면…….

* * *

평상시처럼 서다래의 출퇴근은 다시 강지욱의 몫이 되었다.

이튿날, 다시 퇴근 시간이 찾아오고 주차장으로 향한 서다래는 차 문을 열면서 자신도 모르게 혹시나 하는 기대감이 들었다.

달칵.

하지만 기대와 달리 차 안에는 언제나처럼 강지욱이 앉아 있었다.

어제와 같은 서프라이즈가 매일 있는 게 아니란 사실을 잘 알면서 서다래는 자신도 모르게 실망하고 말았다.

그런 그녀의 상태를 눈치챈 강지욱이 차에 올라탄 서다래를 향해 조심스럽게 말했다.

"어제 도련님과는 잘 만나셨습니까?"

"아, 네. 덕분에요."

강지욱은 늘 하던 대로 차윤성의 집을 향해 차를 운전하면서 다시 말했다.

"도련님은 현재 잠시 출장 중이십니다. 이번에 돌아오시면 아마 지금보단 생활이 여유로워지지 않을까 싶습니다."

이미 어제 차윤성에게 들은 얘기다. 하지만 강지욱이 굳이 이런 말을 꺼내는 이유가 그녀를 위해서란 사실을 잘 알고 있었다.

그래서 서다래는 부드러운 미소를 입가에 지으며 말했다.

"네. 빨리 하는 일이 잘 마무리되면 좋겠네요."

"이번에 도련님이 설득 중인 분이 저희 수인족들 사이에선 꽤 영향력이 있는 분이라……."

차를 몰던 강지욱은 갑자기 말을 하다가 멈췄다.

갑작스러운 그의 행동이 의아해서 서다래가 그를 바라볼 때였다.

원래 강지욱이 얼굴에 표정이 풍부한 편은 아니었지만 이렇게 딱딱하게 굳은 그의 표정은 처음 보는 종류의 것이었다.

"왜 그러세요?"

"서다래 씨, 안전벨트 매십시오."

어딘지 심각한 분위기에 서다래는 더 이상 말없이 서둘러 안전벨트를 맸다.

그러자 순식간에 차가 엄청난 속도로 달리기 시작했다.

부아아아앙!

시속 몇 킬로로 달리는지 몰라도 덜컥 겁이 날 정도로 빠른 속도였다.

갑작스러운 행동에 서다래는 왜 그러냐고 물어보고 싶었지만, 너무나도 심각한 강지욱의 표정에 차마 물을 수가 없었다.

그저 빠른 속도에 혹시라도 비명이 터져 나올까 봐 그녀는 입술을 꾹 깨물 뿐이었다.

강지욱이 한 손으로 운전대를 잡은 채 다른 손으로 재빨리 어딘가 전화를 걸었다.

"비상사태다. 이쪽으로 바로 지원해 줘."

짧막한 통화 내용을 듣자 서다래는 지금 상황이 뭔가 심상치 않게 돌아가고 있다는 사실을 짐작할 수 있었다.

강지욱은 사이드미러로 뒤쪽을 확인하며 자신들을 쫓아오는 차들을 다시 한 번 살폈다.

처음에는 별로 대수롭지 않게 여겼다.

하지만 이상하게 계속 가는 방향이 같아 혹시 뒤를 쫓아오는 건가 의심이 들 때였다.

그 순간 다가온 또 다른 차들이 강지욱의 차 양옆으로 밀착하려 들었다. 그 차들을 보는 순간 직감적으로 깨달았다.

위험하다.

순식간에 속도를 내어서 양옆으로 붙으려는 차를 떨쳐냈다.
하지만 거기서 그치지 않았다.

강지욱의 예상이 틀리지 않았다는 사실을 증명이라도 하듯이
그가 속도를 내는 순간 여러 대의 차들이 엄청난 속도로 쫓아오
고 있었다.

언젠가 이런 일이 벌어질까 봐 염려했었다.

어쩐지 조용하다 싶더니 결국 이런 위험이 찾아오고야 말았
다.

'가능하면 피하고 싶었는데…….'

운전대를 잡지 않은 강지욱이 다른 손이 다시 한 번 재빠르게
차윤성을 향해 전화를 걸었다.

뚜루루. 뚜루루.

통화음이 울리고 있을 때였다.

언제부터 서 있었던 건지 어느 순간 강지욱의 차 앞을 막아서
는 한 사람의 모습이 드러났다.

아주 찰나의 시간.

운전석에 앉은 강지욱과 그의 차 앞을 막아 선 남자의 눈이 마
주쳤다.

눈이 마주치자마자 알아차릴 수 있었다.

이자는 수인족이다.

그것도 느낌상 매우 강한 힘을 가진 수인족.

차가 빠른 속도로 정체를 알 수 없는 남자를 향해 달려갔다.

차 앞길을 막아선 남자의 입가에 순간 비릿한 웃음이 걸렸다.

그 비웃음을 본 강지욱의 미간이 좁아졌다.

그의 자신만만한 감정이 비웃음을 통해 느껴졌기 때문이다.

'예감이 좋지 않아.'

불안감이 강지욱을 엄습할 때였다.

화악!

차 앞을 막아선 남자가 번쩍 손을 들었다.

마치 손으로 차를 잡아 세우기로 할 것처럼 말이다.

하지만 그것이 불가능한 일만은 아니란 사실을 강지욱은 잘 알고 있었다.

본능적으로 알아차릴 수 있었다.

이대로 차가 달려봤자 저 한 명의 수인족에게 막힐 거라는 것을.

하지만 그렇게 됐을 때 충격의 여파가 서다래에게 영향을 미칠지도 몰랐다. 교통사고와 똑같은 효과를 나타낼 테니까.

짧은 시간 고민을 한 강지욱은 금세 결단을 내렸다.

휘이이이익!

강지욱이 운전하는 차가 방향을 옆으로 틀었다.

그쪽으로는 길이 없었기 때문에 빠른 속도로 달리던 차는 몇 바퀴를 회전하더니 길바닥에 시꺼먼 바퀴자국을 남기며 멈춰 섰다.

어차피 더 이상 앞으로 갈 수 없다면 스스로 멈추는 게 나았다.

하지만 결과가 그리 좋지만은 않았다.

강지욱이 운전하던 차가 멈춰 서자마자 그를 뒤따르던 여러 대의 차가 길목을 빼곡히 막아섰다.

뒤쫓아 오던 차에서 여러 명의 수인족들이 내리는 모습이 보였다. 그것을 지켜보고 있자니 아무리 강지욱이라고 해도 순간 암담함이 느껴질 수밖에 없었다.

하지만 정신을 놓고 있을 시간 따윈 조금도 없었다.

강지욱은 재빨리 서다래를 향해 고개를 돌리며 다급하게 말했다.

"긴 설명 못 합니다. 제가 신호를 드리면 무조건 뛰세요."

이미 지금과 같은 상황을 차윤성과 한 번 겪어본 서다래였다. 하지만 그렇다고 해서 그때보다 조금이라도 더 침착해진다거나 적응이 된 건 아니었다.

여전히 두려움에 가슴이 벌렁거리고 팔다리에 힘이 풀려왔지만, 그래도 지금 이 순간 중요한 게 무언지 정도는 알 수 있었다.

그래서 서다래는 자신이 어디로 도망가야 하는지, 그가 어떤 신호를 준다는 건지에 대해 묻지 않았다.

두려움에 떨리는 눈동자로 서다래는 최대한 침착함을 유지하며 강지욱을 향해 물었다.

"제가 도망가면 지욱 씨는 어떻게 빠져나오실 건가요?"

전혀 예상 밖의 질문에 강지욱의 두 눈에 순간 이채가 스쳐 지나갔다.

처음에 서다래를 보았을 때, 강지욱의 눈에 비친 그녀는 지극히 평범한 인간 여자 그 이상도 이하도 아니었다.

집안이 좋은 것도 아니었고 그렇다고 직업이 그럴싸한 것도 아니다. 얼굴이 곱상하게 생기긴 했지만 그뿐이었다. 세상에 외모가 반반한 여자들은 많았으니까.

하지만 알면 알수록 조금은 이해가 되었다.

왜 차윤성이 그녀에게 빠지고 말았는지.

강지욱은 처음으로 서다래를 향해 희미하게 웃음을 지어 보이며 대답했다.

"저는 윤성 도련님을 모시기로 결심한 순간부터 이미 죽음까지 각오한 사람입니다. 그러니 제 걱정 마시고 서다래 씨 본인의 안전을 제일 우선시하세요."

이미 한 번 차윤성을 두고 도망을 쳤던 서다래다.

그때 차윤성은 커다란 상처를 입은 채 다시 그녀의 앞에 나타났다.

그래서 서다래는 지금 이 상황이 자신뿐 아니라 같이 있는 강지욱에게도 얼마나 위험한 순간인지 알아차릴 수밖에 없었다.

"그런……!"

강지욱의 마음이 아무리 그렇다고 해도 그를 두고 간다는 건 말도 안 된다는 말을 하려는 찰나였다.

똑똑.

어느새 두 사람이 타고 있는 차 바로 앞까지 다가온 한 남자가 노크를 하듯이 창가를 두드리고 있었다.

그를 보자 강지욱의 얼굴에선 언제 그랬냐는 듯이 입가에 맴돌던 웃음기가 사라졌다. 그가 다시 딱딱한 목소리로 말했다.

"무슨 일이 있어도 제가 지켜드릴 테니 시키는 대로 따라주세요."

그 말만 남긴 채 강지욱이 먼저 차에서 내렸다.

스윽.

차 바로 앞에 서 있는 남자. 그는 방금 전 차를 손으로 막아내려고 했던 바로 그자였다.

강지욱이 그 남자를 똑바로 쳐다보며 물었다.

"초면인 것 같은데, 누군지 알 수 있나?"

"나는……."

강지욱의 질문에 남자가 허스키한 목소리로 대답하려 할 때였다.

그의 말을 자르는 여자의 목소리가 다른 방향에서 들려왔다.

"지욱이 너는 이 상황에서 그게 궁금했니? 내가 말해 줄까?"

그 목소리를 듣자 강지욱은 저도 모르게 흠칫 놀랄 수밖에 없었다. 그녀가 누군지 대충 짐작이 됐기 때문이다.

자신의 예감이 틀리길 바라며 강지욱의 고개가 천천히 돌아갔다.

거기에는 검은색 차에서 내리고 있는 여자의 모습이 눈에 들어왔다.

바로 차윤성의 새어머니인 진해임이었다.

그녀를 확인한 강지욱의 안색이 단번에 어둡게 변했다. 틀리길 바랐지만 안타깝게도 강지욱의 예상이 들어맞았다.

진해임이 이 자리에 직접 나섰다는 것은 이미 만반의 준비를 하고 왔다는 걸 말해 주는 것과 동시에 최고의 적과 마주쳤다는 의미였다.

차를 막아서려던 남자가 범상치 않아 보여서 정체를 물어본 것이었지만, 진해임이 이 자리에 있다면 말이 달라졌다.

진해임은 여자지만 수인족 중에서 가장 강하다고 꼽히는 사람이기도 했다.

수인족에게 서열은 약육강식과도 같았다.

강한 혈통을 타고나야 힘이 세고, 힘이 세야 권력이 생긴다.

진해임이 젊었을 시절에는 그녀를 상대할 수 있는 수인족은 차윤성의 아버지 단 한 명뿐이라고 말할 정도로 강했다.

지금은 어떨지 몰라도 최소한 강지욱이 혼자 막아 낼 수 있을 정도의 수준은 아니라는 건 확실했다.

강지욱은 어느샌가 손 안에 가득 밴 땀을 느낄 수 있었다. 자신도 모르게 긴장을 하고 만 모양이었다.

강지욱은 속으로 그런 자기 자신을 향해 비웃음을 날렸다.

'염려하던 최악의 상황이 찾아왔을 뿐. 달라지는 건 없어.'

그는 서다래를 지킨다.

상황이 어떻든 간에 강지욱이 해야 할 일은 명확했다.

냉정함을 유지한 채 강지욱이 나지막한 목소리로 말했다.

"오랜만에 뵙겠습니다. 사모님."

"그래. 내가 이렇게 직접 왔는데 언제까지 다래 씨 얼굴도 안 보여 주고 차 안에 둘 생각이니?"

진해임의 말에 강지욱이 말없이 서다래가 타고 있는 방향으로 걸어가 차 문을 열어 주었다.

달칵.

"나오시죠."

긴장한 서다래 역시도 강지욱과 눈빛만 주고받았을 뿐 말없이 차에서 내렸다. 그리고 진해임을 향해 고개를 살짝 숙이며 인사했다.

"안녕하세요."

"제가 총회 때 다시 보자고 했었죠? 이렇게 또 보게 되네요. 다래 씨."

"어쩐 일로 저를 찾아오신 건가요?"

떨면서도 제 할 말은 똑바로 하는 서다래를 보자 진해임은 재미있다는 듯이 슬쩍 웃을 뿐이었다.

"모른 척하는 건가요? 윤성이랑 조율을 해야 하는 일이 있는데, 제대로 매듭지으려면 다래 씨가 필요해요. 지금 얌전히 따라오면 쓸데없는 피를 흘리진 않을 거예요."

'피?'

애써 태연한 척하려던 서다래의 눈동자가 커졌다.

누군가 다칠 수도 있다는 진해임의 경고에 서다래가 잠시 주춤할 때였다. 옆에 서 있던 강지욱이 나지막한 목소리로 대신 대답했다.

"그렇게는 안 되겠습니다. 사모님."

"지욱아, 오늘따라 네가 낄 데 안 낄 데 구분을 못 하는구나."

불쾌하다는 듯이 내뱉는 진해임의 말에 강지욱은 조금의 표정 변화도 없이 대답했다.

"이게 제 임무입니다."

"임무? 하!"

너무나도 당연하다는 듯이 말하는 강지욱을 바라보며 진해임이 기가 차다는 듯이 웃었다.

우스울 수밖에 없었다.

그녀 자신이 직접 나섰다. 그뿐만 아니라 지금까지 얼굴이 알려지지 않은 조력자도 있다. 둘을 제외하더라도 다른 수인족들의 숫자 또한 무시 못 할 정도다.

그런데 고작 강지욱 혼자서 자신을 막아서려고 한다는 게 가소롭게 느껴졌다.

진해임이 어처구니가 없다는 듯 다시 말을 이었다.

"그래. 임무라…… 하지만 상황이 이렇게 됐는데 다래 씨를 너 혼자 어떻게 지켜낼 생각이니?"

압박감이 느껴질 정도로 서늘한 진해임의 말에 강지욱이 순간 눈을 빛내며 대답했다.

"이렇게요."

말과 동시에 강지욱의 몸이 재빠르게 움직였다.

그가 먼저 자신과 가까이에 있는 정체불명의 남자를 발로 차서 밀어냈다.

퍼억!

순간 방심하고 있던 그의 몸이 휘청거렸다.

강지욱이 다급한 목소리로 소리쳤다.

"지금입니다!"

그의 신호에 서다래는 냅다 뒤편으로 달리기 시작했다.

애초에 차윤성이 아무런 대책도 없이 서다래를 혼자 둘 리가 없었다.

예상보다 훨씬 강적이 나타나는 바람에 위험부담이 큰 건 사실이었지만, 어떤 상황에서도 그녀를 보호할 수 있게끔 이미 계획되어 있었다.

서다래가 달리기 시작하자 진해임이 큰 목소리로 외쳤다.

"재혁아!"

최재혁. 그것은 정체불명의 남자를 부르는 이름이었다.

하지만 진해임의 말보다 더 빠르게 최재혁은 휘청 이던 몸을 바로 세워 서다래의 뒤를 쫓아 도약했다.

휘익!

한 번의 점프가 마치 날아오르는 것처럼 높고 빠르기 그지없었다.

그것을 본 강지욱이 재빨리 최재혁의 앞을 막아섰다. 그러자 최재혁은 자신의 앞길에 걸림돌이 되는 강지욱을 아까 그가 당한 것과 똑같은 방식으로 되갚아주었다.

퍽!

그의 발길질에 맞은 강지욱의 몸이 휘청거렸다.

불에 덴 것처럼 맞은 부위가 강하게 화끈거리며 통증이 밀려들었다.

강지욱은 단 일격을 맞았을 뿐인데도 알아차릴 수 있었다. 자신은 최재혁이란 남자의 상대가 되지 못한다는 것을.

하지만 그렇다고 해서 서다래가 도망을 치지 못하는 것은 아니었다.

정면만 보고 달리는 서다래의 마음도 복잡했다.

그녀도 강지욱이 시키는 대로 무작정 따른 것일 뿐 도무지 어떻게 해야 할지 모르는 상황이기 때문이다.

그때 어두운 골목 안으로 언뜻 보이는 다른 무리의 남자들이 서다래의 눈 안에 들어왔다. 그자들을 보자 서다래는 불현듯 깨달을 수 있었다.

저기에 서 있는 수인족들은 같은 편이다.

저곳까지만 달리면 안전하다는 것을 서다래는 직감적으로 알아차리고 말았다. 길게 설명하진 못하지만 무조건 뛰라고 말했던 강지욱의 말이 그제야 이해가 되었다.

슥.

강지욱은 서다래가 달리는 뒷모습을 눈동자만 굴려 힐끔 확인했다.

평소 서다래를 보호하며 그녀의 근처를 맴돌던 수인족 숫자가 일곱 명. 강지욱 자신이 지원을 요청해서 모인 인원이 삼십여 명 정도 될 것이다.

정면으로 맞붙는다면 진해임과 최재혁이라는 남자의 상대가 되지 못할 테지만, 이미 서다래를 도주시킬 경로가 준비되어 있었다.

지금 실행되는 작전은 계획한 것 중에서 가장 위험한 상황에 펼쳐지는 내용이었다.

상대가 되지 못할 만큼 강한 적수가 나타날 경우엔 피해 인원을 최소화하기 위해 서다래 근처에 있던 사람이 시간을 끌어 희생한다.

나머지 인원은 서다래의 안전을 위해 다시 일사불란하게 제 역할에 따라 또 나눠질 것이다. 물론 그중에도 어쩔 수 없이 또 몇 명은 희생될지도 몰랐다.

그러니 그때까진 강지욱이 버텨야만 했다.

휘익!

강지욱은 재빨리 몸을 일으켜 다시 최재혁의 앞길을 막아 냈다.

가만히 그 둘을 바라보고 있던 진해임은 뭔가 느낌이 좋지 않았다.

처음에는 그저 마지막 발악이라고만 생각했다. 그런데 비장한 강지욱의 표정을 보니 뭔가 더 있을지도 모른단 생각이 들었다.

"강지욱은 무시하고 일단 여자를 잡아!"

진해임은 다시 한 번 외침과 동시에 스스로 몸을 움직였다.

파앗!

그녀가 바닥에서 발을 떼자 엄청난 속도로 앞을 향해 쏘아져 나갔다.

진해임은 많은 사람들을 부리는 탓에 그녀 스스로가 직접 몸을 움직인 적은 많지 않았다. 하지만 명실공히 모두가 인정하는 최고 중의 한 명이 진해임, 바로 자신이었다.

타악!

진해임의 명령대로 최재혁은 자신의 앞을 가로막아서는 강지욱을 무시한 채 서다래를 쫓으려 몸을 움직였다.

하지만 그런 그의 행동을 감지한 강지욱이 그가 쉽게 피할 수 없게끔 온 힘을 다해 일격을 날렸다.

쉬이이익!

혼신의 힘을 다한 강지욱의 공격은 매서웠다.

그대로 무시하고 가기엔 최재혁이 위험했다.

순간 최재혁의 미간이 좁혀지며 허스키한 목소리로 중얼거렸다.

"너, 정말 귀찮군."

말과 동시에 뼈가 부러지는 커다란 소리가 울려 퍼졌다.

빠각!

강지욱의 발목이 정반대로 비틀렸다.

"허억허억."

서다래는 숨이 턱 끝까지 차오를 정도로 뛰었다.

그리 멀지 않은 거리의 골목길.

거기까지 가는 게 이렇게 힘들 줄은 지금과 같은 상황이 아니라면 꿈에도 몰랐을 일이었다.

타닥타닥.

빠른 발걸음 소리와 함께 드디어 그녀를 구해 줄 사람들이 있는 골목을 얼마 남기지 않았을 때였다.

스윽!

갑자기 서다래의 앞을 가로막는 어두운 그림자가 나타났다.

달리던 서다래는 깜짝 놀라 정면을 바라봤다.

그러자 자신의 앞을 가로막은 사람의 얼굴이 보였다. 상대를 확인한 서다래의 얼굴이 흙빛으로 변하고 말았다.

어느새 여기까지 쫓아온 것인지 서다래의 앞을 가로막고 있는 사람은 다름 아닌 진해임 바로 그녀였다.

"맹랑한 아가씨네. 이렇게 도망칠 수 있을 거라 생각했어요? 인간 주제에?"

진해임도 급하게 달려온 것인지 가쁜 숨을 내쉬고 있었다.

눈앞에 선 진해임을 바라보며 서다래는 순간 앞이 캄캄하게 느껴졌다.

그때였다.

"막아!"

단호한 외침과 함께 골목길에서 여러 명의 남자들이 우르르 쏟아져 나왔다.

그들의 손에는 조폭 영화에서나 보던 것처럼 쇠파이프와 시퍼렇게 날이 선 나이프가 들려 있었다.

서다래는 그 모습에 너무 놀라 꼼짝없이 얼어버렸다. 하지만 그녀가 더 놀랄 일은 바로 그다음에 벌어졌다.

쉬잇!

파파파팟.

사방에서 달려드는 남자들을 진해임이 가벼운 몸놀림 한 번으로 전부 밀쳐 낸 것이다.

그렇게 무려 네 명의 남자들이 바닥에 쓰러져 나뒹굴었다.

순식간에 벌어진 일. 충격이 큰지 쓰러진 남자들에게서 피가 튀어 올랐다.

눈앞에서 펼쳐진 상황을 보며 서다래의 입이 벌어졌다.

상식적으로 말이 안 되는 일이었다.

수인족에 대해 조금씩 알아가고 있다고 생각했지만 이런 모습은 아무리 봐도 익숙해지지가 않았다.

어찌해야 할 바를 모른 채 서다래가 패닉 상태에 빠져 있을 때였다.

빠각!

뼈가 부러지는 듯한 엄청나게 큰 소리가 울려 퍼졌다. 그 소리가 어찌나 큰지 조금 멀리 떨어져 있는 이곳에까지도 생생히 들릴 정도였다.

소리에 놀란 서다래가 그곳을 향해 고개를 돌렸다.

그러자 거기에는 발목이 완전히 어긋나게 부러져 있는 강지욱의 모습이 보였다.

"아아!"

서다래는 자신도 모르게 소리를 질렀다.

발목이 부러진 강지욱의 몸이 허물어지듯 무너졌다.

"크윽!"

고통에 찬 신음 소리가 강지욱의 입가에서 새어 나왔다.

털썩.

그가 완전히 바닥으로 쓰러지자 최재혁이 그를 힐끔 쳐다보곤 다시 서다래가 있는 방향을 향해 발걸음을 옮기려고 할 때였다.

꽈악.

하지만 강지욱은 거기서 그치지 않았다.

자신의 옆을 스쳐 지나가는 최재혁의 발목을 쓰러져 있는 와중에서도 부여잡았다. 바지 자락을 쥔 주먹에 얼마나 세게 힘을 준 것인지 새하얗게 변해 있었다.

"이!"

머리끝까지 화가 난 최재혁이 쓰러져 있는 강지욱의 목을 한 손으로 움켜잡아 들어 올렸다.

"그렇게 소원이라면 너부터 처리해 주지."

"커억!"

강지욱의 몸이 힘없이 최재혁의 손아귀에 이끌려 움직였다.

스륵.

점점 목에 조여 오는 힘을 느끼며 강지욱의 눈이 감겼다.

서다래에게 말했다시피 차윤성을 따르기로 마음먹은 순간부터 언젠가 죽을지도 모른다고 생각했었다.

그 순간이 지금 찾아온 것일 뿐이다.

허공에 들린 채로 강지욱은 점점 힘을 잃어갔다. 숨을 오랫동안 쉬지 못한 탓에 얼굴도 붉게 물들어 갔다.

'끝이구나.'

바로 그때였다.

"잠시만요!"

가녀린 여자의 목소리가 들렸다.

귓가에 들린 그 목소리는 분명 서다래였다.

번쩍!

감겼던 강지욱의 눈이 다시 힘겹게 뜨여졌다. 흐릿한 그의 눈에 서다래의 모습이 비쳐졌다.

서다래는 자신에게 집중된 시선을 느끼며 나지막한 목소리로 말했다.

"여기서 그만둬주세요."

어느새 그녀는 바닥에 떨어져 있는 나이프를 쥐어 자신의 목을 스스로 겨누고 있었다. 부들부들 떨리는 손이 지금 서다래가 얼마나 긴장했는지를 보여 주고 있었다.

슥.

서다래가 자신의 목에 어찌나 나이프를 바짝 갖다 대었는지 피가 흘러내리고 있었다.

그 모습을 본 진해임이 알 수 없는 표정을 지으며 물었다.

"다래 씨, 지금 뭐하는 거예요?"

"제가 얌전히 따라가면 쓸데없는 피는 흘리지 않는다고 하셨잖아요. 어차피 목적은 저 아닌가요? 따라갈게요. 그러니까 다른 분들은 그냥 보내주세요."

이대로 손 놓고 있다간 강지욱이 정말 죽을지도 몰랐다.

강지욱뿐만이 아니다.

서다래를 구출하기 위해 골목길에 있던 다른 남자들도 진해임의 손에 속수무책으로 당하고 있었다.

상황이 이런데 여기서 그녀가 도망을 칠 수 있는 확률이 얼마나 될까. 설령 모두가 다 죽는다고 해도 서다래가 안전히 빠져나가지 못할지도 몰랐다.

그렇게 확실하지도 않은 일을 위해 모두를 죽게 만들 순 없었다.

잠시 서다래를 가만히 쳐다보고 있던 진해임이 말했다.

"지금 이자들을 그냥 보내지 않으면 그 나이프로 목을 긋기라도 하겠다는 건가요? 재밌네요."

솔직히 지금 서다래의 모습을 보고 진해임은 조금 놀라고 말았다. 자신의 목숨을 담보로 다른 이들을 살리기 위해 흥정을 하다니. 순해 빠진 얼굴을 해서 의외로 강단이 있는 모습이었다.

한낱 인간에 불과한 여자라고 생각했는데 역시 차윤성이 반한 데에는 이유가 있긴 한 모양이었다.

진해임이 서다래를 향해 다시 말했다.

"나이프로 목을 긋는 게 쉬운 일은 아니죠. 그것도 지금껏 나이프를 제대로 쥐어본 적도 없는 서다래 씨가 하기엔 더욱 그렇죠."

"그럼 시험해 보시든가요."

단호한 목소리로 서다래가 대답했다.

진해임은 지금 서다래의 몸짓만 봐도 그녀가 얼마나 긴장을 하고 있는 상태인지 알 수 있었다.

하지만 저 눈.

시선을 피하지 않고 똑바로 마주쳐오는 서다래의 두 눈이 어딘가 고집스러워보였다.

지금까지 진해임의 경험상 저런 눈을 하고 허풍을 치는 사람은 없었다. 만에 하나 서다래가 지금 다치게 된다면 차윤성을 압

박할 때 좋지 않다.

잠시 고민했지만 순식간에 마음을 결정한 진해임이 나지막한 목소리로 말했다.

"좋아요. 서다래 씨만 얌전히 따라온다면 나머지는 풀어드리죠. 그러니 그 나이프는 이제 그만 치워요."

"아직이요. 지욱 씨가 안전하게 옮겨지는 모습까지 보고요."

"하!"

서다래의 말에 진해임이 어처구니없다는 듯이 피식 웃었다. 그러곤 자신을 바라보고 있는 남자들을 향해 나지막한 목소리로 말했다.

"들었죠? 내 마음이 바뀌기 전에 빨리 지욱이 데리고 가는 게 좋을 거예요."

진해임의 말에 남자들은 순간 서로의 눈치를 봤다.

지금 상황에서 그들이 할 수 있는 일은 많지 않았다. 어찌 보면 후퇴가 더 옳았다. 상황이 이렇게 된 이상 계속 맞서 싸운다고 해도 서다래를 구할 가능성은 거의 없기 때문이다.

눈빛을 교환한 그들이 재빨리 쓰러져 있는 강지욱을 향해 다가갔다.

"서, 서다래 씨!"

강지욱은 자꾸만 감기는 눈을 억지로 뜨며 서다래를 바라봤다.

이럴 순 없었다. 이런 상황은 절대 있어선 안 됐다.

136 맹수주의보

차윤성이 얼마나 서다래를 아끼는지 아는 그가 이렇게 그녀를 빼앗길 순 없었다.

약속했다.

목숨을 걸고 지키겠다고.

손에 힘을 풀고 상황을 지켜보던 최재혁이 손아귀에서 완전히 힘을 풀자 강지욱의 몸이 바닥으로 털썩 떨어져 내렸다.

그런 그의 어깨를 다른 남자들이 부축하며 서둘러 옮겨갔다.

질질.

다른 이들의 손에 끌려가면서도 강지욱은 부릅뜬 눈으로 서다래를 바라봤다.

그런 그와 허공에서 시선이 마주친 서다래는 희미하게 웃어 보이며 나지막한 목소리로 말했다.

"아까 윤성 씨를 위해 죽음까지 각오하셨다고 했죠? 그런데 그걸 절 위해서 쓰시면 안 되잖아요."

"아, 안 됩니다."

끝까지 싸워야 했다.

여기에 모인 모두가 죽는다고 해도 서다래와 맞바꿀 순 없었다.

절대로 안 된다는 말을 굳이 입 밖으로 내뱉지 않아도 강지욱의 절절한 감정이 그의 강렬한 눈빛을 통해 느껴졌다.

"지욱 씨가 잘못되면 윤성 씨가 많이 슬플 거예요. 저도 평생 죄책감에 살 거고요. 저 때문에 다치게 해서 죄송해요."

서다래는 점점 멀어지는 강지욱을 향해 마지막 말을 남기고
는 자리에서 일어섰다.

진해임이 웃으며 말했다.

"그럼 갈까요, 다래 씨? 아 참, 그 손에 든 물건은 내려놓고요."

타악―

진해임의 말대로 서다래는 손에 들고 있던 나이프를 바닥에
던졌다. 그리고 먼저 약속한 대로 말 없이 진해임의 뒤를 따라
걸음을 옮겼다.

움찔.

완전히 반대로 어긋나버린 발목을 끌며 강지욱의 몸이 미약
하게 움직였다.

이대로 서다래를 보낼 순 없었다.

하지만 얼마 가지 못해 그의 시야가 점점 어두워졌다.

*　　*　　*

오늘따라 차윤성은 이상하게 부재중으로 찍힌 강지욱의 전화
한 통이 마음에 걸렸다.

그래서 여러 차례 다시 전화를 걸어보았지만 그와 전화 연결
이 되질 않았다. 이렇게 강지욱과 연락이 끊기는 경우가 많지 않
았기 때문에 이상하게 불안감이 엄습할 때였다.

드르륵, 드르륵.

마침 휴대폰을 바라보고 있던 차윤성의 눈에 전화가 걸려오는 것이 보였다.

발신자는 그의 새어머니인 진해임이었다.

그에게 전화를 건 게 다른 누구도 아닌 진해임이란 사실이 이상하게 등 뒤가 서늘할 정도로 느낌이 좋지 않았다.

머릿속을 헤집는 불길한 생각을 뒤로하며 차윤성이 전화를 받았다.

"여보세요?"

나지막이 말하는 차윤성의 목소리에 진해임이 밝은 목소리로 대답했다.

─윤성이니?

"어쩐 일이십니까?"

─곧 알게 되겠지만 이 소식을 내가 직접 전해 주고 싶어서 전화했단다.

애써 억눌렀던 불길한 생각이 점점 강해지며 불안감이 최고조로 올라갈 때였다.

그를 조롱하는 듯한 진해임의 목소리가 다시 들렸다.

─자, 다래 씨. 윤성이한테 한 마디 해 주세요.

"……!"

순간 차윤성의 눈이 커졌다.

전화기 속으로 서다래의 목소리가 들리진 않았지만 그는 알아차릴 수밖에 없었다.

뭔가 잘못됐다.

—이런, 다래 씨가 지금은 너와 통화를 하고 싶지 않은 모양이구나. 그러게 내가 경고하지 않았니? 넌 결코 지킬 수 없을 거라고 말이야.

재미있다는 듯이 웃는 진해임의 웃음소리를 들으며 차윤성은 자신도 모르게 손에 힘을 주었다. 덕분에 휴대폰을 쥐고 있지 않은 다른 손에 닿아 있던 책상 귀퉁이가 부서졌다.

콰직!

차윤성이 꽉 다문 입으로 나지막이 말했다.

"그 여자 손가락 하나 건드리지 마."

진해임이 처음으로 듣는 차윤성의 반말이었다.

그만큼 그의 분노가 고스란히 느껴져서 진해임의 기분은 더욱 고조되었다.

—내가 다래 씨를 어떻게 대할지는 윤성이 네가 어떻게 행동하느냐에 달리지 않았겠니?

"뭘 원하지?"

—원하는 게 너무 많아서 지금 다 말하긴 좀 그렇고. 일단 후계자가 되지 않겠다고 공식 발표부터 해 줬으면 좋겠어.

"……그러지."

—윤성아, 만에 하나라도 허튼 생각은 하지 않는 게 좋을 거야. 네 행동에 따라 내가 예쁜 다래 씨의 신체 어딘가를 잘라서 보내 줄 수도 있거든. 아! 사랑하는 사이인데 따로 표시해 주지

않아도 알아볼 수 있겠지?

짜악—

진해임의 경고에 순간 울컥한 차윤성의 손 안에서 그대로 휴대폰이 부서질 뻔했다.

애초에 차윤성의 대답은 기대하지 않는지 진해임이 다시 말을 했다.

—그럼 나중에 다시 전화하마.

뚜뚜뚜뚜.

그렇게 전화가 일방적으로 끊겼다.

이런 상황일수록 차윤성은 침착해야 했다. 어떻게든 서다래를 구해내야 했으니까. 하지만 그게 말처럼 쉽지 않았다.

머릿속에 생각이란 게 조금도 떠오르질 않았다.

온몸의 피가 거꾸로 솟구치며 발바닥 밑이 무너지는 느낌이 들었다.

차윤성은 최대한 자신의 감정을 억누른 목소리로 낮게 말했다.

"서다래가 어떻게 된 건지 알아봐. 지금 당장."

그의 성난 목소리에 강지욱을 대신해 그를 보필하던 남자가 서둘러 어딘가를 향해 나갔다.

만약 진해임이 그가 얼마나 화를 내는지 보고 싶어 전화를 건 것이라면 그녀의 완벽한 성공이었다. 차윤성은 지금 눈에 뵈는 게 아무것도 없을 지경이었으니까.

5.

기다려, 내가 곧 갈 테니까

강지욱은 어렸을 때부터 자신의 아버지에 대해 불만이 컸다.

그는 고귀한 혈통의 아버지와 별 볼 일 없는 어머니 사이에서 태어난 수인족이었다. 아버지의 핏줄을 이어받았기 때문에 남들보다 힘은 강했지만 그뿐이었다. 소위 몰락한 귀족이나 다름없었다.

아버지는 집안의 반대를 무릅쓰고 어머니와 만났기 때문에 강지욱이 태어났을 때 이미 집안에서 쫓겨난 신세였다.

그런 아버지가 힘들 때 도와준 이가 바로 수인족의 우두머리이자 K그룹의 회장인 차성재였다.

아버진 은혜를 갚는다는 명목하에 차성재 회장의 그림자가 되었다. 그 덕분에 어머니는 아버지를 기다리는 날들이 많아졌고, 강지욱 또한 아버지의 빈자리를 느끼며 외롭게 커야 했다.

문제는 그런 아버지가 못마땅해 죽겠는데, 자신이 성장해감에 따라 수인족의 여러 거대한 세력들이 그에게 눈독을 들인다는 것이었다.

그것도 아버지와 똑같은 그림자로서.

강지욱의 입장으로선 기가 찰 일이었다.

'그딴 거 누가 할 줄 알고?'

어렸을 때 강지욱이 제일 하고 싶지 않은 일이 바로 누군가의 그림자로 사는 일이었다.

누군가를 보필하며 사는 삶이라니.

세상에서 그 일만 빼면 다른 건 뭘 하든 상관이 없을 정도였다.

그러던 어느 날이었다.

어린 강지욱이 아버지의 손을 잡고 처음 K그룹으로 간 날이었다.

아직 어렸던 그의 눈에도 한순간 눈이 밝아질 만큼 아름다운 여자가 다가왔다. 그녀는 인형같이 완벽한 몸매를 살짝 숙여 강지욱과 눈높이를 맞추며 물었다.

"네가 지욱이니?"

강지욱이 순간 아무 말도 못 하고 그녀를 쳐다보고 있자 그의 손을 잡고 서 있던 아버지가 말했다.

"지욱아, 인사드리거라. 진해임 사모님이시다."

그제야 번뜩 정신을 차린 강지욱이 서둘러 입을 열었다.

"안녕하세요."

강지욱을 쳐다보는 진해임의 눈동자가 일순 빛났다.

"어린데 벌써부터 아드님이 참 똘똘해 보이네요. 아드님을 잘 두셔서 좋으시겠어요."

"아닙니다."

무뚝뚝한 아버지의 대답에도 진해임은 굴하지 않고 강지욱을 향해 다시 말했다.

"지욱아, 우리 아들이랑 친하게 지내줄래?"

"사모님…… 아들이요?"

"응. 저기 있는데 같이 좀 놀아줘. 워낙 낯을 많이 가려서 부탁 좀 할게."

생각지도 못한 제안에 강지욱이 슬그머니 아버지를 올려다보자 아버지는 살짝 고개를 끄덕이며 허락의 의사를 밝혔다.

그에 강지욱이 마지못해 대답했다.

"알겠습니다."

그렇게 강지욱이 처음으로 만난 도련님은 진해임의 아들 차해운이었다.

차해운은 어린 강지욱이 한눈에 척 보기에도 애어른 같은 타입이었다. 얌전히 앉아서 책을 읽고 있는 그에게 강지욱이 어색하게 다가가 먼저 말을 걸었다.

"안녕?"

가볍게 건넨 말이었지만, 그 말 한 마디에 차해운의 옆에 서 있던 보디가드가 버럭 화를 내며 말했다.

"본가의 둘째 도련님이시다. 너 따위가 반말로 대할 분이 아니야."

인상을 쓰며 말을 하는 그 남자를 향해 강지욱은 누군들 오고 싶어 온 줄 아냐고 대들고 싶었지만 참았다.

어차피 아버지 때문에 오다가다 몇 번 보게 될 사이일 뿐. 본가의 도련님들과 강지욱이 무슨 사이라고 이런 것에 대해 일일이 따진단 말인가.

그냥 대충 좋게좋게 넘어가자고 생각할 때였다.

가만히 앉아 있던 차해운이 그를 똑바로 쳐다보며 말했다.

"그러게, 내 나이 또래한테 반말을 들어 보기는 처음이네. 너 누구야?"

강지욱보다 나이가 어린 차해운이다.

아무렇지 않게 반말하는 모습을 보니 그 역시도 보디가드의 말이 당연하다고 여기는 눈치였다.

처음으로 당해 보는 계급 관계에 강지욱은 순간 울컥했지만 다시 한 번 참았다. 어차피 몇 번 보지 않을 사이이기 때문이다. 이 까짓게 뭐라고 굳이 사고를 칠 필요는 없었다.

"둘째 도련님, 안녕하세요. 저는 강지욱이라고 합니다."

또박또박 인사를 내뱉으며 강지욱은 앞으로 더러워서라도 도련님이라 불러야 될 사람들은 피해야겠다고 다짐했다.

하지만 그건 그 혼자만의 다짐일 뿐이었다.

얼마 지나지 않아 강지욱은 다시 한 번 분가라 불리는 고양이과 도련님을 만나게 됐다.

"어허, 얘기는 많이 들었습니다. 이 아이가 아드님이오?"

하얀 수염이 덥수룩하게 자라 있는 할아버지가 인자한 눈빛으로 강지욱을 내려다보며 말했다.

그 할아버지의 옆에는 표정이 없는 한 아이가 서 있었다. 풍기는 분위기가 마치 마네킹같이, 사람 냄새가 조금도 느껴지지 않는 아이였다.

강지욱이 또다시 만나게 된 도련님이란 아이를 보며 알게 모르게 인상을 찌푸릴 때였다.

강지욱의 아버지가 말했다.

"네. 제 아들놈입니다. 지욱아, 인사 드리거라."

이미 한 번 겪어본 경험이 있었기 때문에 강지욱은 나름 유연하게 대처할 수 있었다.

"안녕하십니까. 강지욱이라고 합니다."

나이에 비해 너무도 어른스러운 말투였다.

할아버지가 놀란 듯이 눈이 커졌다. 짧은 순간 그 눈에 이채가 돌았다 사라졌다.

"우리 손주가 워낙 애 같지 않아서 걱정했는데, 그쪽 아드님도 만만치 않아 보입니다그려."

"절 닮았는지 벌써부터 무뚝뚝해 큰일입니다."

그렇게 어느샌가 아버지와 할아버지는 대화를 나누기 위해 자리를 옮겼다. 그러자 자연스레 강지욱과 고양이과 도련님은 둘만 남게 돼버렸다.

강지욱은 별로 친해지고 싶은 생각도 없고, 먼저 말을 거는 것도 내키지 않아서 가만히 앉아 있었다.

그렇게 십 분, 이십 분…….

삼십 분이 지나갈 때 강지욱이 참다못해 먼저 입을 열었다.

"혹시 벙어리는 아니죠?"

강지욱의 말에 그의 무미건조한 눈동자가 슬쩍 움직였다. 그리고 느릿하게 대답했다.

"아니야."

역시나 도련님들 입에선 반말이 일상생활이었다. 하지만 이번엔 딱히 기대하지 않았기 때문에 별 생각이 없었다.

강지욱은 무심코 이 마네킹 같은 꼬마가 궁금해져서 물었다.

"이름이 뭡니까?"

"은호, 이……은호."

이은호는 그 말을 끝으로 다시 입을 꾹 다물었다.

그렇게 강지욱은 두 번째로 만난 이은호 도련님과 더럽게 재미없는 시간을 보내다가 돌아와야만 했다.

그때부터였던 것 같다.

은근슬쩍 그런 자리는 피하게 되었던 게.

"지욱아, 저기 어른들 계시니 인사드리고 오자꾸나."

"화장실 잠깐 들렀다 와서요."

언제나 그랬던 것처럼 그날도 어른들이 많이 모여 있는 불편한 자리를 피해 정원으로 나왔다.

타박타박.

혼자 조용히 정원을 돌아다니며 시간을 때우고 있을 때였다. 평소 자신이 즐겨가던 벤치에 먼저 도착해 있는 한 아이가 보였다.

그 아이를 보는 순간 거짓말처럼 강지욱의 시선이 사로잡히고 말았다.

무언가를 골똘히 생각하듯이 어딘가 먼 곳을 바라보는 오렌지빛 눈동자. 남자치곤 믿을 수 없을 만큼 새하얀 피부에 뚜렷한 이목구비가 매우 잘생긴 아이였다.

하지만 그게 다가 아니었다. 그 아이에게는 그저 잘생겼다는 말로 끝나지 않을 무언가가 있었다.

수인족 자체가 평범한 인간들보다 훨씬 수려하게 생겼기 때문에 지금껏 강지욱도 숱한 미남과 미녀들을 본 터다.

그런데 단연코 이 아이는 어딘가 달랐다.

딱 꼬집을 수 없는 무언가가…….

잠시 생각에 잠겨 있을 때 들려오는 목소리가 있었다.

"기분 나쁘게 왜 자꾸 쳐다보는 거야?"

정신을 차려보니 자신이 뚫어지게 쳐다보고 있던 그 아이가 이쪽을 바라보며 말하고 있었다.

"아…….."

순간 강지욱은 할 말을 잃었다.

그제야 자신이 남자에게 시선을 빼앗겼던 사실을 자각하곤 스스로가 어처구니없게 느껴졌다.

'지금 뭐하는 거야. 강지욱.'

자신을 책망하며 강지욱은 겉으론 아무렇지 않은 듯 대답했다.

"그 자리 내가 이곳에 올 때 항상 찾는 자리거든. 나 말고 누가 여기에 와 있는 게 신기해서."

강지욱의 대답에 아이가 물었다.

"넌 누구지?"

"그런 건 물어보기 전에 먼저 밝혀야 되는 거 아니야?"

"내가 먼저 물었으니 네가 대답을 하는 게 순서야."

"하."

어딘가 오만한 듯하면서도 타당한 그의 대답이 재미있어서 강지욱은 자신도 모르게 피식 웃었다.

상대의 말이 틀리지 않다 생각해서인지 강지욱이 대답했다.

"나, 강지욱."

"강지욱이라…… 들어 본 적 있는 이름이네."

아이는 강지욱이라는 이름을 알고 있는 듯이 그를 위아래로 살폈다. 그러고는 이내 피식 웃으며 중얼거렸다.

"소문은 그럴싸하던데, 상상했던 것보다는 별로네."

그 말을 듣자 강지욱은 딱딱하게 굳어지고 말았다. 이렇게 거침없는 발언을 들은 적은 처음이었다.

도련님들에게 한 수 접어줬던 것뿐이지 강지욱 또한 어렸을 때부터 영재로 유명했기 때문에 어디 가서 이런 취급을 받아본 적이 없었다.

강지욱은 미간을 슬쩍 찌푸린 채로 말했다.

"너 어디 도련님이라도 돼? 네가 뭔데 남을 품평하는 듯한 말투야?"

"품평? 내가 그랬나?"

"그래. 네가 얼마나 대단한 핏줄을 이었는지는 모르겠지만 나도 그렇게 만만한 놈은 아니거든. 다시 한 번 그렇게 나온다면 시비 거는 거라고 생각해도 되지?"

덤벼 볼 테면 덤벼보라는 듯한 강지욱의 발언에 아이가 씩 웃으며 말했다.

"맘에 드네. 쉽게 누구한테 안 굽히는 모습이."

"분명히 내가 나에 대해 품평하지 말라고……."

"이번엔 칭찬이야."

말을 내뱉은 아이가 오렌지빛 눈동자로 강지욱을 바라봤다. 전혀 거짓 없어 보이는 그 시선을 마주하고 있자 강지욱은 이상하게 화가 사그라졌다.

강지욱은 자신도 모르게 입을 열었다.

"넌 이름이 뭐야?"

"나?"

아이는 머리를 긁적거리며 잠시 망설이더니 나지막이 말했다.

"차윤성."

"윤성?"

아무렇지 않게 다시 한 번 되묻는 강지욱의 대답에 오히려 차윤성이 조금 놀란 눈빛으로 그를 바라보며 말했다.

"내 이름 들어 본 적 없어?"

"내가 알아야 돼?"

"하하하!"

당당한 강지욱의 질문에 차윤성은 크게 웃을 수밖에 없었다. 한참을 웃던 그가 간신히 웃음을 멈추곤 나지막이 말했다.

"그건 아닌데, 내가 잠깐 연예인병에 걸렸었나 봐. 주변에서 하도 날 알아보기에 그게 당연한 건 줄 알았어."

"그게 뭐야. 자칫 잘못 들으면 굉장히 재수 없는 말인데?"

강지욱의 말에 차윤성은 그저 웃었다.

그것이 바로 강지욱과 차윤성의 첫 만남. 그리고 별거 아니었을지도 몰랐던 그날의 만남이 강지욱의 뇌리엔 아직도 또렷했다.

그땐 어렸기도 했고 워낙 수인족이 어떻게 돌아가는지 관심이 없었기 때문에 차윤성이 본가의 첫째 도련님이란 사실을 알 턱이 없었다.

나중에서야 이 사실을 알고 얼마나 암담하던지.

지금에 와서 생각해 보면 도대체 언제부터 차윤성이 마음에 들었던 건지 알 수가 없다.

그토록 하고 싶지 않았던 그림자를 왜 하기로 마음먹었던 건지. 사방에서 러브콜을 받던 자신이 왜 굳이 차윤성의 편에 서기로 결심한 건지 말이다.

언제부터였을까.

차윤성이 자신의 편은 절대로 되지 말라고 했던 그때였을까?

"그럴 리 없겠지만, 절대 내 뒤에는 서지 마. 너도 알다시피 난 후계자가 되지 않을 거야. 그러니 지욱이 네가 내 편이 되면 목숨이 위태로울 수 있어. 가능하면 해운이나 고양이쪽으로 가. 거기가 안전하고 좋잖아."

이 말을 듣고 오기가 생겼나?

아니다.

차윤성이 처음으로 어머니가 자신을 살해하려던 사실을 알고 오열하고 있는 모습을 볼 때 동정심이 생겼나?

기억을 되짚어보던 강지욱의 뇌리에 번뜩 떠오르는 생각이 있었다.

죽어도 그림자는 되지 않겠다던 강지욱이 차윤성을 모시겠다고 선언한 날이었다.

세월이 뭐라고 그때 즈음엔 강인했던 아버지의 모습도 점차 사라지고 주름이 자글자글한 걱정이 많은 아버지가 서 있었다.

"다른 도련님들을 제쳐 두고 굳이 윤성 도련님을 선택한 이유가 뭔지 물어도 되겠느냐?"

"음. 뭐, 제가 가려고만 하면 갈 데야 많겠지만…… 해운 도련님은 죽을 때까지 사모님 치마폭에서 못 헤어 나올 것 같고, 은호 도련님은 너무 사람 냄새가 안 나서 재미가 없잖아요."

"윤성 도련님은 그분들과 뭐가 다르더냐?"

"최소한 제가 죽으면 눈물은 흘려줄 것 같아서요. 윤성 도련님이랑 함께라면 일할 때 재미가 있을 것 같기도 하고…… 적이 많으니까 심심하지도 않겠네요."

반은 진심이었고, 반은 장난이었다.

지금도 여전히 그때 한 대답이 완전하다고 생각하지는 않는다. 하지만 과정은 생략하더라도 결론은 확실히 뇌리 속에 각인되어 있다.

차윤성이 하는 선택이 그의 선택이고 그가 가야 하는 길이다.

처음 차윤성의 그림자가 되기로 했던 날, 그에게 했던 약속이고 스스로에게 다짐한 맹세였다.

그리고 차윤성은 그의 가장 소중한 것을 자신에게 맡겼다.

서다래.

"나는 분명 준 기억이 없는데, 언제부터인가 내 머릿속을 꽉 채우고 있는 게 서다래더라고."

"나 정말 심해. 뭔가를 이렇게 간절히 원한 적이 처음이라 어떻게 대하면 좋을지 모르겠어."

"수인족, 인간. 그딴 게 뭐가 중요해. 내가 선택한 여자인데."

"잘 부탁해."

강지욱은 잘 부탁한다는 차윤성의 말에 분명히 이렇게 대답했다.

"제 목숨을 걸고 지켜드릴 테니 염려 마십시오."

"아까 윤성 씨를 위해 죽음까지 각오하셨다고 했죠? 그런데 그걸 절 위해서 쓰시면 안 되잖아요."

"지욱 씨가 잘못되면 윤성 씨가 많이 슬플 거예요. 저도 평생 죄책감에 살 거고요. 저 때문에 다치게 해서 죄송해요."

서다래의 목소리가 귓가에 윙윙 울리면서 점차 정신이 들기 시작했다.

그때 그 상황으로 돌아간 듯 마음이 간절해졌다.

삐빅. 삐빅.

이상한 기계음이 귓가에 울리고 머리가 몽롱했지만, 강지욱은 힘겹게 눈을 떴다.

가장 먼저 보이는 하얀 천장을 올려다 볼 때였다.

"아! 일어나셨습니다."

누군가의 목소리에 시선을 돌리니 가장 먼저 보이는 얼굴이 있었다.

몰라보게 수척해진 차윤성이었다.

많은 말을 나눈 건 아니었지만, 차윤성과 눈빛을 마주치는 순간 강지욱은 많은 것들을 알아차릴 수 있었다.

그가 나오지 않는 목소리를 간신히 짜내어 말했다.

"죄……송합니다."

너무나도 작은 목소리였기에 들리지 않을지도 모른다 생각했지만 차윤성의 귀에는 똑똑히 전달이 된 모양이었다.

강지욱을 향해 더 가까이 다가온 차윤성이 아무 말 없이 그의 눈가를 손으로 덮어주며 말했다.

"고생했다."

그 짧은 한 마디에 강지욱의 눈시울이 더욱 붉게 물들었다.

어느 순간부터 흐르고 있었는지 모를 눈물이 강지욱의 눈가를 뜨겁게 적시고 있었다.

                    *   *   *

"저 서다래라는 인간 여자는 어떻게 하실 생각입니까?"

최재혁이 맞은편에 앉아 있는 진해임을 향해 물었다. 하지만 진해임은 알 수 없는 표정을 지을 뿐 대답이 없었다.

그녀의 침묵에 최재혁이 다시 입을 열었다.

"설마 이대로 계속 데리고 다닐 생각이신 건……?"

"그럴 리가."

그의 말을 진해임이 딱 잘랐다.

그리고 그녀가 다시 말없이 뜸을 들이자 최재혁이 더욱 궁금하다는 표정으로 진해임을 바라봤다. 그런 그의 시선을 느낀 진해임이 하는 수 없이 다시 입을 열었다.

"서다래를 어떻게 처리할지는 전혀 중요치 않아. 지금 문제는 차윤성이지."

"차윤성이 문제가 될 게 뭐가 있습니까? 현재까지 우리가 시키는 대로 모두 다 하고 있는데……."

"그게 문제란 거야. 차윤성이 시키는 대로 뭐든 하고 있는 이유가 뭐겠어? 인질이 잘못되는 순간 이 관계는 끝이야. 제대로 마무리를 짓지 않으면 괜히 벌집을 잘못 건드린 꼴밖에 나질 않아."

지금까지는 모두 다 진해임의 계획대로 흘러가고 있었다.

여기서 주의해야 할 건 차윤성이 앞뒤 안 가리고 달려들 상황을 만들어선 안 된다는 것이다. 절대 그런 일이 벌어져선 안 됐다.

그렇기 때문에 진해임은 서다래를 조금도 건드리지 않았다. 오히려 지금까진 극진히 대접하고 있는 처지였다.

어떻게 보면 우스운 얘기지만, 인질은 안전해야지만 효과를 볼 수 있었다. 서다래를 어떻게 할지도 모른다는 두려움, 그것만 심어주면 된다.

정말로 서다래가 잘못되는 순간 차윤성이 어떻게 돌변할지는 모를 일이었다.

그렇다고 언제까지 서다래를 인질로 데리고 다닐 수도 없는 노릇이었고, 진해임은 그럴 생각도 없었다.

조만간 서다래를 이용해 차윤성을 끌어낸 뒤 완전히 끝장을 봐야만 했다.

잠시 생각에 빠진 진해임의 머릿속에 문득 저번에 차윤성이 자신에게 한 경고가 떠올랐다.

"하나를 주면 최소한 열 개는 뺏어오라고 절 가르치신 건 어머니입니다. 제게 소중한 걸 가져가시려면 어머니가 가지고 있는 것들부터 잃어버리지 않게 잘 간수하셔야 할 겁니다."

다시 생각해 봐도 기분 나쁘기 이를 데 없는 말이다.

불쾌한 건 차윤성, 그 아이를 그렇게 가르친 건 진해임 바로 자신이라는 사실이다.

좋은 새어머니인 척 코스프레를 할 때 진해임은 그녀의 성정대로 차윤성을 향해 당한 만큼 몇 배로 되갚아주라고 말한 적이 있었다.

그땐 별 생각 없이 한 말이었는데 이렇게 당하는 입장이 돼버리니 기분이 썩 좋지 않았다.

진해임이 말했다.

"해운이는 예정대로 여행을 보냈겠지?"

"네. 비행기 타는 것까지 지켜보고 왔으니 지금쯤 잘 도착해서 쉬고 계실 겁니다."

"그래, 일이 마무리될 때까지 해운이는 해외에서 쉬었다가 오는 게 나아."

혹시나 차윤성이 움직일 것을 대비해 차해운부터 멀리 보내놓은 상태였다.

지금처럼 일이 순조롭게 진행되고 있는 상태에는 굳이 그럴 필요가 없었겠단 생각도 들었지만 그래도 혹시나 하는 마음에 만반의 준비를 해 놓은 것이었다.

차윤성은 결코 만만한 상대가 아니다.

총회에서 만났을 땐 마음 한편으론 해볼 테면 해 봐라, 하는 생각도 있었다. 그런데 차윤성은 보란 듯이 단기간 안에 그녀를 위협할 만큼의 세력을 키워냈다.

'건방진 놈.'

조금만 덜 뛰어났다면 이렇게까진 경계하지 않았을지도 모른다. 하지만 차윤성은 늘 진해임이 예상했던 것 그 이상의 모습을 보여주곤 했다.

어렸을 때부터 그렇게 목에 걸린 가시처럼 굴더니 결국에 이런 상황까지 오고야 말았다.

'하지만 이젠 정말 그런 네놈을 보는 날도 얼마 남지 않았구나.'

서다래를 인질로 데리고 오는 것. 진해임이 한 일은 그것만 있는 게 아니었다.

지금까지 준비해놓았던 모든 일을 한 번에 터뜨렸다. 평상시라 해도 모두 처리하려면 꽤나 골머리를 썩였을 일이다. 그런데 서다래를 인질로 잡고 있으니 아무런 대응도 하지 못하고 있었다.

'예상은 했지만 이렇게 유용할 줄이야.'

진해임이 속으로 웃었다.

이제 슬슬 막바지 작업만 하면 됐다.

차윤성을 완전히 이 세상에서 없애는 일!

지금까지 매번 실패했던 그 일만 마무리를 지으면 그녀의 완벽한 승리였다. 더 이상 차해운을 후계자로 만드는 데 걸림돌이 되는 건 없었다.

진해임은 차윤성과 어떻게 끝장을 봐야 할지 마지막 남은 고민을 하고 있었다.

쾅쾅!

"거기 아무도 없어요?"

서다래는 굳게 닫힌 문을 주먹으로 두드리며 소리쳤다. 하지만 돌아오는 목소리는 없었다.

"하아."

서다래는 문가에 무릎을 세우고 앉아 고개를 파묻었다.

현재 그녀가 머무르고 있는 곳은 납치되었다는 상황에 맞지 않게 꽤나 휘황찬란한 곳이었다. 커다란 침대에 대형 TV, 푹신한 소파까지 웬만한 VIP룸에 버금갈 정도였다.

이곳에 유일하게 없는 건, 바깥으로 연락을 할 수 있는 컴퓨터와 휴대폰 같은 전자기기뿐이었다.

이곳에서 지내는 며칠 동안 식사는 삼시 세끼 꼬박꼬박 들어오고 있었지만 제대로 음식을 섭취한 적은 없었다.

기운이 있어야 무슨 일을 해도 할 수 있다 생각해서 억지로라도 먹어봤지만 도무지 넘어가질 않았다.

차윤성이 지금쯤 얼마나 자신을 걱정하고 있을까 그 생각만
하면 속이 타들어 갈 지경이었다.

서다래는 진해임이 자신을 이곳으로 데리고 오면서 차윤성한
테 전화를 걸어 협박하는 내용을 똑똑히 들었다.

> *"윤성아, 만에 하나라도 허튼 생각은 하지 않는 게 좋을 거야.*
> *네 행동에 따라 내가 예쁜 다래 씨의 신체 어딘가를 잘라서 보내*
> *줄 수도 있거든. 아! 사랑하는 사이인데 따로 표시해 주지 않아도*
> *알아볼 수 있겠지?"*

소름이 돋았다.

저 말을 듣고 차윤성이 얼마나 속상해할지 생각하니 서다래
의 가슴이 찢어지는 것만 같았다.

'윤성 씨…….'

너무나도 답답한 마음에 서다래는 눈물이 나올 것만 같았다.

서다래는 지금까지 살면서 스스로가 이렇게 무기력하게 느껴
진 적은 처음이었다.

그저 이 안에 앉아서 차윤성이 구해 주기만을 기다려야 한다
는 사실이 미치도록 싫었다.

차라리 자신이 수인족이었다면!

지금까지 봤던 그들의 능력처럼 자신도 힘이 강했다면 지금

과 달라졌을까 그런 생각이 머릿속에 강하게 들었다.

하지만 그건 그녀의 바람일 뿐.

서다래는 지극히 평범한 인간에 불과했다.

그녀가 여기서 할 수 있는 건 아무것도 없었다.

그렇게 숨이 막힐 것 같은 답답한 마음을 어떻게 풀지도 못한 채 그저 하염없이 문가에 기대어 앉아 있을 때였다.

철컹철컹.

문에 달린 자물쇠가 열리는 소리가 들렸다.

그 소리에 서다래가 무릎에 파묻고 있던 고개를 들어 문을 바라봤다. 그러자 얼마 안 가 굳게 닫혀 있던 문이 스르륵 열렸다.

또각또각.

문을 열고 방 안으로 들어온 건 지금 서다래가 가장 보고 싶지 않은 얼굴이었다.

바로 진해임이었다.

그녀를 확인하자마자 반사적으로 서다래의 얼굴이 찌푸려질 때였다.

"그러니까 지금 서다래 씨를 바꿔줘서 안전한지 확인시켜 주면 되겠니?"

진해임은 누군가와 휴대폰으로 통화를 하고 있었다.

그 모습을 보자마자 서다래는 직감적으로 알아차릴 수밖에 없었다. 지금 진해임과 통화를 하고 있는 상대는 차윤성이 틀림없었다.

순간 서다래는 자신도 모르게 숨을 멈춘 채 두 눈을 동그랗게 뜨고 진해임을 올려다보았다.

그런 그녀의 시선을 느낀 진해임의 입가엔 슬쩍 비웃음이 걸렸다. 하지만 서다래에게 지금 그런 건 전혀 중요치 않았다.

초조하게 앉아 있자니 진해임의 말이 다시 들려왔다.

"알겠다. 잠시만 기다리렴."

그 말과 함께 진해임은 휴대폰을 서다래에게 내밀었다.

확!

서다래는 떨리는 손으로 재빨리 진해임이 건넨 휴대폰을 받아서 귓가에 가져다대었다. 그녀가 받은 걸 어떻게 알았는지 때마침 나지막한 차윤성의 목소리가 들렸다.

―서다래?

서다래의 두 눈에 순간 눈물이 핑하고 돌았다.

너무나도 보고 싶었다.

목이 메어서 아무런 말도 하지 못하자 다시금 차윤성의 목소리가 들려왔다.

―서다래, 대답해 봐. 괜찮은 거야?

걱정이 잔뜩 배어 나오는 차윤성의 말에 서다래는 한 손으로 입가를 가린 채 터져 나올 것 같은 울음을 삼키며 말했다.

"네. 저 괜찮아요."

―다친 데 없어?

"없어요. 저 멀쩡하게 잘 있어요. 걱정시켜서…… 미안해요."

―그게 지금 네가 할 소리가 아니잖아.

그 목소리를 듣자 거짓말처럼 차윤성의 모습이 눈앞에 생생하게 그려졌다. 그가 어떤 표정을 짓고 있을지 떠올라서 서다래는 애꿎은 입술을 깨물었다.

혹시라도 작은 흐느낌이라도 새어 나간다면 그가 더 걱정을 할 게 뻔했기 때문이다.

그때 낮은 차윤성의 목소리가 다시 들려왔다.

―조금만 기다려. 내가 곧 갈 테니까.

"네. 전 괜찮으니…… 앗!"

휙!

통화하고 있는 휴대폰을 진해임이 다시 빼앗아 버렸다.

그런 진해임을 서다래가 원망스럽게 쳐다봤지만, 그녀는 서다래의 시선을 조금도 개의치 않은 채 말했다.

"이제 됐지? 안전한 걸 확인시켜줬으니 이제 내가 시키는 일을 할 차례구나."

무슨 일인지 몰라도 또다시 서다래를 두고 차윤성을 협박하고 있는 게 분명했다.

서다래가 분한 마음에 입술을 깨물었다.

지금 이곳이 어딘지 대충이라도 알았다면 방금 통화했을 때 소리쳐서 알려줬을 것이다. 그런데 안타깝게도 서다래는 자신이 있는 곳이 어딘지 전혀 알지를 못했다.

"그럼 일이 어떻게 처리되는지 보고 나중에 또 통화하자꾸나."

달칵.

순식간에 차윤성과 통화를 끝마친 진해임이 다시 서다래를 바라보며 말했다.

"서다래 씨."

그녀의 부름에 서다래가 곱지 않은 시선으로 진해임을 쳐다봤다. 그러자 진해임이 다시 말을 이었다.

"장소를 옮길 거니 따라 나와요."

자신이 할 말만 남긴 채 진해임은 열어놓은 문밖으로 천천히 걸어 나갔다.

또각또각.

자신감이 있는 뒷모습이었다.

진해임이 이렇게 가까운 거리에 있는 한 서다래가 아무데도 도망가지 못할 거라는 확신이 느껴졌다.

서다래는 자신도 모르게 두 주먹에 힘을 주었다.

이동하면서 최소한 자신이 어디로 끌려가는지 확인할 수 있으면 알아내야 했다. 사소한 무엇이라도 좋으니 차윤성에게 도움이 되고 싶었다.

괜히 쓸데없는 반항을 해서 끌려가는 것보다 제 발로 걸어가는 게 더 주의를 끌지 않을 것 같다고 판단한 서다래는 진해임의 말대로 그녀의 뒤를 따라 걸어 나갔다.

타박타박.

그렇게 진해임과 서다래, 최재혁과 여러 명의 수인족들이 건

물에서 나왔다.

서다래를 납치하고 처음으로 모습을 드러낸 그들이었다.

그런 그들의 모습이 전혀 뜻밖의 사람에게 목격되었다.

* * *

이은호는 서다래를 만나기 전과 같은 평범한 일상을 보내고 있었다.

아니, 최대한 그렇게 보이기 위해 노력했다. 하지만 지금의 그는 누가 봐도 어딘가 나사 하나가 빠진 듯한 모습이었다.

이은호가 멍하니 앉아서 상념에 잠겨 있을 때였다.

"은호 도련님."

고양이과 수인족 한 명이 다가와서 그에게 말을 걸었다. 요즘 이렇게 멍한 이은호의 모습은 자주 볼 수 있었기 때문에 특별한 일이 아니었다.

"……."

이은호가 아무런 대답이 없자 그가 다시 불렀다.

"도련님."

그제야 이은호의 무미건조한 눈동자가 슬쩍 움직여 그를 향했다. 간단한 '왜?'라는 말조차 하지 않았지만 용건을 말하라는 듯한 뉘앙스를 풍겼다.

이은호에게 말을 건 남자는 그 모습에 자신도 모르게 미미하게 미간을 찌푸렸다. 이은호가 언제부터 이렇게 변한 건지 그는 알고 있었다.

서다래와 이은호가 데이트를 하기 위해 만나던 날, 그 역시 차 윤성측 수인족들과 대치를 했었기 때문이다.

그는 그때 서다래의 얼굴을 똑똑히 보았었다.

"제가 저희 구역 근처에서 진해임 사모님과 저번에 봤던 서다래라는 인간 여자가 함께 건물에서 나오는 모습을 봤습니다."

"뭐?"

그의 말에 이은호가 반응했다.

전혀 어울리지가 않는 조합이었기 때문이다. 진해임과 서다래는.

'설마…….'

이은호의 머릿속에 불길한 생각이 들었다.

지금 수인족이 어떻게 돌아가는지 뻔히 알고 있는 이은호다. 그가 이상함을 느끼는 건 당연했다.

방금 전의 멍한 모습은 온데간데없이 사라진 이은호가 다급하게 말했다.

"당장 윤성 도련님한테 연락해."

이은호의 말에 소식을 전한 그가 이해가 안 된다는 듯이 되물었다.

"왜 그래야 합니까? 그 인간 여자는…… 은호 도련님의 마음을 저버리고 간 여자가 아닙니까?"

그가 이런 소식을 이은호에게 굳이 전한 이유는 이 상황이 고소하게 느껴졌기 때문이었다. 그런데 이은호가 예상한 것과 전혀 다른 반응을 보이자 의아하게 느껴질 수밖에 없었다.

하지만 그런 그의 질문에 이은호가 정색하며 대답했다.

"잘 알면서 나한테 그런 질문을 하는 거야?"

"네?"

"내가 마음을 준 여자다. 당장 윤성 도련님한테 연락해."

*　　*　　*

한 줌의 빛도 없는 깜깜한 방 안.

차윤성은 심연처럼 가라앉은 눈을 한 채로 앉아 있었다.

서다래가 사라진 며칠 동안 차윤성은 잠을 잘 수도 밥을 먹을 수도 없었다. 그래서인지 며칠 새에 많이 야윈 모습이었다.

얼핏 보기엔 그냥 가만히 앉아 있는 것 같아 보였지만 지금 차윤성의 속에선 온갖 감정이 교차하고 있는 상태였다.

그중에서도 가장 큰 감정은 분노였다.

지금 당장은 서다래의 안전이 진해임의 손에 달려 있어 어쩔 수 없이 참고 있는 것일 뿐. 그의 마음 같아선 당장이라도 서다래를 이렇게 끌고 간 모두를 찾아내 전부 다 죽여 버리고 싶었다.

만에 하나라도 서다래가 잘못된다면…….

차윤성은 그런 생각은 하고 싶지도 않은 듯 고개를 절레절레 저었다.

만약에 그런 상황이 찾아온다면 차윤성 스스로도 자신이 어떻게 변할지 도무지 상상이 되지 않았다.

'그런 일이 결코 벌어지게 해선 안 돼.'

어떤 일이 있더라도 이대로 서다래를 잃을 수는 없었다. 결코 그런 일이 생기게 내버려 두지 않을 것이다.

그런데, 겁이 났다.

태어나서 처음으로 차윤성은 너무나도 겁이 났다. 이대로 서다래를 잃게 될까 봐…….

스윽.

차윤성이 양팔을 교차해 자신의 눈가를 가릴 때였다.

똑똑똑.

누군가의 노크 소리가 들렸다.

차윤성은 지금쯤 자신을 찾아올 이가 누군지 알고 있었다. 그래서 무덤덤한 목소리로 말했다.

"들어와."

차윤성의 허락에 문이 열렸다.

끼이익.

문이 열리며 어두운 방 안에 기다란 한 줄기의 빛이 생겼다.

문을 열고 들어온 남자는 잠시 동안 강지욱을 대신해 그를 보필했던 이규진이란 남자였다.

차윤성이 그를 바라보며 말했다.

"어떻게 됐어?"

"도련님이 명령하신 대로 알아봤습니다. 덕분에 저희의 눈을 피해 서다래 씨를 숨길 만한 장소는 현재 세 개의 지역으로 추려졌습니다."

짧은 시간 진해임의 뒤를 추적해 알아낸 것치곤 꽤나 큰 수확이었다. 이렇게 세 군데로 장소를 추릴 수 있었던 것도 뛰어난 차윤성의 지휘 덕분이었다.

하지만 차윤성은 그의 보고가 마음에 들지 않는다는 듯 인상을 찌푸렸다.

시간이 없었다.

지금쯤 서다래가 있는 곳의 위치를 정확히 파악해야만 했다. 그래야만 진해임의 움직임을 미리 따라잡을 수 있다.

"내가 시킨 다른 건?"

"차해운 도련님은 현재 해외에 있다는 사실을 알아냈습니다. 조금만 더 기다려 주시면 말씀하신 대로 어디에 묵고 있는지, 바로 연락이 가능한 번호가 있는지 완벽하게 알아내서 보고 드리겠습니다."

"서둘러라."

진해임의 약점은 차해운이 유일했다.

그렇기에 만약의 상황에 서다래와 맞바꿀 수 있을 만한 가치를 지닌 존재는 그의 동생인 차해운뿐이다.

차윤성은 만약을 대비해 서다래가 붙잡혀 있는 곳의 위치를

170 맹수주의보

쫓는 것과 동시에 차해운까지 확보할 생각이었다.

'분명 경고했습니다. 내 것을 건드릴 때는 그만큼 각오를 하시라고요.'

어둠 속에 있던 차윤성의 눈이 서늘하게 빛났다.

그때였다.

드륵, 드륵, 드륵.

테이블 위에 올려놓았던 휴대폰이 진동하며 전화가 왔다는 사실을 알려 주었다.

슬쩍 보니 처음 보는 전화번호였다.

차윤성이 통화 버튼을 누르며 나지막이 말했다.

"여보세요?"

―저입니다. 이은호.

"무슨 일이야? 바쁘니까 용무가 없으면……."

―지금 서다래 씨가 어디 있는지 찾고 계십니까?

이은호의 말에 순간 차윤성의 눈동자가 커졌다.

그가 뭐라고 대답을 하기도 전에 이은호가 더 빨리 자신이 할 말을 내뱉었다.

―제가 지금 서다래 씨가 어디 있는지 알고 있습니다.

"그걸 네가 어떻게 아는 거야?"

―사모님이 윤성 도련님한테 들키지 않을 장소를 고르신 것 같은데, 그 과정에서 저라는 존재는 계산하지 못하신 것 같더군요. 저희 구역 근처에서 서다래 씨를 목격한 사람이 있었습니다.

덕분에 추적해서 지금 다래 씨가 어디에 있는지 위치를 파악한 상태고요.

뜻밖의 수확이었다.

이은호가 이런 정보를 가져다줄 줄은 꿈에도 생각지 못했다.

차윤성이 다급하게 입을 열었다.

"거기가 어디야?"

—말하기 전에 조건이 있습니다.

냉정한 이은호의 목소리에 차윤성은 지금 자신이 통화하는 상대가 누구인지 다시 한 번 깨달아야 했다.

절대 손해를 보지 않는다는 고양이과, 그곳의 후계자인 이은호다.

자신의 약점을 손에 쥔 이상 그가 어떤 요구를 해올지 감이 잡히지 않았다. 하지만 지금 차윤성에겐 흥정이나 하고 있을 시간이 없었다.

차윤성이 미간을 찌푸리며 말했다.

"뭔데?"

이은호가 걸 조건은 분명 엄청날 것이라 생각했다. 그럼에도 불구하고 차윤성은 한 치 망설임도 없이 그게 뭐냐고 물었다. 설령 그 무엇을 조건으로 내건다 해도 서다래를 구할 수만 있다면 그게 뭐라도 내줄 각오가 되어 있었으니까.

하지만 차윤성의 예상과는 전혀 다른 대답이 수화기를 통해 들려왔다.

―저랑 같이 가시죠.

어두운 밤.

차윤성은 이은호가 알려 준 곳으로 자신이 움직일 수 있는 모든 인원을 대동한 채 도착했다.

혹시나 이은호가 거짓 정보를 준 게 아닐까란 의심도 했지만, 공교롭게도 그가 알려 준 장소는 차윤성이 예상하던 곳과도 맞아떨어졌다.

급하게 알아보니 이쪽을 향했다는 진해임의 행적도 발견할 수 있어 더 이상 지체하지 않고 달려온 길이었다.

차윤성이 어둠 속에 몸을 감춘 채로 서다래가 있는 별장을 바라보고 있을 때였다.

스윽.

그의 옆으로 이은호가 다가왔다.

차윤성은 자신의 곁으로 다가온 이은호를 힐끔 보곤 나지막이 말했다.

"신세를 졌군."

누가 뭐래도 이은호의 공이 컸다.

그가 알려주지 않았더라면 서다래가 있는 위치를 파악하는 데 시간이 더 걸렸을 테고, 그러다가 무슨 일이 생겼을지는 아무도 모르는 일이었다.

한시가 촉박한 상황이다.

이렇게 단번에 서다래가 있는 곳의 정확한 위치를 알게 된 것은 매우 큰 수확이었다.

거기서 끝이 아니었다.

이은호는 이곳에 고양이과 수인족까지 잔뜩 끌고 나타난 상태다. 지금 그의 힘이 얼마나 도움이 되는지는 말로 다 표현할수 없을 정도였다.

차윤성의 말에 이은호도 힐끔 그를 바라보곤 나지막이 말했다.

"……그렇다면 주시겠습니까?"

차윤성은 단번에 이은호가 뭘 달라고 하는지 알아차렸다.

차윤성이 반듯했던 양미간을 잔뜩 찌푸리며 말했다.

"지금 네가 말한 그것만 빼고 생각해 보지."

"그게 뭔지 말을 한 것도 아닌데, 하여간 눈치는 빠르시군요."

"아무리 도와준다고 해도 바랄 걸 바라야지."

차윤성의 말에 이은호는 힘없이 피식 웃어버렸다.

그가 말한 것은 다름 아닌 서다래였다.

어차피 주지 않을 걸 알았기에 그냥 한번 떠본 것이었는데 차윤성이 또 귀신같이 알아차리고 거절한 것이다.

하여간 마음에 들지 않는 남자였다. 차윤성은.

가만히 서 있는 이은호를 향해 차윤성이 먼저 말을 건넸다.

"지금까지 이은호 넌 이득이 되는 일이 아니면 움직이지 않는다고 생각했는데…… 솔직히 이번 일은 조금 의외야."

지금까지 차윤성은 고양이과 수인족들을 가식적인 기회주의

자라고 생각했다. 그럴 수밖에 없었던 게, 지금까지 분가라 불리는 그들은 늘 철저한 계산하에 움직였기 때문이다.

그런 그들의 모습이 차윤성의 눈에는 그리 좋게 보이지 않았었다. 하지만 이번 일을 계기로 그들의 이미지가 조금 달라진 건 사실이었다.

차윤성의 말뜻을 알아차린 이은호가 나직하게 대꾸했다.

"모르시나 본데 이것도 제게 이득이 되는 일이기에 나선 것입니다."

서다래가 아무리 이은호를 거절했다고 해도 그의 마음까지 한 번에 잘라 낼 수는 없는 것이었다.

그녀가 위험한 상황에 처해 있는데 이은호라 해도 그냥 가만히 앉아 있을 수는 없었다. 그것은 그에게도 형벌이나 다름없었다.

서다래를 위해.

그리고 무엇보다 그녀에게 마음을 준 자신을 위해 이 자리에 선 것이다.

이은호는 자신의 감정을 최대한 자제해서 대답한 것이었지만, 차윤성에게도 그런 그의 마음이 어렴풋이 전달이 되었다.

잠시 침묵하던 차윤성이 나지막한 목소리로 말했다.

"고맙다는 말은 서다래를 안전하게 구해 내고 난 다음에 하지."

"도련님 때문에 나선 것은 아니니 제게 그런 말을 하실 필요 없습니다."

차윤성은 자신이 그동안 생각했던 것과 이은호란 남자가 조금 다르다는 것을 깨달았다.

그가 변한 건지 아니면 차윤성이 지금까지 그를 잘못 본 건지는 모르겠지만 전과는 많이 달라진 느낌이 들었다.

믿을 수 없는 자라 여겼는데…….

조금은 다른 시선으로 보였다.

차윤성이 그를 쳐다볼 때였다. 약속이라도 한 듯이 이은호도 차윤성을 바라봤다.

두 사람의 시선이 허공에서 마주치자 이은호가 먼저 나지막한 목소리로 말했다.

"시간이 된 것 같은데, 슬슬 시작해 볼까요?"

차윤성은 살짝 고개를 끄덕이며 대답했다.

"가지."

그것을 시작으로 두 세력이 움직이기 시작했다.

타다다닥, 타다다닥.

절제된 걸음걸이로 수많은 수인족들이 어둠을 틈타 움직였다.

그 선두에는 차윤성과 이은호가 있었다.

뒤를 따르는 수인족들은 묘한 기분이 들 수밖에 없었다. 지금까지 사이가 그렇게 좋지 않았던 본가와 분가다.

이렇게 두 세력 간의 힘을 합치게 될 줄은 꿈에도 몰랐던 일이었다.

농담처럼 수인족이라는 정체가 온 세상에 드러나 인간과 전면전으로 싸우게 되지 않는 한 두 세력이 힘을 합칠 일은 없을 거란 말이 돌았을 정도였다.

그런데 두 무리가 지금 하나의 목적을 가지고 함께 가고 있었다.

인적이 드문 산속에 위치한 고급스러운 별장.

그럴싸한 경치를 자랑하는 이곳에는 한밤중임에도 불구하고 몇 명의 수인족들이 돌아다니며 보초를 서고 있었다.

저벅저벅.

두 명의 남자가 손전등을 들고 넓은 정원을 둘러보고 있을 때였다.

쉬익!

어둠을 틈타 순식간에 그들의 뒤로 다가가는 그림자가 있었다.

픽! 퍼억!

둔탁한 소리가 들렸다.

그와 동시에 손전등을 들고 있던 두 명의 남자가 제자리에 쓰러졌다.

그들이 쓰러지고 난 뒤 어둠 속에서 모습을 드러낸 사람은 바로 차윤성이었다.

차윤성이 계획한 작전은 최대한 조용히 잠입해서 서다래의 안전을 확보하는 것이었다. 서다래를 무사히 구출해내는 것, 그게 무엇보다 가장 중요했기 때문이다.

그렇기에 차윤성은 가장 적은 인원수만 이끌고 먼저 별장 안으로 침입한 상태였다.

스윽.

생각보다 꽤나 넓은 별장 안을 바라보며 차윤성이 미간을 찌푸렸다.

'대체 이 안 어디에 서다래를 가둔 거야.'

서다래를 찾는 데 시간을 늦어지면 늦어질수록 이곳에 잠입한 사실을 들킬 확률이 컸다. 그래서 데리고 들어온 인원조차도 다시 쪼개서 수색을 하고 있는 중이었다.

아직까지 서다래의 안전한 모습을 확인하지 못한 차윤성의 속마음은 바짝 타들어 갔다. 하지만 일이 이렇게 된 이상 다른 방법은 없었다.

최대한 빨리 서다래를 찾아내는 수밖에.

차윤성이 다시 은밀하게 몸을 움직이려 할 때였다.

"거기 누구야?"

어둠 속을 가르는 서늘한 목소리.

움직이려던 차윤성의 몸이 뻣뻣하게 굳었다.

스윽.

뒤를 돌아보니 어둠 속에 처음 보는 남자의 얼굴이 희미하게 보였다.

그는 바로 서다래를 납치할 때 진해임과 함께 나타났던 최재혁이었다.

"차……윤성?"

차윤성은 이 자리에서 그를 처음 보는 것이었지만, 최재혁은 이미 차윤성의 얼굴을 알고 있었다.

생각지도 못한 만남, 최재혁은 슬그머니 주머니를 만졌다.

아무것도 없는 주머니를 느끼며 최재혁은 미간을 찡그렸다. 멀리 나가려는 것도 아니고 잠시 집 안을 둘러보다 만난 터라 휴대폰을 두고 온 것이다.

주머니로 향했던 최재혁의 손이 이내 얼굴을 보호하듯 올라가며 싸울 자세를 잡았다.

잠시 당황하긴 했지만 최재혁은 침착하게 다시 말을 이어 나갔다.

"어떻게 여기까지 들어온 건지는 모르겠지만, 나한테 들킨 이상 여기서부턴 쉽지 않을 거야."

최재혁은 자신 있었다.

사정상 지금까지 모습을 드러내지 않고 살아왔을 뿐. 수인족 중에서 자신을 이길 만한 상대는 없었다. 그게 설령 고귀한 혈통을 이은 차윤성이라 해도 마찬가지였다.

최재혁은 마침 생각난 게 있는 듯 한쪽 입꼬리를 올려 비웃으며 말했다.

"이름이 뭐라더라? 강지욱이었나. 그놈 발목은 좀 어때?"

가만히 서 있던 차윤성이 처음으로 강지욱의 이름에 반응을 보였다.

순간 눈을 빛내며 차윤성이 나지막이 말했다.

"너구나. 지욱이를 그렇게 만든 게."

"맞아, 내 작품이지. 너무 쉬워서 재미없었어. 넌 나를 좀 더 재밌게 해 줬으면 좋겠는데 말이지."

그 말과 동시에 최재혁의 몸이 움직였다.

쉬익!

그의 발차기가 매섭게 차윤성을 향해 날아들었다.

공격은 날카로웠고, 단번에 차윤성의 얼굴을 망가트릴 정도의 강력한 힘이 실려 있었다. 당연히 차윤성에게 치명상을 줄 거라 생각하고 펼친 공격이었지만 최재혁은 알지 못했다.

차윤성이 얼마나 강한지를.

팔뚝으로 가볍게 공격을 받아 낸 차윤성이 균형을 무너트리듯 안으로 밀고 들어왔다. 놀란 그가 채 반응을 하기도 전이었다.

차윤성의 긴 팔이 순식간에 최재혁의 입을 틀어막았다.

순간 차윤성의 발이 균형이 무너진 그의 발목을 후려쳤다.

빠각!

뼈가 부러지는 섬뜩한 소리가 들렸다.

"으읍!"

고통에 찬 비명 소리가 목구멍까지 치솟았지만 입이 틀어 막혀 있어 비명은 밖으로 빠져나가지 못했다.

그렇지만 그게 끝이 아니었다.

차윤성의 발이 다시 한 번 움직였다.

빠각!

다시 한 번 울리는 섬뜩한 소리.

자신만만하게 달려든 최재혁의 양쪽 발목을 순식간에 부러뜨린 차윤성이 고통으로 몸부림치는 그를 향해 나지막한 목소리로 말했다.

"바빠도 지욱이 복수는 해 줘야지."

6.
드디어 찾았다

서다래는 이 별장으로 옮겨오기 전과 마찬가지로 바깥으로 나가는 방문 근처에 무릎을 세운 채 쪼그려 앉아 있었다.

고급스러운 별장의 외부처럼 내부도 전에 머물렀던 곳보다 훨씬 값비싸고 호화로워 보였으나 서다래에게 그런 건 조금도 상관없었다.

방 안의 안락해 보이는 침대나 소파에 앉아 있을 만큼의 여유가 조금도 없었기 때문이다.

잡혀오고 난 뒤 매 순간이 불안과 긴장의 연속이었다.

혹시 진해임이 자신을 이용해 차윤성을 어떻게 하진 않을까. 그래서 차윤성이 다치진 않을까.

지금 서다래의 머릿속에는 부정적인 생각이 가득 차서 한순간도 편안히 앉아 있을 수가 없었다.

"하아."

고개를 파묻으며 답답한 마음에 한숨을 내쉴 때였다.

콰앙!

커다란 굉음과 함께 굳게 닫혀 있던 문이 열렸다.

갑작스러운 소리에 깜짝 놀란 서다래가 고개를 들어 문가를 쳐다봤다.

타다다다닥!

열린 문 사이로 검은 양복을 입은 여러 명의 남자들이 빠른 걸음으로 들어오는 모습이 보였다.

갑작스럽게 들이닥치는 그들의 모습을 보며 서다래가 영문을 몰라 눈을 동그랗게 뜨고 쳐다볼 때였다.

화악!

방 안으로 들어온 남자들은 가타부타 말도 없이 앉아 있는 서다래의 양팔을 잡아채 일으켜 세웠다.

"아앗!"

그들의 강한 손아귀 힘에 억지로 몸이 일으켜 세워진 서다래는 고통에 얼굴을 찌푸려졌다.

뭔가 이상했다.

지금까지 진해임이 직접 오지 않은 적은 없었다. 더군다나 남자들의 행동도 어딘가 굉장히 다급해 보였다.

의아함을 느낀 서다래가 당황하지 않고 그들을 살펴볼 때였다.

마침 제일 뒤쪽에서 통화를 하고 있는 한 남자의 모습이 보였다.

"네, 사모님. 지금 막 인간 여자가 있는 방에 도착했습니다. 다행히 여기까진 침입자가 들어온 흔적이 없습니다만 서둘러 안전한 장소로 이동시키겠습니다."

침입자?

'설마……'

혹시나 자신을 구하러 누군가 온 게 아닐까라는 생각이 들며 서다래에게 일말의 희망이 생길 때였다.

빠르게 통화를 끝낸 남자가 주변의 다른 자들을 향해 말했다.

"서둘러 움직인다."

"네."

남자들은 기계처럼 서다래의 팔을 우악스럽게 쥔 채 끌고 가기 시작했다.

그들에게 잡힌 팔이 아파왔지만 서다래는 이대로 끌려가선 안 된다는 생각이 강하게 머릿속에 들었다.

"자, 잠시만……."

다급한 서다래의 말이 채 끝나기도 전이었다.

촤아아아앙!

무언가가 깨지는 커다란 소리와 함께 유리 파편이 튀어 올랐다.

순간 반사적으로 눈을 감았다가 뜬 서다래는 눈앞에 펼쳐진 광경에 이내 눈을 동그랗게 뜰 수밖에 없었다.

여기가 정확히 몇 층인지는 모르겠지만 서다래가 창밖으로 도망가지 못하게끔 꽤나 높은 곳에 위치하고 있던 방이었다.

그런 높은 곳의 창문을 깨고 나타난 한 사람.

그는 바로 차윤성이었다.

"……!"

이 순간이 너무 현실감이 없어서 서다래는 잠시 멍하니 차윤성을 바라봤다.

몇 번이나 상상하며 간절히 바랐던 상황이라 일순 환상이 아닐까란 생각이 들었다.

"서다래."

하지만 차윤성의 목소리를 듣는 순간 서다래는 지금 이 모든 것들이 현실이라는 것을 느낄 수 있었다.

안도하듯이 자신의 이름을 부르는 그의 낮은 목소리. 애절하게 자신을 바라보는 오렌지빛 눈동자가 거짓일 리 없었다.

"드디어 찾았다."

눈앞에 있는 조금은 수척해진 차윤성의 얼굴이 환상일 리가 없었다.

"윤성 씨!"

잠시 멈칫했던 서다래가 차윤성을 향해 달려가려고 할 때였다.

확!

그녀의 팔을 움켜쥐고 있던 남자가 더 강하게 힘을 주며 서다래의 움직임을 제지했다.

"아야!"

그 손길에 고통을 느낀 서다래가 그 자리에서 움직이지 못한 채 붙잡힐 때였다.

그 모습을 본 차윤성의 미간이 순식간에 좁혀졌다.

"당장 그 손 치워."

서늘한 말과 동시에 차윤성의 몸이 순식간에 앞으로 치고 나왔다. 너무 빠른 몸놀림이라 자칫 잘못 보면 순간이동을 한 것처럼 느껴질 정도였다.

달려드는 차윤성을 본 남자 한 명이 다급하게 외쳤다.

"시간을 끌어!"

하지만 그 외침은 허무하기 짝이 없었다.

눈 깜짝할 새에 그들 사이를 파고든 차윤성은 순식간에 서다래의 바로 앞까지 도착했다. 그러곤 그녀의 팔을 쥐고 있던 남자를 한 방에 날려 버렸다.

퍼억!

차윤성의 주먹을 정면으로 맞은 남자가 처참하게 바닥으로 쓰러졌다. 그럼에도 불구하고 차윤성은 분이 풀리지 않는다는 목소리로 나지막이 말했다.

"감히, 누구 맘대로 건드리는 거야."

차윤성이 움직일 때마다 근처에 있던 자들이 나가떨어졌다.

그렇게 차윤성은 순식간에 서다래의 주변에 있는 남자들을 한 차례 정리했다.

그럼에도 아직 몇 명이 남아서 차윤성을 견제하고 있는 상태라 그는 서다래를 보호하듯이 자신의 등 뒤로 가렸다. 그리고 이어서 곁눈질로 힐끔 그녀를 바라봤다.

이렇게 가까이에서 무사한 서다래의 모습을 확인하니 이제야 마음이 조금 놓였다.

차윤성은 여기까지 오는 동안 세상에 있는 모든 신께 기도했다.

제발 서다래가 무사히 있게 해 달라고.

혹시라도 그녀가 잘못될지도 모른다는 두려움이 자꾸만 차윤성을 엄습해서 여기로 오는 내내 얼마나 겁이 났는지 모른다.

차윤성은 당장이라도 서다래를 끌어안고 싶은 마음을 간신히 참아 냈다.

아직 상황이 다 끝난 게 아니다. 지금은 이곳을 안전하게 나가는 게 급선무였다.

곁눈질로 서다래를 살피던 차윤성의 시선이 다시 정면을 향했다.

그가 두려워 쉽게 다가오지 못하고 있는 자들을 다시 한 번 둘러보며 차윤성이 나지막이 말했다.

"일단 여기서 나가자."

서다래는 자신도 모르게 고개를 끄덕였다.

그녀의 얼굴엔 더 이상 절망의 기색은 보이지 않았다.

그동안 어떻게 해야 이곳을 빠져나갈 수 있을지 얼마나 암담했는지 모른다. 그런데 이렇게 눈앞에 있는 차윤성을 보고 있자니 그동안의 고민들이 순식간에 사라지는 듯했다.

파파파팟!

차윤성이 빠른 몸놀림으로 몇 안 남은 남자들을 물리치고 길을 뚫으려고 하는 찰나였다.

쉬이이익!

바람을 가르는 소리가 들려왔다.

지금까지 느꼈던 것과는 전혀 다른 강렬한 기운이었다.

차윤성이 이상한 느낌에 다급하게 고개를 돌렸다. 그러자 거기에는 어느 순간 나타난 건지 진해임의 모습이 보였다.

잠깐 다른 이들을 상대하느라 방심한 틈을 타 진해임의 날카로운 손톱이 서다래를 향해 뻗어나가고 있었다.

'안 돼!'

이대로는 서다래가 위험했다.

차윤성은 조금의 망설임도 없이 다급히 몸을 날렸다. 그러곤 진해임의 매서운 공격을 급한 대로 자신의 팔목으로 대신 막아 냈다.

스슥!

칼날처럼 날카로운 손톱이 차윤성의 팔목을 베어 냈다.

순식간에 벌어진 일이었다.

서다래로서는 정말 '앗!' 하는 순간에 모든 일이 다 지나간 상황이었다.

"유, 윤성 씨!"

거짓말처럼 진한 피비린내가 사방으로 퍼져 나갔다.

뚝뚝뚝.

피가 방울방울 바닥으로 떨어지며 차윤성은 어느샌가 다시 서다래의 앞에 서 있었다.

그의 등 뒤에서 서다래가 놀란 눈으로 정면을 쳐다볼 때였다.

"이런, 막아버렸네."

맞은편에선 진해임이 만족스럽다는 듯이 웃고 있었다.

차윤성이 공격을 막을 거라는 건 이미 예상했던 일이었다. 아니, 오히려 이걸 노렸었다.

어차피 서다래를 공격하면 피할 수 없는 그녀를 대신해 차윤성이 움직일 게 뻔했다. 그럼 아주 손쉽게 차윤성에게 치명상을 줄 수 있었다.

만에 하나 차윤성이 몸을 날리지 않는다고 해도 상관없었다.

어차피 마지막엔 차윤성을 유인할 미끼로 쓰려고 했던 서다래다. 계획했던 것과는 다르지만 어찌 됐든 여기까지 유인을 해 줬으니 그 역할도 다한 것이나 다름없었다.

중요한 건 여기서 끝이 아니었으니까.

어느 순간 이곳으로 향하는 수많은 수인족들의 발걸음 소리가 들려왔다.

스윽.

차윤성이 날카로운 눈빛으로 소리가 들리는 방향을 쳐다봤다.

그러자 예상대로 진해임의 뒤를 따라온 수많은 수인족들이 모습을 드러냈다.

그들은 순식간에 다친 차윤성 주위를 겹겹이 에워쌌다.

진해임이 말했다.

"아무리 여자한테 홀딱 빠져서 정신을 못 차린다지만, 이렇게 물불 안 가리고 여기까지 들어올 줄은 몰랐구나, 윤성아. 난 우리의 싸움이 좀 더 재밌을 줄 알았는데."

진해임은 지금 결과만을 두고 말하고 있었지만, 사실 하마터면 그녀가 당할 뻔했다.

다행히도 진해임은 차윤성과 같이 들어온 다른 잔당들을 먼저 발견한 덕분에 그가 몰래 침입했다는 사실을 빨리 눈치챌 수 있었다.

그래서 서다래의 근처에 매복하고 있던 자들부터 먼저 보내 장소를 옮기게 시켰지만, 간발의 차이로 차윤성이 먼저 도착을 한 것이다.

완전히 승기를 거머쥐었다고 생각했는데 도대체 이곳은 어떻게 알아낸 것일까.

아직도 진해임의 머릿속에는 의문이 남았다.

이곳은 차윤성이 결코 쉽게 찾을 수 없는 곳이었다.

그녀의 예상대로라면 아무리 빨라도 며칠은 더 걸려야 했는데, 지금 발각이 됐다는 건 아무리 생각해도 말이 되질 않았다.

하지만 그러면 뭘 하는가.

이미 승리의 여신은 진해임을 향해 웃고 있었다.

늘 진해임의 예상을 앞지르곤 했던 차윤성이지만 이번만큼은 그의 뜻대로 되지 않을 것이다.

득의양양하게 웃는 진해임의 얼굴을 물끄러미 바라보던 차윤성이 나지막이 말했다.

"우리의 싸움이 조금 더 재밌을 줄 아셨다고요?"

"그래. 그동안 고생했던 것치고는 너무 싱거워서 허무하게까지 느껴지는구나."

스윽.

차윤성은 다친 손을 앞으로 뻗으며 공격할 의사가 없다는 표현을 했다. 그러곤 다른 한 손을 주머니에 넣어 휴대폰을 꺼냈다.

갑작스러운 그의 행동이 의아하게 느껴졌지만 차윤성이 발버둥치는 모습을 보는 것도 통쾌할 거란 생각에 진해임이 가만히 지켜보고 있을 때였다.

어딘가로 전화를 건 차윤성이 나지막이 말했다.

"이제 시작해도 돼, 이은호."

이은호?

전혀 접점이 없다고 생각했던 고양이과 후계자의 이름이 여기서 왜 나온단 말인가.

하지만 진해임의 생각은 길어지지 않았다.

휙휙!

갑자기 들려오는 소리와 이상한 움직임들이 진해임의 감각에 걸려들었다. 동시에 알 수 없는 불안감이 엄습했다.

그리고 그런 그녀의 예감이 맞기라도 하다는 듯이 옆에 있던 수하 중 누군가가 겁에 질린 목소리를 내뱉었다.

"어, 어어? 저 밖에……."

그녀가 천천히 고개를 옆으로 돌려 창밖을 바라봤을 때였다.

그곳에 모습을 드러낸 건 수인족들이었다. 그것도 새카맣다고 느껴질 정도로 어마어마한 숫자의.

전혀 생각지도 못한 이들이 들이닥치는 모습에 진해임이 깜짝 놀라 차윤성을 다시 바라볼 때였다.

차윤성이 한쪽 입꼬리를 올리며 말했다.

"어떠세요? 이제는 좀 재미가 있으신가요?"

천하의 진해임이라고 해도 저렇게 까마득한 숫자가 들이닥치는 모습을 보고 나니 망연자실해질 수밖에 없었다.

하지만 이내 진해임의 얼굴이 사납게 변했다. 그러곤 악에 받친 목소리로 소리쳤다.

"내가 이렇게 호락호락 당할 성싶으냐!"

언제 어느 때나 침착했던 그녀였지만 지금은 달랐다.

여태까지 꿈꿔왔던 것이 실현되려는 순간이었다.

차윤성, 저놈만 여기서 없애버리면 K그룹 후계자 자리는 자신의 아들 차해운의 것이 된다.

그런데 그 꿈이 바로 눈앞에서 물거품이 되어 사라져 버린 듯
한 느낌에 머리끝까지 화가 치솟았다.

담담하게 자신을 바라보고 있는 저 오렌지빛 눈동자가 정말
이지 꼴도 보기 싫었다.

그를 낳다가 죽어 버린 여자와 꼭 닮은 저 눈.

진해임은 처음부터 저 오렌지빛 눈동자가 마음에 들지 않았
다. 볼 때마다 항상 그의 친어머니를 떠올리게 했으니까.

'조문희! 끝까지 내 인생의 걸림돌이 되는구나!'

차윤성의 친어머니 이름은 조문희였다.

지금에 와서 누가 그녀를 기억이나 할까 싶겠지만, 적어도 이
세상에서 단 두 사람만은 아직도 죽어 버린 조문희를 생생히 그
리고 있었다.

바로 차윤성의 아버지인 K그룹 회장 차성재와 진해임, 바로
자신이었다.

차성재 회장은 현재 의식불명 상태이니 우습게도 지금 조문
희를 생생하게 기억하고 있는 건 그녀 혼자뿐일지도 몰랐다.

차성재 회장의 옆자리는 처음부터 진해임의 것이었다.

가문에서 정해 준 약혼자.

오랫동안 품었던 짝사랑.

모든 것이 곧 있을 결혼이라는 이름 아래에 이루어질 상황이
었다.

그런데 어느 날, 갑자기 차성재가 자신이 사랑하는 여자라며 조문희를 데리고 왔다. 그리고 그때 그녀는 이미 차윤성을 임신하고 있는 상태였다.

당시 진해임 역시도 조문희에 대해 익히 잘 알고 있었다.

뛰어난 혈통, 가녀리고 아름다운 외모.

단아한 성격과 자상한 말투까지 모든 것이 완벽한 조문희였지만, 단 한 가지 부족한 것이 있었다.

그것은 바로 뛰어난 혈통에 비해 그녀의 몸이 굉장히 허약하다는 사실이었다.

그 이유 때문에 차성재 회장의 약혼녀로 진해임이 발탁이 된 것이기도 했지만, 이미 그 전부터 주변에서는 조문희와 진해임을 라이벌처럼 비교해서 말하곤 했다.

그러니 진해임이 조문희를 모를 리는 없었다.

항상 비교당하던 조문희에게 차성재를 빼앗겼다는 사실은 진해임에겐 청천벽력이나 다름없었다.

하늘이 무너져 내리는 것만 같았으나 신이 그녀에게 한 번 더 기회를 주신 건지…….

얼마 안 가 조문희는 차윤성을 낳다가 죽었다.

다시 찾아온 기회를 놓치지 않고 진해임은 끝임 없이 노력했다. 그렇게 각고의 노력 끝에 간신히 차성재 회장과 다시 결혼하는 데 성공할 수 있었다.

하지만 그뿐이었다.

결혼식 첫날밤 차성재 회장이 그녀에게 말했다.

"난 자식은 윤성이 하나면 되오. 당신에겐 정말 미안한 말이지
만 아직 내 마음속에 문희의 자리가 너무 커서 누가 들어오기 힘
들구려. 이런 날 이해해 주길 바라오."

결혼해서 다시 그와 맺어지기만 하면 될 거라고 생각한 건 진
해임 그녀의 크나큰 착각이었다.

진해임에겐 목석같기만 했던 차성재 회장과 잠자리를 갖기까
지. 그리고 차해운이란 아들을 낳기까지 그녀가 얼마나 노력했
는지는 이루 말로 다 표현할 수 없을 정도였다.

그런 진해임에게 차윤성은 늘 목에 걸린 가시같이 거슬렸었다.

어느 날은 문득 차윤성을 보고 있자니 그런 생각이 들었다.

차윤성의 저 오렌지빛 눈동자만 아니었더라면 차성재 회장이
조문희라는 존재를 더 빨리 잊지 않았을까. 자신을 조금이라도
돌아봐주지 않았을까 하고 말이다.

늘 없애버리고 싶었다.

그렇게 매순간마다 눈에 거슬리고, 사사건건 방해가 되던 차
윤성이 결국엔 이렇게 끝까지 진해임의 발목을 잡고 있었다.

다른 건 다 조문희가 가지고 갔을지 몰라도 K그룹 후계자만
큼은 차윤성이 아니라 자신의 아들인 차해운이 되어야만 했다.

그런데 너무나도 담담히 자신을 바라보는 차윤성의 오렌지빛

눈동자가 마치 넌 나에게 안 된다고 말을 하는 것만 같아서 진해임은 치밀어 오르는 화를 주체할 수가 없었다.

으드득.

진해임이 이를 갈았다.

'이렇게 끝낼 순 없어!'

자신이 잘못되더라도 차윤성을 이 자리에서 없앨 수만 있다면 손해는 아니었다. 그렇게 되면 진해임은 처벌을 면치 못하겠지만, 원하던 대로 차해운을 후계자로 만들 수 있기 때문이다.

그리고 마침 운 좋게도, 바로 눈앞에 차윤성의 약점이 버젓이 존재하고 있었다.

'서다래!'

설령 진해임의 뜻대로 안 된다고 해도…….

이대로 순순히 물러서느니 차윤성의 가장 소중한 것을 빼앗는 것도 나쁘지 않았다. 그가 서다래를 잃고 눈물 흘리며 통곡하는 모습을 보는 것도 제법 괜찮을 것 같았다.

어떤 결과가 나오든 차윤성만 행복하게 온전히 보내 줄 생각은 추호도 없었다.

순식간에 마음을 정한 진해임은 서다래를 공격할 기회를 엿봤다.

단 한 방이다.

시간이 그리 많지 않았다.

주변에 수인족들이 너무 많이 모여들고 있었다.

진해임의 눈빛이 서늘하게 빛나는 바로 그때였다.

가만히 그녀를 지켜보던 차윤성이 나지막이 말을 했다.

"전에 제가 했던 경고 기억하십니까?"

"……?"

무슨 소리냐는 듯 진해임이 잠깐 차윤성을 향해 시선을 줄 때였다.

차윤성이 다시 말했다.

"해운이가 다치는 걸 보고 싶지 않으시다면 여기서 그만두세요."

"해, 해운이……? 네놈이 기어이 해운이까지 건드렸단 말이야?"

놀란 진해임이 소리쳤지만 곧이어 그럴 리가 없단 생각이 들었다.

이런 상황을 대비해 미리 차해운을 해외로 보냈다.

차윤성이 무슨 수로 이 짧은 시간 내에 차해운을 사로잡는단 말인가.

있을 수 없는 일이었다.

냉정하게 생각을 마친 진해임이 다시 말했다.

"이젠 날 속이기 위해 거짓말까지 하는구나. 네가 해운이를 사로잡았을 리가 없어."

분하다는 듯이 진해임의 표정이 더욱 표독스럽게 변할 때였다.

차윤성이 말없이 손에 쥐고 있던 휴대폰으로 어딘가 전화를 걸었다.

휙!

그러곤 진해임을 향해 던졌다.

진해임은 그럴 리가 없다고 생각했지만 혹시나 하는 마음이 들자 걷잡을 수 없이 불안해졌다.

그래서 차윤성이 던진 휴대폰을 말없이 받았다.

휴대폰을 조용히 귓가로 가져갈 때였다.

─어머니.

거짓말처럼 휴대폰 안에서 나지막한 차해운의 목소리가 들려왔다.

그 목소리를 들은 진해임의 눈동자가 크게 뜨여졌다. 틀림없는 차해운의 목소리가 맞았다.

"해운이니? 이게 어떻게 된 일이야?"

─……면목이 없습니다.

차해운의 그 말에 진해임은 많은 것을 유추할 수가 있었다.

차윤성이 거짓말을 하지 않았다는 것과 지금 자신의 아들이 안전하지 못하다는 사실을 말이다.

'도대체 어떻게!'

진해임의 눈동자가 분노로 부르르 떨려 왔다.

하지만 아들인 차해운이 인질로 잡힌 이상 진해임이 손을 쓸 수는 없었다.

진해임은 눈앞에 서 있는 차윤성과 서다래를 한 번 번갈아 쳐다보고는 두 눈을 꽉 감았다가 다시 떴다. 그러곤 차해운을 향해 다시 말했다.

"몸은 괜찮은 거니?"

―네…… 죄송합니다, 어머니.

"됐다. 이제부터 넌 네 몸 하나만 신경 쓰면 돼. 이만 끊자꾸나."

짤막한 통화를 마치고 전화를 끊은 진해임은 차윤성을 바라
보며 다시 말했다.

"날 어떻게 하는 건 상관없지만, 해운이는 네 동생이야. 설마
다치게 하지는 않겠지?"

"그건 어머니가 어떻게 하느냐에 달렸겠죠."

"너!"

차윤성의 말에 진해임이 화가 나 소리쳤다.

지금 차윤성이 한 대답은 진해임이 서다래를 납치했을 때 했
던 것과 똑같았다.

진해임은 분한 마음에 어금니를 꽉 깨물었지만 지금 그녀가
할 수 있는 건 아무것도 없었다.

잠깐의 시간이 흐르는 동안 진해임과 그녀를 따르는 수인족
들은 이은호와 함께 나타난 이들에 의해 겹겹이 포위됐다.

이은호가 천천히 앞으로 걸어 나오며 말했다.

"끌고 가."

그의 짤막한 한마디에 진해임이 분노한 표정으로 바라봤지만
그렇다고 반항을 하지는 않았다.

그렇게 진해임을 비롯해 그녀를 따르던 많은 수인족들이 포

박을 당한 채 끌려 나갔다.

그녀의 완벽한 패배였다.

차윤성은 아무 감정이 느껴지지 않는 얼굴로 진해임이 끌려가는 모습을 바라봤다.

동정 따윈 들지 않았다.

그런 마음이 조금이라도 생기기엔 지금까지 진해임이 한 행동이 전혀 용서가 되지 않았기 때문이다.

잠시 진해임을 바라보던 차윤성의 시선이 이내 서다래를 향했다.

그때 마침 차윤성의 눈에 들어온 무언가가 있었다.

"서다래, 너…… 목에 그게 뭐야?"

차윤성의 지적에 서다래는 그제야 자신의 목에 난 상처를 깨달은 듯 입을 벌렸다.

"아!"

서다래가 손으로 자신의 목 부근을 더듬거리며 만졌다.

"이거요?"

다행히 깊은 상처는 아니었지만, 상처가 났을 때 흘린 피가 옷에 살짝 묻어 있었다.

지금은 딱지가 져서 아물고 있는 상태였지만 그것을 본 차윤성의 표정은 딱딱하게 굳었다.

"나랑 전화할 땐 하나도 안 다쳤다면서. 그게 뭐야? 누가 그런 거야?"

진심으로 화가 난다는 듯이 나지막하게 말을 하는 차윤성을 향해 서다래가 멋쩍게 웃으며 대답했다.

"그게, 사실 내가 그런 거예요. 여기로 끌려올 때 어쩌다가 보니 그만…… 윤성 씨가 말하기 전엔 상처가 났는지도 까먹고 있었어요, 하나도 안 아파서."

횡설수설 말을 내뱉는 서다래를 보며 차윤성은 괜스레 울컥 화가 치밀었다.

세상에서 가장 소중한 자신의 여자였다.

이 세상에 존재하는 온갖 좋은 거라는 건 다 가져다가 주고 싶을 만큼 소중하기 그지없는 그런 사람이란 말이다.

그런데 자신 때문에 이런 위험을 겪게 했다고 생각하니 스스로에게 화가 치밀어오를 수밖에 없었다.

험악하게 인상을 굳히는 차윤성을 바라보며 이내 서다래가 황당하다는 듯이 말했다.

"지금 이 작은 상처 걱정할 때예요? 윤성 씨 팔 좀 걷어 봐요. 상처 좀 보게."

차윤성의 팔에서는 아직도 피가 배어 나오고 있을 정도로 상태가 심각했다.

"이거, 어떻게 해요…… 빨리 병원 가요, 우리."

서다래가 걱정스럽게 말하며 차윤성을 쳐다봤다. 그러자 자신을 애절하게 바라보고 있는 차윤성의 시선과 마주쳤다.

그와 눈이 마주치자 서다래는 이상하게 심장이 저릿해 왔다.

차윤성은 서다래의 볼을 부드럽게 쓰다듬으며 나지막이 말했다.

"난 내가 엉망진창이 되는 것보다 네 손끝 하나 다치는 게 더 싫어."

"그런 말이 어디 있어요?"

"무섭지는 않았어?"

많은 의미가 함축되어 있는 말이었다.

그래서인지 서다래는 이상하게 차윤성의 그 말을 듣자 문득 눈물이 나올 것만 같았다.

순간 울먹이는 목소리가 나올까 봐 서다래는 말없이 고개를 양옆으로 도리질 쳤다.

그 모습을 본 차윤성이 다시 말했다.

"미안…… 내가 너무 늦었지?"

"아니요. 하나도 안 늦었어요. 딱 맞춰서 이렇게 와줬는걸요."

그 대답에 차윤성의 가슴이 뭉클해졌다.

이렇게 사랑스러운 여자를 정말 어떻게 하면 좋을까.

와락—!

차윤성은 아무 말 없이 서다래를 자신의 품 안에 가둬 버렸다.

조금의 틈도 용납하지 않겠다는 듯 꽉 끌어안은 그의 행동에 서다래가 기겁을 하며 말했다.

"하, 하지 말아요. 윤성 씨 팔이……!"

서다래가 그의 품을 빠져나가려는 듯 몸을 비틀었지만 그럴

수록 차윤성은 더욱 힘주어 그녀를 안으며 말했다.

"당장 팔이 부러진다고 해도 지금 안고 싶어."

꽤 깊게 베인 건지 상처에는 쉴 새 없이 피가 흘러나왔지만 차윤성에게 지금 그런 건 조금도 상관없었다.

그에겐 지금 서다래의 온기가 더 시급했다.

이은호는 진해임과 그녀의 수하들을 정리하다가 문득 고개를 돌렸다. 그러자 차윤성의 품에 안겨 있는 서다래의 모습이 보였다.

자신도 모르게 잠시 멍하니 그 모습을 바라보던 이은호가 입술을 잘근 깨물며 반대편으로 고개를 돌렸다.

눈이 부셔서 짜증이 났다.

정말 분하게도, 너무 잘 어울렸기에.

*　　*　　*

서다래를 되찾고 난 다음에도 이번 일에 관련해서 차윤성이 해야 할 일은 많았다.

서둘러 처리해야만 하는 급한 일들만 최소한으로 정리하고 있을 때였다.

지이잉—

차윤성에게 전화 한 통화가 걸려왔다.

액정 화면에 찍힌 번호는 차윤성도 이미 기다리고 있던 전화
였다.

통화 버튼을 누르자 수화기 안에서 목소리가 들려왔다.

─형.

짧은 한 마디.

이 세상에서 그를 형이란 호칭으로 부르는 사람은 많지 않았
다.

그리고 지금 전화를 건 상대는 바로 그 몇 안 되는 사람 중의
하나인 차해운이었다.

"안 그래도 네가 전화할 거라고 생각했다."

말을 하면서 차윤성은 처음으로 차해운과 자신의 관계에 대
해 다시 한 번 되돌아보게 되었다.

어렸을 때부터 두 사람에게는 늘 어느 정도의 거리가 존재했
다. 그것이 자의든 타의든 간에 결코 좁혀지지 않는 일정한 수준
의 거리가.

서로 피가 반밖에 섞이지 않은 배다른 형제라 할지라도 지금
과 상황이 달라졌다면…….

조금은 살갑게 대할 수 있었을까 하는 생각이 문득 들었다.

차해운의 목소리가 다시 들려왔다.

─처음에 내가 부탁했던 것처럼 우리 어머니…… 다치지 않게
잘 돌려보내줘.

서다래를 구출할 때 진해임과의 전화 통화에서 거짓말을 한

건 다름 아닌 차해운, 바로 그였다.

짧은 시간 안에 차윤성이 찾아낸 것은 차해운이 있는 곳의 위치와 연락처 정도일 뿐. 애초에 그를 사로잡기에는 턱없이 부족한 시간이었다.

그런 차윤성에게 그가 먼저 진해임은 자신이 속일 테니 그녀를 안전하게만 돌려보내달라고 조건을 걸었었다.

"내가 한 말은 지킬 테니까. 걱정할 필요 없어."

―다시 한 번 말하지만, 어머니는 내가 잘 설득시킬게. 우리 모자가 다시 후계자 자리를 욕심내는 일은 없을 거야. 혹시라도 그런 부분을…….

"신경 안 써. 만약에 네가 나중에 생각이 바뀌어서 K그룹을 가지고 싶다고 덤벼도 상관없어."

차윤성은 동생인 차해운이 왜 자꾸 이런 말을 반복해서 하는지 알고 있었다. 혹시라도 자신이 후계자 자리를 위협받을까 봐 걱정이 돼서 그들을 없애버릴까 불안한 것이다.

차윤성이 나지막한 목소리로 다시 말을 이었다.

"그 정도 일에 흔들릴 자리라면 빼앗겨도 할 말 없으니까."

차윤성은 진해임과 달랐다.

진해임은 후환이 무서워서라도 차윤성을 기필코 죽이려고 했지만 그의 생각은 달랐다.

그 정도의 충격에도 지켜지지 않을 자리라면 차해운이 아니라 설령 다른 누가 온다고 해도 빼앗길 수 있는 자리인 것이다.

어떻게 보면 오만하기 그지없는 발언이었지만 이게 차윤성이었다.

그리고 이런 차윤성을 진해임은 두려워했던 것이다.

―하. 왠지 너무 형다운 말이야.

차윤성의 발언에 차해운도 이상하게 웃음이 터져 나왔다.

하지만 차해운이 후계자 자리를 노리는 일은 앞으로 다신 없을 것이다. 만약 그런 욕심이 조금이라도 있었다면 진해임이 하는 일을 이렇게 방해를 하진 않았을 테니까.

진해임은 한평생 오로지 K그룹 하나만 보고 살았다. 그리고 그 영향으로 인해 차해운 또한 지금까지 그렇게 살아왔다.

하지만 시선을 조금만 달리 보면 세상에는 꼭 K그룹이 아니더라도 좋은 것들이 넘쳐났다.

차해운은 자신의 어머니에게 그런 세상을 보여드리고 싶었다.

"하나 명심해야 할 건……."

낮은 차윤성의 목소리에 차해운이 다시 귀를 기울였다.

"날 어떻게 하는 건 상관없어. 우린 수인족이고 이렇게 태어났으니까. 하지만 내 여자는 안 돼."

―아! 그때 총회에서 본 그 여자?

차해운은 총회에서 본 서다래를 떠올렸다.

등장부터 쉽게 잊히지 않을 만큼 화려했다. 차윤성의 품 안에 안겨서 연회장 안으로 들어왔으니까.

물론 꼭 그런 등장이 아니더라도 천하의 차윤성이 인간 여자를 신부로 삼겠다는 선언 자체가 워낙 충격적이라 기억에 또렷이 남았다.

"어머니가 다시 한 번만 더 서다래를 건드리면 그땐 지금처럼 끝나지 않을 거야."

차윤성이 하는 마지막 경고였다.

진해임이 끌려가기 전 포위를 당하던 때에 심상치 않은 눈빛으로 서다래를 보고 있다는 사실을 차윤성은 알아차렸다.

만약 그때 진해임이 정말로 서다래를 공격했다면 차윤성은 자신이 어떻게 했을지 스스로도 장담할 수 없었다. 어찌 보면 진해임은 자신이 살려주는 게 아니라 차해운, 그가 살린 것이다.

서늘하게 들리는 차윤성의 말에 차해운 역시 진지하게 대답했다.

─명심할게.

그의 대답까지 듣자 서로가 할 말은 다 나눈 듯한 느낌이 들었다.

어쩌면 이 통화를 마지막으로 두 사람은 다시 얼굴을 보지 못할지도 몰랐다.

차윤성이 나지막한 목소리로 말했다.

"어머니 잘 모시고, 잘 지내라."

─응. 형도.

짤막한 인사를 끝으로 두 사람은 통화를 끝마쳤다.

약간 씁쓸한 기분이 들었지만, 차윤성은 이것이 서로에게 줄 수 있는 가장 좋은 결론이라는 사실을 알고 있었다.

차윤성이 처음이자 마지막으로 동생에게 해 줄 수 있는 일이라곤 그와 그 어머니의 신변을 지켜 주는 것이었다.

차해운 또한 이제 후계자가 될 차윤성에게 해 줄 수 있는 일이라곤 그저 멀리 떠나주는 것뿐이었다.

의도한 건 아니지만, 이로써 차윤성이 공식적으로 K그룹의 후계자가 될 거라는 사실은 이제 불 보듯 뻔한 일이 되었다.

차윤성이 휴대폰을 다시 책상 위에 올려두며 창밖으로 무심코 고개를 돌릴 때였다.

방금 전까지 정원에서 산책을 하던 서다래의 모습이 보이지 않았다.

벌떡!

차윤성은 자리에서 바로 일어나 서재 밖으로 향했다.

"서다래!"

그의 부름에 모퉁이 사이로 불쑥 튀어나오는 얼굴이 하나 있었다.

바로 서다래였다.

"할 일 다 끝냈어요?"

아무렇지 않게 대답하는 그녀의 얼굴을 확인하니 차윤성은 그제야 안도가 되었다.

그가 아무런 말도 없이 휘적휘적 걸어가선 서다래를 끌어안았다.

꽈악—

한 번 서다래가 사라지는 일을 겪고 나니 이젠 그녀와 조금도 떨어지고 싶지 않았다. 그래서 차윤성은 지금도 집에서 업무를 보던 중이었다.

"내 시야 안에서 사라지지 말라고 했잖아."

"잠깐 정원에서 산책한다고 했잖아요."

"아깐 안 보였어."

차윤성의 억지에 서다래는 자신도 모르게 웃음이 새어 나왔지만 동시에 조금 걱정이 되었다.

이번 일은 서다래 본인에게도 그리 좋지 못한 기억을 남겼지만 상상 이상으로 차윤성에게도 충격을 남긴 것 같았다.

차윤성의 품 안에 안긴 채로 서다래가 말했다.

"그렇게 걱정하지 말아요. 저 이젠 괜찮아요."

그녀의 말에도 차윤성은 아무런 말 없이 더욱 세게 끌어안을 뿐이었다.

그의 불안함이 느껴졌기에 서다래가 다시 말했다.

"저 곧 개강이에요. 조금 있으면 학교도 가야 되는데 어떡하려고 그래요?"

회사는 어쩔 수 없이 예정보다 빨리 그만두게 되었지만 개강을 하게 되면 서다래는 다시 학교를 다녀야 했다.

차윤성도 그 생각이 들자 자신도 모르게 고운 미간을 찌푸리며 말했다.

"누가 또 널 노리면 어떻게 해. 보내기 싫어."

"어린애 같은 소리 말아요."

"누가 어린애라는 거야?"

차윤성이 품에 안고 있던 서다래를 살짝 떼어 내서 눈을 마주쳤다.

그의 눈빛은 이글거린다고 느껴질 만큼 강렬했다.

"네가 붙잡혀갔을 때 진즉에 회사를 그만두게 해서 내 옆에 놔둘걸 하고 내가 얼마나 후회했는지 알아?"

"회사도 그만두고 대학도 안 다니면 윤성 씨가 저 책임질 거예요?"

"당연하지."

한 치의 망설임도 없이 나오는 대답에 서다래는 다시 피식하고 웃음이 새어 나왔다.

그녀의 모습에 차윤성이 진지하게 다시 입을 열어 말했다.

"내 말이 장난 같아?"

"아뇨. 윤성 씨 말을 믿지 못해서 그러는 게 아니에요. 혹시나 벌어질지 모르는 일 때문에 벌써부터 움츠러들기 싫어서 그래요."

"움츠러드는 게 아니야. 조심하는 거지. 이번에 네가 얼마나 위험했는지 잘 알잖아."

차윤성은 더 말을 꺼내려다가 뒤에 나오려던 말은 삼켜냈다.

순전히 자신 때문이었다.

서다래가 이토록 위험해진 건.

평범했던 그녀가 그를 만났다는 이유만으로 이렇게 생명에 위협을 받아야만 했다.

어머니 일은 이렇게 일단락 지었지만, 혹시 모르는 일이었다. 앞으로도 차윤성의 약점을 쥐기 위해 누가 또 그녀를 노릴지는.

차윤성은 두려웠다.

지금 그가 잡고 있는 이 연약하기 그지없는 자신의 반쪽을 잃어버릴까 봐.

그녀의 안전을 위해서라면 어쩌면 그가 떠나는 게 옳은 일일지도 모른다. 그럼에도 차윤성은 서다래를 놓아줄 수가 없었다.

미안하지만, 차윤성은 어떤 이유를 갖다 붙여서라도 서다래를 놓고 싶지 않았다.

아니, 결코 놓지 않을 것이다.

차윤성의 복잡한 오렌지빛 눈동자를 들여다보던 서다래가 나지막이 말했다.

"혹시나 해서 하는 말인데, 내가 이렇게 위험에 빠지게 된 게 윤성 씨 때문이라고 스스로를 탓하고 있는 건 아니죠?"

"……."

서다래의 날카로운 지적에 차윤성이 순간 아무런 대답도 하지 못할 때였다.

그녀가 다시 말했다.

"윤성 씨 옆에 있기로 선택한 건 나예요. 그러니 이 위험들도 내가 감당해내야 할 내 몫이죠."

"서다⋯⋯."

차윤성이 뭐라고 대꾸하려고 했지만 서다래가 그의 말을 자르며 계속 하던 말을 이어 나갔다.

"그러니까 윤성 씨가 도와줘요."

"뭐?"

"난 대학도 다니고 싶고 회사도 취직하고 싶어요. 욕심쟁이라고 해도 어쩔 수 없어요. 난 윤성 씨 옆에 있고 싶지만, 그렇다고 당신 뒤에만 숨어 있고 싶진 않아요. 아직 시작도 안 했는데 벌써부터 지레 겁먹고 포기하진 않을 거예요."

확고한 눈동자.

서다래는 고집스러운 얼굴로 차윤성을 응시하며 말했다.

이런 그녀의 모습에 차윤성이 조금 놀랐을 때였다.

서다래가 그의 눈치를 살피며 조심스럽게 다시 말을 이어 나갔다.

"그리고 내가 만약 수인족이었다면 윤성 씨가 이렇게 전전긍긍하진 않았을 거 아니에요? 사실 저도 이번 일을 겪으면서 내가 수인족이었다면 얼마나 좋았을까 생각했어요."

그녀의 말을 들은 차윤성은 어처구니가 없다는 듯이 말했다.

"그게 무슨 바보 같은 소리야?"

"그래요. 난 인간이고 윤성 씨는 수인족이죠. 저도 바뀌지 않는 일을 가지고 더 이상 쓸데없는 고민을 하고 싶진 않아요. 그러니까······ 윤성 씨도 내가 인간이라는 이유로 더 이상 마음 졸이지 말아요."

서다래의 말이 무슨 뜻인지 차윤성도 알았다.

하지만 머리로는 이해가 되더라도 마음이 그렇지 않았다.

"······나한텐 네 안전이 무엇보다 중요해."

"나도 알아요. 하지만 안전하기 위해서 아무것도 안 할 순 없 잖아요."

차윤성은 잠시 말없이 서다래의 맑은 눈망울을 바라봤다.

자신의 모습을 투명하게 비추는 그녀의 눈을 바라보다 차윤성은 결국 나지막이 한숨을 내쉬었다.

"그렇게 쳐다보지 마. 내가 너한테 이길 수 있을 리가 없잖아."

그의 말에 서다래가 얼굴에 화색이 돌았다.

차윤성의 마음 같아선 서다래를 꽁꽁 숨겨놓고 누구도 건드리지 못하게끔 안전하게 지켜내고 싶었지만, 그녀가 이렇게까지 말하는데 그의 뜻대로만 밀어붙일 수는 없었다.

이 사랑스러운 여자를 지키기 위해서 그가 더 강해지는 수밖에······.

감히 어느 누구도 그녀를 건드릴 생각조차 못할 만큼 말이다.

서다래가 웃으며 말했다.

"고마워요."

입장을 바꾼다면 서다래 역시도 차윤성이 조금이라도 위험한 길을 가는 걸 보고 싶진 않을 것이다. 그런 그의 마음을 이해했기에 자신에게 이렇게 한발 양보해 주는 그가 고마웠다.

"아직 그 말을 하기에는 일러. 대신 몇 가지 조건이 있거든."

"조건이요?"

"일단은 키스해 줘."

은근한 그의 목소리와 함께 차윤성이 고개가 서다래를 향해 기울어졌다.

차윤성의 입술이 촉촉한 서다래의 입술 위로 부드럽게 겹쳐지며 가볍게 몇 번의 입맞춤을 나눴다. 그러고는 곧이어 누구의 것인지 모를 뜨거운 숨결을 교환했다.

7

내가 원하는 건
네 옆자리거든

어느새 서다래의 대학교가 개강하기 하루 전날이 다가왔다.

원래의 계획대로라면 둘은 해외여행을 다녀왔어야 했지만, 예상치도 못하게 서다래가 납치되는 바람에 취소가 되고 말았다.

차윤성은 원래 일정보다 짧게라도 여행을 갔다 오자 말했지만, 서다래가 그의 다친 팔이 마음에 걸려 다음에 가자고 미뤘다.

제대로 놀지도 못하고 서다래의 방학이 끝났다는 사실이 차윤성은 내내 마음에 걸렸다. 그래서 이렇게 개강 날짜가 코앞으로 다가오자 차윤성이 다시 한 번 물었다.

"내일이면 개강인데 오늘 뭐 하고 싶은 거 없어?"

"그런 거 없어요. 오늘은 다른 거 할 시간도 없고요."

"왜? 무슨 바쁜 일 있어?"

"사실…… 안 그래도 말하려고 했는데, 저 제가 살던 자취집으로 다시 돌아가려고 해요."

"뭐?"

갑작스러운 서다래의 발언에 차윤성이 놀란 듯 눈이 커졌다. 그러곤 믿을 수 없다는 듯이 다시 말했다.

"다시 말해 봐."

"저 다시 제 자취집으로 돌아가겠다고요."

"갑자기 그게 무슨 소리야?"

"이렇게 한 집에 있게 된 이유가 제가 위험해서잖아요. 그런데 이젠 괜찮아졌으니까……."

"대학도 보내기 싫은 걸 허락했더니 이젠 집까지 나가겠다는 거야?"

"이게 다 학교를 다니기 위한 일이에요. 들어 봐요, 거기가 대학이랑도 더 가깝고……."

서다래의 말을 차윤성이 단박에 잘랐다.

"싫어."

서다래의 말이 틀린 건 아니었다.

처음엔 그녀가 위험했기 때문에 어쩔 수 없이 같이 지내게 됐었지만, 지금은 가장 위협적이던 진해임이 정리가 된 상황이다.

그렇기 때문에 당장 그녀의 안전을 해칠 만한 위험한 요소는 없었다.

이젠 대외적으로도 차윤성의 약혼녀라고 알려진 서다래였기에 일족 외의 인간에게 정체를 들키면 죽여야 한다는 그들의 규율에서도 자유로워진 건 사실이었다.

차윤성에게 악의를 가지고 서다래를 노리는 것이라면 모를까. 일반적으로 그녀가 수인족들에게 공격을 받을 이유가 없어진 것이다.

하지만 차윤성이 싫었다.

이제 이 집에서 서다래가 없다는 사실은 있을 수 없는 일이었다.

최근에 들어서야 서다래를 잃을지도 모른다는 불안함을 이겨 내고 있던 찰나였다. 그런데 이렇게 갑자기 떨어져야 된다니 인정할 수 없었다.

딱딱하게 굳어가는 차윤성의 표정을 읽지 못한 건지 서다래가 다시 입을 열어 말했다.

"제 말 좀 끝까지 들어 봐요. 처음에는 불가항력으로 같이 지낸 거지만 이렇게 쭉 같이 지낼 순 없잖아요. 저희 엄마도 가끔 제 자취집에 오신다고요. 월세도 계속 내고 있고……."

"가지 마."

차윤성은 서다래가 돌아가야 하는 이유가 듣기 싫다는 듯 다시 한 번 그녀의 말을 잘랐다.

"그래도…… 으앗!"

그럼에도 서다래가 다시 입을 열려고 하자 차윤성이 그녀를 번쩍 안아 들었다.

휙!

그러곤 눈 깜짝할 새에 서다래를 안은 채로 거실을 가로질러 정원에 있는 가장 커다란 나무 꼭대기 위로 올라갔다.

높은 나뭇가지 위에 아슬아슬하게 서서 자신을 안고 있는 차윤성을 바라보며 서다래가 황당하다는 듯이 말했다.

"뭐하는 거예요? 가끔 이럴 때 보면 정말 어린애 같은 거 알아요?"

서다래는 자신을 높은 데로 데리고 와서 아무데도 못 가게 하려는 그의 행동에 기가 찰 수밖에 없었다.

"넌 가끔 날 하나도 안 좋아하는 것 같아 보이는 거 알아? 좋아하는데 떨어지고 싶지 않은 건 당연한 거잖아. 가뜩이나 서로 볼 시간이 줄어들 텐데 따로 있자는 말이 그렇게 쉬워?"

차윤성의 오렌지빛 눈동자가 어둡게 가라앉았다.

서다래는 그의 품에 공주님처럼 안겨 있는 자세라 방금 전보다 차윤성의 진지한 얼굴을 가까이서 확인할 수 있었다.

차윤성의 말이 틀린 건 아니지만, 서다래도 양보할 수 없는 일이었다.

"개강하면 알바도 다시 시작해야 되는데 여기는 너무 부잣집 동네라 근처에 알바할 자리도 마땅치 않단 말이에요."

그녀의 말을 들은 차윤성의 눈썹이 치켜 올라갔다.

"서다래, 그런 건 내가……!"

"윤성 씨."

타이르듯이 그를 부르는 따뜻한 목소리와 부드러운 시선에 차윤성이 입을 닫고 서다래를 응시했다.

그런 그를 향해 서다래가 다시 말을 이었다.

"윤성 씨가 날 생각해 주는 건 고맙지만, 이런 것까지 도움을 받아선 안 된다고 생각해요. 전 윤성 씨에게 의지만 하는 사람보다는, 함께 걸어가는 그런 사람이 되고 싶어요."

서다래라고 알바를 하고, 바쁜 하루하루를 보내는 게 좋을 리만은 없었다.

그녀 또한 차윤성과 더 많은 시간을 함께하고 싶었고 편안하게 대학 생활을 마무리하고 싶기도 했다.

하지만 그런 마음보다 더 강한 게 있었다.

항상 차윤성에게 받기만 하는 사람보다, 서다래는 자신 또한 사랑하는 차윤성을 위해 뭔가를 해 줄 수 있는 사람이 되고 싶었다.

설령 그게 자신이 열심히 알바를 해서 사주는 조그마한 선물일지라도.

그를 위해 노력하고, 그와 함께 걷고…….

그런 사소한 것들조차도 서다래에겐 소중했다.

그리고 그 모든 걸 위해서 서다래는 차윤성에게 의지만 하는 사람이 되고 싶진 않았다.

지금 서다래의 말이 틀린 것만은 아니라는 사실을 차윤성도 잘 알고 있었다. 하지만 그는 서다래의 학비나 생활비 정도가 아니라 그녀가 다니는 대학까지 사 줄 수 있는 남자였다.

그런데 그냥 손 놓고 구경만 하라는 게 말이 되질 않았다.

차윤성은 많은 것을 해 줄 수 있는 능력이 있었고, 그는 자신이 해 줄 수 있는 가장 좋은 것들만 골라서 서다래에게 주고 싶을 정도였다.

잠시 말을 멈췄던 차윤성이 나지막한 목소리로 다시 말했다.

"서다래, 그냥 나한테 기대주면 안 돼?"

서다래가 차윤성을 위해 뭔가를 하고 싶은 것처럼, 그 또한 그녀를 위해 자신이 가진 모든 걸 주고 싶었다.

차윤성의 말에서 느껴지는 진심.

서다래가 웃으면서 대답했다.

"이미 충분히 기대고 있는걸요. 그래서 더 하는 말이에요. 윤성 씨한테 기대는 것밖에 못 하는 여자가 될까 봐요. 그런 건 엄청 싫거든요."

말을 하던 서다래가 갑자기 뭔가 떠오른 듯 손목에 차고 있는 팔찌를 그의 앞으로 드러내 보이며 다시 말했다.

"그리고 너무 내 걱정은 하지 말아요. 여기를 나가서도 윤성 씨가 준 GPS팔찌 잘 차고 다닐게요. 전에 약속했던 대로 경호원 분들이 몰래 따라다니는 것도 적응해 보고요."

서다래가 대학을 다닌다고 해서 차윤성이 내건 조건들이었다.

그녀가 안전해지기 위한 몇 가지의 수칙들.

어린이들이 미아방지용으로 차고 있는 GPS팔찌를 항상 끼고 다닐 것. 그리고 경호원들이 호위하는 것을 허용할 것.

서다래의 확실한 거절에 차윤성의 미간이 슬쩍 좁혀졌다.

그녀가 위험할까 봐 대학을 다니는 것도 싫었다. 그런데 이젠 집까지 나간다니 기분이 좋을 리가 만무했다.

함께 있고 싶었다. 한시라도 떨어지기 싫을 정도로 그녀가 미치도록 좋았으니까.

하지만 차윤성 또한 알고 있었다.

아무것도 하지 않고 자신의 옆에만 두려 하는 건 어쩌면 자신의 욕심이라는 걸. 그렇게 생각을 하면서도 차윤성은 서다래가 옆에 없을 거라는 사실이 못내 마음에 들지 않았다.

쉬익!

차윤성은 커다란 나무 위에 올라갔을 때처럼 순식간에 다시 바닥으로 내려왔다. 그러곤 품 안에 안고 있던 서다래를 놓아주며 나지막한 목소리로 말했다.

"마음대로 해."

그 말만 남긴 채 차윤성은 등을 돌려서 집 안으로 들어가 버렸다.

먼저 뒤돌아서 가는 모습을 보고 있자니 그가 많이 서운하게 느끼고 있다는 게 전해졌다.

그의 심정이 이해가 안 되는 건 아니었다.

지금 서다래는 자신이 하고 싶은 대로 모든 일을 밀어붙이고 있었다. 그렇기 때문에 상대적으로 차윤성이 원하는 일은 하나도 해 줄 수가 없었다.

'미안해요.'

하지만 아무리 생각해도 이런 부분에 관련해서는 차윤성에게 신세를 지고 싶지 않았다.

타박타박.

서다래는 힘없는 발걸음으로 차윤성이 간 방향과 반대로 걸어갔다.

자신의 방으로 돌아간 서다래는 간단히 짐을 챙겼다. 애초에 이곳에 왔을 때부터 빈손이었기 때문에 가지고 가야 할 물건도 그리 많지 않았다.

끼이익.

그렇게 가벼운 짐을 들고 대문을 나설 때였다.

대문 앞에는 전혀 생각지도 못한 인물이 서다래를 기다리고 있었다.

그의 얼굴을 본 서다래가 깜짝 놀라며 말했다.

"지욱 씨?"

바로 강지욱이었다.

크게 다친 모습을 직접 눈으로 봤기 때문에 이렇게 멀쩡한 모습을 다시 보니 그녀도 모르게 깜짝 놀라고 말았다.

"몸은 이제 괜찮은 거예요?"

"네. 이젠 다 나았습니다."

차윤성의 다친 상처들이 빠른 시간 안에 치유되는 모습을 직접 지켜본 서다래였기에 어느 정도 짐작은 되었다.

그들은 인간이 아닌 수인족이었으니까.

서다래가 안심이라는 듯이 다시 말했다.

"이렇게 다시 뵈니 좋네요. 걱정했는데 정말 다행이에요."

"서다래 씨 덕분입니다."

그때 서다래가 스스로의 목에 칼을 대고 협박하지 않았더라면 강지욱은 그 자리에서 죽었을지도 모르는 일이었다.

차윤성의 수족처럼 움직이는 강지욱이 당시 진해임의 눈에 좋게 보였을 리가 없었으니까.

서다래가 아니라는 듯 급히 손사래를 치며 말했다.

"제가 뭘 한 게 있다고요. 지욱 씨가 목숨 걸고 지켜주신 거에 비하면 아무것도 아닌걸요."

"아닙니다. 다시 뵈면 감사하단 말씀…… 직접 드리고 싶었습니다."

"아니에요. 그건 오히려 제가 드려야 하는 말씀인걸요."

재차 아니라고 말을 하는 서다래의 눈에 무언가가 들어왔다.

그것은 바로 확 짧아진 강지욱의 머리카락이었다.

"그런데 지욱 씨 머리가……."

서다래의 말에 강지욱이 자신의 뒷머리를 어색하다는 듯이 한 손으로 쓰다듬으며 말했다.

"반성하는 의미에서 짧게 잘랐습니다. 같은 실수를 두 번 반복하진 않으려고요."

"그러지 않으셔도 되는데…… 오늘은 윤성 씨 만나러 오신 건가요?"

"아니요. 서다래 씨를 집까지 모셔다 드리려고 이렇게 기다리고 있었습니다."

"네?"

서다래는 강지욱의 말에 깜짝 놀라고 말았다.

그가 자신이 나올 줄 어떻게 알고 기다린단 말인가.

잠시 생각하던 서다래가 혹시나 하는 마음으로 강지욱을 향해 다시 물었다.

"설마 윤성 씨가……?"

"네. 방금 도련님이 부르셔서 기다리고 있었습니다."

서다래는 몰랐지만, 사실 강지욱은 몸이 회복되자마자 차윤성을 찾아가 직접 부탁했었다.

다시 한 번 서다래를 지켜보겠다고.

그러니 한 번만 더 기회를 달라고.

덕분에 이렇게 다시 서다래의 경호원으로 발탁이 돼서 그녀의 앞에 모습을 드러낸 것이었다.

달칵.

강지욱이 차 문을 열어주며 나지막이 말했다.

"타시죠."

놀란 듯이 멍하니 서 있던 서다래가 강지욱의 말에 정신을 차리곤 그제야 무거운 발걸음을 옮겼다.

스윽.

차에 올라탄 서다래는 자신도 모르는 새에 고개를 들어 차윤성이 사는 집을 다시 한 번 올려다보았다.

잠깐 동안이지만 정이 들었던 집이다.

그리고 무엇보다 그가 머물고 있는 집…….

여기서 차윤성의 모습이 보일 리가 없었지만 서다래는 잠시 동안 가만히 바라보았다.

그렇게 서다래를 태운 차는 출발했다.

얼마 안 가 원래의 자취집으로 돌아온 서다래는 자신을 데려다준 강지욱에게 인사를 하고 안으로 들어왔다.

끼익.

오랜만에 자취집 현관문을 열고 들어서자 퀴퀴한 냄새가 진동을 했다.

매일 커다란 차윤성의 집에서만 지내다가 자신의 좁은 자취집으로 돌아오니 예전보다 훨씬 작게 느껴졌다.

들고 있던 가벼운 짐을 방 한구석에 아무렇게나 놓곤 서다래는 잠시 자리에 앉았다.

자신이 고집을 부려서 온 것임에도 벌써부터 차윤성이 옆에 없다는 사실이 허전하게 느껴졌다. 그녀라고 해서 그와 떨어지는 게 아무렇지도 않은 건 아니었다.

지금도 이렇게 눈을 감으면 차윤성의 오렌지빛 눈동자가 떠오를 정도로 보고 싶었다.

"치."

그렇게 차갑게 돌아서서 갈 때는 언제고.

혼자 보내지 않으려고 강지욱을 보내는 게 어디 있단 말인가.

'이럴 거면서 그렇게 등 돌리지 말고, 조금만 따뜻하게 보내주지.'

똑똑.

서다래를 데려다준 강지욱은 다시 차윤성의 집으로 돌아왔다. 그가 방문을 두드리니 곧이어 차윤성의 나지막한 목소리가 들려왔다.

"들어와."

그의 허락이 떨어지자 강지욱이 문을 열고 방 안으로 들어섰다.

그러자 매우 저기압인 채로 의자에 앉아 있는 차윤성의 모습이 보였다.

"서다래는 잘 들어갔어?"

"대체 무슨 짓을 하셨기에 서다래 씨가 집으로 돌아가신 겁니까?"

"이유도 모르면서 무조건 내 잘못이라는 듯이 말한다?"

"척하면 척이죠."

강지욱의 말에 차윤성이 아무런 대꾸 없이 표정을 구겼다.

정말 자신의 잘못인지도 모른다.

서다래의 말이 다 옳은 건 사실이었으니까.

하지만 자신에게 조금도 기대려고 하지 않는 서다래가 섭섭했고, 너무나도 쉽게 집을 나가겠다고 말하는 그녀의 모습을 보자 조금 화가 났다.

마치 차윤성 혼자서만 서다래에게 애달아 있는 느낌이었다. 대학도 보내기 싫어 죽을 뻔했는데 이렇게 쌩하고 집까지 나가다니.

차윤성이 나지막한 목소리로 말했다.

"내가 전화로 시킨 건?"

"분부하신 대로 지금 서다래 씨가 살고 계시는 원룸 건물을 저희가 매입했습니다."

사실 얼마 전에 서다래가 살고 있는 자취집 건물이 매물로 나왔다.

그땐 그냥 눈으로만 보고 말았는데, 이렇게 서다래가 집을 나간다고 하니 예전에 그녀가 집주인에게 시달리던 게 떠올라서 사버렸다.

"서다래한텐 말하지 마. 내 도움 받기 싫다고 했으니까."

"새삼스럽게 왜 이러십니까. 지금까지 서다래 씨한테 말해도 되는 게 하나라도 있었습니까?"

선수끼리 왜 이러냐는 식의 발언에 차윤성은 그저 한 번 피식 웃고는 다시 말을 이어 나갔다.

"건물 명의는 나 말고 다른 사람으로 해 뒀겠지?"

"네. 그것도 분부하신 대로 잘 처리했습니다."

"서다래가 월세 밀려도 절대 재촉하지 말고, 입금되는 돈은 서다래 명의 펀드로 따로 돌려놔."

"네."

"아, 일단 월세 금액부터 낮춰."

"얼마로 할까요?"

"시세 중에서 가장 저렴하게."

"바로 연락해서 처리하겠습니다."

"그리고 하나 더……."

서다래에겐 미안하지만, 그녀가 원하지 않는다면 차윤성은 그녀가 모르게 도와줄 생각이었다.

그의 눈에 흙이 들어간다 해도 서다래가 고생하는 꼴은 죽어도 못 보니까.

* * *

오랜만에 다시 나온 학교였지만 여전히 변함없는 모습 그대로였다.

서다래는 칠판 앞에 서서 무언가를 열심히 설명하고 있는 교수님을 보다가 문득 익숙한 강의실을 한 번 둘러보았다.

누군가는 방학이 끝났다는 사실에 우울해 보이기도 했고, 새 학기가 시작이 돼서 그런지 어딘가 들뜬 분위기도 감돌고 있었다.

그중에서 서다래의 기분을 꼽으라면 그녀는 지금 우울한쪽에 속해 있었다.

'……어떻게 해야 기분이 풀리려나?'

서다래는 괜스레 손 안에 쥐고 있는 휴대폰만 만지작거렸다.

어제 그녀가 자취집으로 돌아온 후로 차윤성에게서 온 연락은 단 한 통도 없었다.

먼저 연락을 해 볼까 했지만, 내용을 썼다 지웠다만 반복한 게 벌써 수십 번이었다.

아무래도 전화나 문자로 할 내용은 아니었다.

자신이 한 번 납치되고 난 다음 차윤성이 얼마나 불안해했는지 누구보다 잘 알고 있었다. 그런데 이렇게 갑작스럽게 집까지 나가겠다고 폭탄선언을 했으니 그의 기분이 좋을 리가 없었다.

'다시 만나서 차근차근 말해 봐야지.'

알바를 시작해서 더 볼 시간이 줄어들기 전에 만나고 싶었다.

[어디예요?]

고민하던 서다래가 적었던 메시지를 겨우 전송했다.

그가 언제 읽을까 기다리면서 액정 화면을 뚫어져라 보던 서다래는 문득 모든 건 다 핑계일지도 모른다는 생각이 들었다.

고작 하루가 지났을 뿐인데도 벌써부터 차윤성이 너무 보고 싶었다.

그렇게 차윤성이 메시지를 읽기만을 기다렸지만, 강의 시간이 끝날 때까지 그녀가 보낸 문자 옆에 떠 있는 숫자 1은 지워지지 않았다.

'많이 바쁜가?'

시무룩한 표정으로 서다래가 앉아 있던 자리에서 일어설 때였다.

"어머, 다래야."

누군가 자신을 부르는 목소리에 서다래의 고개가 돌아갔다.

그러자 거기에는 정말 오랜만에 보는 장혜선이 서 있었다.

"어? 혜선 언니."

"어쩜 방학 동안 위아래 층에 살면서 우리 얼굴 한 번 못 봤니? 많이 바빴어?"

방학이 시작하고 초반에는 그나마 회사 다니면서 자취집에서 지냈지만, 언제부터인가 차윤성과 함께 있었기 때문에 아예 들어간 적이 없었다.

서다래가 어색하게 고개를 끄덕이며 말했다.

"아, 네. 이것저것 좀 하느라……."

"아 참, 나 네 얘기 들었어."

"네?"

의아한 표정으로 쳐다보는 서다래를 향해 장혜선이 고개를 기울이며 은밀한 목소리로 말했다.

"그때 왜, 방학하기 전에 민현이랑 너랑 사귄다고 소문이 쫙 퍼져서 널 보는 주변 시선이 좀 그랬잖아. 물론 나는 그때 네 얘기 듣고 아니라는 거 알았지만."

"아아. 네."

장혜선의 말에 서다래는 까맣게 잊고 있던 일이 머릿속에 떠올랐다.

지나고 난 지금에 생각해 보면 참 별거 아닌 일이었는데, 그땐 정말 우울하기 짝이 없었다.

"그때 민현이랑 사귀었던 유리랑 애들이 너한테 와서 막 따졌다면서. 그런데 네 남자 친구가 마침 나타나서 왕자님처럼 구해 갔다는데 맞지?"

당사자인 서다래조차 가물가물했던 기억을 장혜선이 어떻게 이렇게 잘 아는 걸까 서다래는 놀라고 말았다.

다시 한 번 어색하게 고개를 끄덕이며 서다래가 대답했다.

"네. 그랬죠."

"방학 동안에 애들끼리 말하는 거 들었어. 네 남자 친구 엄청 잘생겼다며? 아직도 만나니?"

"네. 지금도 만나고 있어요."

"기집애. 그런 남자 친구 있어서 전에 내가 해 주는 소개팅 받기 싫다고 한 거야? 그냥 솔직하게 말하지 그랬어."

"그게…….."

사실은 그땐 차윤성과 사귀는 사이가 아니었지만 시시콜콜하게 그런 말을 할 수는 없었다. 그랬기에 서다래는 억지로 웃으며 말을 이었다.

"그땐 사정이 있어서 그랬어요."

"그래. 뭐 이유가 있었겠지. 그것보다 하도 말로만 들으니까 내가 궁금해져서 말이지. 혹시 남자 친구 사진 있어?"

초롱초롱하게 쳐다보는 장혜선을 향해 서다래는 자신도 모르게 고개를 절레절레 저었다.

"아니요."

사실 서다래의 휴대폰에는 강지욱에게서 받은 차윤성의 고등학교 시절의 사진부터 해서 몇 장이 저장되어 있었다.

하지만 이상하게 남에게 보여 주고 싶지 않았다.

"뭐야. 방학 전부터 만났으면 꽤 오래 사귄 건데 여태까지 사진 한 장 없는 거야?"

"워낙 그쪽이나 저나 사진 찍는 걸 싫어해서요."

"쩝. 궁금했는데 아쉽다. 혹시라도 남자 친구가 나중에 또 학교로 찾아오면 나한테도 슬쩍 보여주라. 응?"

도대체 누구한테 무슨 얘기를 들었기에 이렇게 궁금해하는 건지 이해할 순 없었지만, 대놓고 거절할 수도 없는 노릇이라 서다래는 일단 고개를 끄덕였다.

"네. 기회 되면 그럴 게요."

그때 장혜선이 누군가를 발견한 듯 슬쩍 인상을 찌푸리며 말했다.

"저기, 유리네 애들 지나가네."

그녀의 말에 서다래도 시선을 돌려보니 예전에 민현 선배와 사귀는 사이 아니냐며 따지던 얼굴들이 복도를 지나가는 모습이 보였다.

장혜선이 곱지 않은 시선으로 그녀들을 바라보다가 서다래를 향해 다시 말했다.

"쟤네들 사과는 했니?"

서다래는 말없이 고개를 흔들었다.

그러자 장혜선이 그럴 줄 알았다는 듯이 얼굴을 찡그리며 말했다.

"내가 소문을 들어 보니까, 민현이가 만나는 여자애가 있긴 있었대. 그런데 유리가 너한테 했던 것처럼 따질까 봐 숨긴 모양이더라고…… 그러고 보니 민현이 걔도 너한테 아무 말 없니?"

장혜선의 말을 듣고 보니 아까 강의 시간에 민현 선배가 이쪽을 쳐다보는 시선을 느낀 것 같기도 했다. 하지만 다가와서 말을 걸었다거나 사과를 하지는 않았다.

서다래가 아무렇지 않다는 듯 말했다.

"사과하든 안 하든 이젠 신경 안 쓰니까 괜찮아요."

"그래. 뭐, 너만 괜찮으면 됐지."

"언니, 저 그럼 이만 가 볼게요. 수업 있는 거 다 끝나서 들어가 보려고요."

"그래, 그럼. 나중에 또 보자, 다래야."

방긋 웃으며 인사하는 장혜선과 작별 인사를 하곤 서다래가 강의실을 나설 때였다.

지이잉.

휴대폰의 진동이 한 차례 울렸다.

혹시나 하는 마음에 서둘러 액정 화면을 확인해 보니 기다리던 차윤성의 메시지였다.

[학교 앞.]

문자 내용을 확인한 서다래의 눈이 순간 동그랗게 뜨여졌다.

설마 내가 다니는 대학교?

지금 여기?

서다래의 발걸음이 빨라졌다.

타닥타닥.

서둘러 건물 밖으로 나온 서다래는 사람들의 시선이 잔뜩 몰려 있는 한 곳을 확인하고 잠시 걸음을 멈추고 말았다.

거기엔 정말 차윤성이 서 있었다.

남자라곤 믿을 수 없을 만큼 하얀 피부에 누군가가 조각이라도 한 것 같이 완벽한 얼굴.

이상하게 평소보다 사람들이 더 많이 몰려 있었지만 아무리 많은 사람들 틈에 있어도 한눈에 알아볼 수밖에 없었다.

손을 주머니에 찔러 넣은 채 서 있는 차윤성의 모습이 한눈에 시선을 사로잡을 만큼 멋있었다.

그를 발견한 서다래가 잠시 머뭇거릴 때였다.

스윽.

차윤성의 오렌지빛 눈동자가 어떻게 알았는지 소리 없이 서다래를 향했다.

그가 그녀를 바라보자 지금까지 남몰래 차윤성을 훔쳐보고 있던 사람들의 시선이 똑같이 서다래를 향했다.

그 수많은 시선 속에는 이미 두 사람의 관계를 알고 있다는 듯이 바라보는 유리와 그녀의 친구들도 있었고, 잠시나마 서다래를 오해받게 했던 민현 선배도 있었다.

그리고 아직까지 강의실에 남아 있던 장혜선도 어느새 창문을 열고 이쪽을 보고 있는 중이었다. 차윤성을 발견한 장혜선의 눈은 믿을 수 없다는 듯이 커져 있었다.

그렇게 모두의 시선이 집중되었고, 두 사람의 시선 또한 허공에서 마주칠 때였다.

피식.

차윤성과 서다래는 약속이라도 한 것처럼 서로를 향해 웃고 말았다.

익숙한 장소였다.

문득 그들이 처음 시작했던 날이 떠올랐다.

"그쪽…… 도대체 뭐예요?"

"내가 뭔지 잘 알잖아."

"갑자기 사라져서 얼마나 걱정한지 알아요?"

"일단 타. 대화는 가면서 하자고."

서다래를 찾아 그녀의 대학교로 왔던 차윤성. 그리고 그의 차에 올라탔던 서다래.

우리는 이렇게 시작했었다.

*　　　　*　　　　*　　　　*

두 사람은 차윤성의 차를 타고 집으로 돌아왔다.

서다래의 집 앞에 차윤성이 차를 세우자 그녀가 다급히 말했다.

"어제 청소를 다 못 했어요. 오랜만에 집에 들어간 거라 냄새도 좀 나고 지저분하더라고요. 밖에서 잠깐만 기다릴래요?"

"알았어."

차윤성이 순순히 고개를 끄덕이자 서다래가 재빨리 차에서 내렸다.

탁!

"금방 나올게요!"

말과 함께 서다래가 건물 안으로 들어가려고 할 때였다.

저벅저벅.

그녀의 뒤에서 똑같이 걸어오는 차윤성의 발걸음 소리가 들려왔다. 그가 따라오는 걸 느낀 서다래가 발길을 멈추곤 뒤를 돌아봤다.

"말했잖아요, 금방 치울 거니깐. 밖에서 잠깐만 기다려줘요."

"너 따라가는 거 아니야."

"그럼 어디 가는 건데요?"

서다래의 질문에도 차윤성은 말없이 그녀를 지나쳐서 안으로 들어갔다. 먼저 들어가 버리는 그의 행동을 서다래가 의아하게 뒤에서 바라보다가 다시 뒤따라 들어올 때였다.

삐삐삐삐—

앞서 들어간 차윤성이 현관 비밀번호를 누르는 소리가 들려왔다.

깜짝 놀란 서다래가 빠른 걸음으로 쫓아가 말했다.

"우리 집 비밀번호도 알고 있었어요?"

그런데 눈으로 직접 보니 뭔가 이상했다.

그 이상함이 뭔지 잡아내지 못한 상태로 차윤성을 멍하니 바라볼 때였다.

차윤성이 나지막이 말했다.

"서다래, 여긴 네 집이 아니라 내 집이야."

그 말을 듣자 서다래는 방금 자신이 느낀 이상함이 뭔지 깨달고 말았다.

지금 차윤성이 열고 있는 현관문은 그녀의 바로 옆집이었다.

생각지도 못한 상황에 그녀의 입이 떡 벌어졌다.

"그럼 청소 다 하면 불러."

차윤성이 그 말만 남긴 채, 자신의 집이라고 소개한 서다래의 옆집으로 들어가려는 찰나였다.

탁!

서다래가 다급히 차윤성이 닫으려던 현관문을 손으로 잡아 막은 뒤, 그보다 먼저 그의 집 안으로 들어갔다.

옆집이라 그런지 방 구조가 서다래가 있는 곳과 똑같았다.

차윤성이 원래 살던 이전의 집과는 감히 비교도 할 수 없을 만큼 좁은 집이다. 아마 그의 방에 딸려 있던 화장실이 이만했을지도 모른다.

"이게 대체 어떻게 된 거예요?"

서다래가 혼란스러운 눈동자로 차윤성을 바라보며 물었다. 그러자 놀란 그녀와 달리 평온한 얼굴의 차윤성이 나지막이 대답했다.

"어떻게 되긴 뭐가 어떻게 돼? 네가 우리 집에 있기 싫다며. 그럼 내가 오는 수밖에."

"그게 말이 돼요?"

"뭐가 말이 안 되는데?"

"당신은 K그룹 회장 아들이에요. 아니, 그냥 아들도 아니고 곧 있으면 K그룹을 통째로 물려받을 후계자잖아요. 그런데 이런 데서 어떻게 살아요?"

믿을 수 없다는 서다래의 얼굴.

차윤성은 있을 수 없는 일이라며 말을 하는 서다래의 커다랗게 뜨여진 눈동자를 들여다보다 이내 작게 웃었다.

눈을 동그랗게 뜨곤 자신을 올려다보는 그녀의 모습이 귀엽게 느껴졌기 때문이다.

차윤성이 손가락을 세워 서다래의 코를 툭툭 건드렸다. 그런 차윤성의 행동에 서다래가 놀란 듯 그를 올려다보고 있을 때였다.

차윤성은 누가 봐도 반할 법한 따스한 미소를 입가에 그린 채로 서다래를 향해 말했다.

"K그룹의 후계자든, 아니면 그보다 훨씬 대단한 어떠한 사람이든 간에 내가 원하는 건 네 옆자리거든. 네가 있는 곳이라면…… 나는 그곳이 어디라도 따라 갈 거야."

서다래의 가슴이 미친 듯이 설레어왔다.

두근두근.

그녀는 눈앞에 있는 차윤성을 한 번 바라보곤 다시 좁디좁은 집안을 둘러보았다. 그러곤 고개를 푹 숙인 채로 나지막이 말했다.

"이러지 마요. 이러면…… 마치 윤성 씨가 나밖에 모르는 사람 같잖아요."

"바보야."

확!

차윤성이 고개를 숙인 서다래의 턱을 잡고 들어 올렸다.

떨리는 그녀의 눈동자를 들여다보며 차윤성이 목소리에 힘을 주어 말했다.

"그걸 이제야 깨달았어?"

억지로 고개가 들린 서다래 또한 바로 눈앞에서 자신을 바라보는 강렬한 오렌지빛 눈동자를 들여다봤다.

가슴이 벅찼다.

이건 말도 안 되는 일이라고 생각했다.

아니, 이러면 안 된다는 걸 머리는 알고 있었다.

상식적으로 차윤성이 그렇게 커다란 집을 놔두고 어떻게 이런 좁은 집에서 생활할까. 불편함도 이만저만이 아닐 것이며, 이 사실을 알게 된 주변 사람들은 그를 어떻게 보겠는가.

하지만 설레었다.

설레고 너무 설레서 서다래는 밀려드는 행복함에 지금 당장 죽을지도 모른다고 생각했다.

스윽.

서다래가 아무런 말도 못 하고 서 있자 차윤성이 그녀의 얼굴을 어루만지며 나지막이 말했다.

"내가 정말 널 혼자 내버려 둘 거라고 생각한 거야?"

작은 집으로 이사한 게 얼마나 대수로운 일이라고. 서다래의 옆에 있을 수만 있다면 이 정도 일은 그에겐 아무것도 아니었다.

"서다래, 네가 얼마나 부실하게 챙겨먹고 다니는지 내가 다 아는데 그냥 둘 수가 없잖아. 솔직하게 말해 봐. 너도 이젠 내가 해 주는 아침밥이 없으면 안 될 텐데."

그 말은 맞았다.

서다래는 완전히 차윤성의 요리 솜씨에 길들여져서 이제 웬만한 음식은 입에 맞지 않았다. 하지만 이 벅차오르는 감정은 그의 맛있는 요리를 계속 먹을 수 있게 되어서 생기는 것은 아니었다.

그가 그녀를 위하는 마음.

그 마음이 오롯이 전해져왔기 때문이었다.

"윤성 씨는 그런 말들이 얼마나 여자 마음을 설레게 하는지 모르죠? 아니면 알면서 하는 거예요?"

서다래는 붉게 달아오른 뺨으로 차윤성을 바라보며 행복하다는 듯이 웃었다.

자신의 얼굴을 어루만지고 있는 그의 손등 위로 손을 감싸며 서다래가 다시 말을 이었다.

"아니, 윤성 씨는 모를 거예요. 당신의 여자가 된다는 게 얼마나 설레는 일인지."

그녀의 말을 들은 차윤성의 눈이 일순 놀란 듯이 커졌다가 이내 쑥스럽다는 듯이 고개를 돌렸다. 그러곤 곤란하다는 표정을 지으며 나지막이 말했다.

"고작 이 정도 일로 감동하지 마. 앞으로 내가 해 주고 싶은 게 더 많아."

"……고마워요."

모든 게 다 고마웠다.

그를 만나게 해 준 세상이.

보잘것없는 자신을 이토록 아껴주는 차윤성이.

살짝 고개를 돌리고 있는 차윤성의 날카로운 턱 선을 바라보다가 문득 서다래의 머릿속에 떠오른 생각이 있었다.

'집에 먹을 게 뭐가 있더라?'

이왕 이렇게 이사 온 거 간단하게라도 축하파티를 해 주고 싶었다.

"그럼 잠깐만 기다려 봐요. 얼른 우리 집 치우고 다시 올게요."

서다래가 자신의 얼굴을 감싸고 있던 차윤성의 손을 살짝 떼어 내며 몸을 돌렸다.

나가기 위해 현관문을 막 열려던 찰나였다.

타악!

조금 열렸던 현관문이 다시 닫혔다.

고개를 들어 보니 차윤성이 긴 팔을 뻗어 현관문이 열리는 걸 막고 있었다.

"에?"

영문을 모르는 서다래가 차윤성을 향해 다시 고개를 돌리려고 할 때였다.

귓가에 가깝게 들리는 허스키한 목소리가 들려왔다.

"남자 집에 함부로 들어오면 안 된다고 못 배웠어?"

무슨 말이냐고 되물으려던 서다래의 입술이 갑작스럽게 다가온 차윤성의 입술로 인해 막혀버렸다.

"읍!"

밀어닥치는 차윤성의 농밀한 키스에 서다래의 눈꺼풀이 파르르 떨려 왔다. 순간 정신을 차리지 못할 정도로 녹아버릴 것 같이 뜨거운 입맞춤이었다.

차윤성은 입을 맞추며 커다란 손으로 그녀의 허리를 받치고 그대로 번쩍 안아 들었다.

스윽.

서다래가 어느새 정신을 차려보니 푹신한 침대가 등 뒤에 맞닿았다.

더 이상의 말은 필요 없었다.

두 사람을 감싸는 공기가 뜨겁게 달아올랐고, 조금이라도 떨어지고 싶지 않다는 듯이 서로가 서로에게 엉켜들어갔다.

*　　　*　　　*

시간은 빛처럼 지나갔다.

여름방학이 끝난 게 엊그제 같은데 어느덧 가을이 찾아오고 있었다.

평소처럼 서다래는 아침에 일어나 준비를 끝마치고, 차윤성이 있는 옆집으로 향했다.

땡동.

벨을 누르자 검은색의 앞치마를 두른 차윤성이 기다렸다는 듯이 나왔다. 그는 이런 사소한 모습조차도 몹시 멋스러웠다.

잠이 부족한지 눈을 비비고 있는 서다래를 내려다보며 차윤성이 물었다.

"서다래, 어젠 또 뭐하다가 늦게 잔 거야?"

"그게, 과제가 밀려서요."

웅얼거리며 말을 하는 서다래를 향해 차윤성이 준비했던 토스트를 건넸다. 그러자 서다래 또한 자연스럽게 받아 들며 다시 말했다.

"저 일찍 가 봐야 해서 이건 가면서 먹을게요."

"가능하면 좀 더 일찍 일어나서 집에서 먹고 가. 그러다가 체한다."

애정이 가득 담겨 있는 차윤성의 잔소리에 서다래가 그를 바라보며 엷게 웃었다.

차윤성이 기다렸다는 듯이 그녀를 향해 고개를 숙이면서 얼굴을 내밀었다.

"토스트값은 지불해야지."

그 말에 서다래가 망설임 없이 차윤성의 볼에다가 입을 맞췄다.

쪽.

그러곤 손에 든 토스트를 살짝 흔들며 말했다.

"오늘도 잘 먹을게요. 고마워요."

그렇게 서다래가 뒤를 돌아서려던 순간이었다.

확!

차윤성이 긴 팔을 뻗어 그녀의 얼굴을 양손으로 감싸 쥐었다. 그러곤 그대로 고개를 숙여 그녀의 입술에 입을 맞췄다.

쪽!

아까보다 훨씬 진한 뽀뽀였다.

순간 잠에서 확 깬 서다래가 깜짝 놀란 눈으로 그를 바라보자 차윤성이 나른하게 웃으며 말했다.

"내 음식값은 비싸거든."

그렇게 매일 아침 서다래를 먼저 보내고 나면, 그다음은 차윤성이 마저 출근 준비를 한다.

차윤성이 메고 있던 검은색 앞치마를 벗자 안에 입고 있던 셔츠와 정장 바지가 드러났다.

방금 전 가정적인 모습과는 또 사뭇 다른 느낌이었다.

마지막으로 간단한 준비를 끝마친 차윤성은 집을 나섰다.

저벅저벅.

원룸 건물 앞에는 이런 곳과는 전혀 어울리지 않는 값비싼 외제차가 그를 기다리고 있었다.

그는 이전의 K토이에서 근무했을 때와는 달리 지금은 자신의 능력을 숨기지 않은 채 과감히 드러내고 있었다.

덕분에 현재 K그룹의 실질적인 업무를 모두 총괄해서 맡고 있을 뿐만 아니라 곧이어 공식적으로 그룹을 인수받게 될 터였다.

그런 그가 이런 원룸에서 출퇴근을 한다는 사실은 모두가 다 아는 공공연한 비밀이었다.

지이잉. 지이잉.

다급히 걸려온 전화를 받으며 차윤성이 말했다.

"지금 가고 있어."

*   *   *

"하암."

요즘 서다래의 일상은 차윤성을 만나기 전처럼 평범했다.

대학을 다니고 또 강의가 끝나면 간단한 알바를 뛰었다. 이전과는 비교할 수 없을 만큼 편한 아르바이트 자리였다.

처음 차윤성을 며칠 재워준 대가로 받은 학비와 그녀가 K토이에서 받은 월급이 도움이 됐다.

가뜩이나 근방에서 저렴하다고 소문난 자취집이 개강 이후에 월세 가격을 더 낮추는 바람에 이제는 전처럼 궁핍할 일이 없었다.

생활에 쪼들리지 않다 보니 공부할 시간도 많아져서 성적도 올랐다.

말 그대로 행복하기 그지없는 나날들이었다.

그리고 무엇보다 그녀의 행복에 가장 큰 기여를 하고 있는 건 차윤성이었다. 그녀의 평범한 일상에 차윤성 하나가 추가된 것뿐인데 이전과 확연하게 달라졌다.

마치 다른 세상에서 살아가고 있는 느낌이다.

매일 보고 있으면서도 또 그의 얼굴을 떠올리자 서다래의 입가에 미소가 지어질 때였다.

길을 걷고 있는 서다래를 향해 누군가가 다가왔다.

"다래 씨?"

오랜만에 듣지만, 익숙한 목소리였다.

고개를 돌려보니 옅은 갈색 머리에 언제나처럼 부드러운 미소를 입가에 머금고 있는 남자의 모습이 보였다.

바로 이은호였다.

"아! 은호 씨?"

우연한 만남에 서다래가 깜짝 놀라 그를 바라보자 이은호가 반갑다는 듯이 웃으며 말했다.

"오랜만이네요."

과거에 이은호는 우연한 만남을 가장하기 위해 서다래의 집까지 찾아간 적이 있었다. 그 덕분에 예기치 못하게 그녀를 한 번 구하게 되었지만.

하지만 이번엔 정말로 그조차 생각지 못한 우연한 만남이었다.

그런데 단번에 알아봤다.

그녀의 향기.

그를 위해 제조된 것만 같은 마약 같은 향기를 잊을 수는 없었다.

"어디 가시는 길인가요?"

"네. 근처에 잠깐 볼일이 있어서요. 안 그래도 은호 씨 다시 보게 되면 고맙다는 인사드리고 싶었어요. 제가 납치되었을 때 도와 주셨다고…… 윤성 씨한테 전해 들었어요."

"보답을 바라고 한 행동은 아니었지만, 그때 일로 인해 윤성 도련님께 이미 받은 게 있어서 굳이 감사 인사는 안 하셔도 됩니다."

계산하고 움직인 행동은 아니었다.

하지만 결과적으로 이은호는 차윤성을 후계자로 만드는 데 도움이 되었고, 그는 그때의 일을 잊지 않고 사업적으로 갚아주었다.

어떻게 보면 이것은 애초에 고양이과 수인족에서 원한 결과였다.

처음에 차윤성과 같은 편이 되기 위해서 이은호가 찾아갔지만 그에게 거절당했다.

직후에 둘째 도련님인 차해운과 긴밀한 관계를 유지하며 앞으로의 일을 도모했지만, 결과적으로 이렇게 된 셈이다.

"그래도요, 고맙습니다."

싱그럽게 웃으며 말을 하는 서다래를 보자 우습게도 이은호의 가슴이 다시 떨려 왔다.

두근.

아직 다 잊지 못했다는 건 알고 있었지만, 막상 이렇게 눈앞에 두고 보니 확연히 자신의 마음을 깨닫고 말았다.

이은호는 겉으로 아무렇지 않은 표정을 지으며 다시 말했다.

"얼굴이 좋아 보이시는데, 다래 씨는 그동안 잘 지내셨나요?"

"그럼요, 잘 지내고 있어요."

일말의 망설임도 없이 나오는 서다래의 대답에 이은호가 자신도 모르게 물었다.

"언제부터 윤성 도련님이 그렇게 좋았던 겁니까?"

그 말을 들은 서다래는 살짝 당황하는 기색을 비췄지만, 이내 엷은 미소를 지으며 나지막한 목소리로 대답했다.

"글쎄요. 딱히 언제부터라기보다는…… 그냥 어느샌가 제 마음 한 곳에 훅하고 들어와 있더라고요."

행복하다는 기운을 폴폴 풍기며 말을 하는 서다래를 보며 이은호는 진심으로 웃었다.

정말 좋아보였다. 서다래는.

"잘 지내신다니, 다행이네요."

"네. 아! 그럼 저는 이만 가 볼게요. 시간이 늦어서…… 은호 씨도 잘 지내세요."

"네, 조심히 가세요."

그렇게 정말 우연하게 마주친 두 사람이었다.

서다래는 서둘러 제 갈 길을 걸어갔지만, 이은호는 이상하게 그 자리에서 움직이지 못했다.

부질없는 상상 하나가 머릿속에 떠올랐기 때문이었다.

차윤성과 서다래 두 사람이 만나지 않았더라면 어떻게 됐을까.

서다래와 자신이 먼저 마주쳤더라면 그는 무조건 그녀를 사랑하게 됐을 텐데, 그랬다면 지금 그녀와 행복하게 웃고 있는 사람은 자신이 아니었을까.

부질없는 상상이란 걸 그도 알고 있었다.

이것은 이미 서다래에게 거절당하던 날에 물어봤던 질문이기도 했다. 그녀는 그 자리에서 그럴 리가 없다고 단호하게 거절했지만.

이은호는 문득 그런 생각이 들었다.

이 거리에서 우연히 마주친 게 자신이 먼저였으면 어땠을까 하고 말이다.

부질없는 상상을 하며 보이지 않을 정도로 멀어져 간 서다래의 뒷모습을 쫓던 이은호가 이내 피식 웃었다.

분명 그녀의 사랑을 얻지 못했다는 게 무척이나 아쉬웠지만⋯⋯.

'그래도 행복하다니까.'

이은호가 천천히 몸을 돌렸다. 그가 서다래가 간 방향과 반대쪽을 향해 걸어 나갔다.

에필로그.

어느덧 한 해가 바뀌었다.

계절은 순식간에 지나 겨울이 가고, 다시 봄이 찾아온 어느 날이었다.

서다래는 웅성거리며 모여 있는 사람들 틈에서 혼자 떨어져 건물 뒤편에 몸을 숨긴 채 전화를 받고 있었다.

"해외 출장을 가 있는 윤성 씨한테 어떻게 미리 말을 해요?"

─서다래. 다시 한 번 말하지만, 외박은 절대 안 돼.

"이미 늦었어요. 벌써 도착했단 말이에요."

─무슨 상관이야. 당장 차 보낼게.

"이건 단순한 MT가 아니고, 신입생 환영회 겸으로 온 OT라서 빠지기 힘들어요. 저도 어쩔 수 없이 온 거라고요."

—그래도 안 돼. 넌 무슨 여자가 겁도 없이 외박을 하겠다는
거야? 차가 안 되면 당장 헬기라도 띄울 거니까 집으로 돌아와.

"쓸데없는 걱정하지 말아요. 저 경호해 주는 분들도 근처에
있을 텐데 무슨 일이 생길 리가 없잖아요."

—내가…….

차윤성이 하려는 말을 듣고 있을 때였다.

"선배님!"

갑자기 옆에서 들리는 큰 목소리에 그의 뒷말이 들리지 않았다.

서다래가 자신을 부르는 목소리에 고개를 돌려보니 거기에는
이번에 신입생으로 들어온 남자 후배 한 명이 서 있었다.

훈훈하게 잘생긴 외모 탓에 요즘 과에서 가장 핫이슈가 되고
있는 남자 후배였기에, 그녀 또한 얼굴을 알고 있었다.

이름이 김대현이던가?

서다래가 그를 쳐다보자 김대현이 싱긋 웃으며 다시 말을 이
었다.

"저쪽에서 다른 선배님들이 급하게 찾으시던데요?"

김대현의 말에 서다래는 지금까지 까맣게 잊고 있던 사실이
떠올랐다. 바로 그녀가 숙소 열쇠를 받았다는 사실이었다.

"아, 맞다!"

서다래는 순간 자신의 건망증을 탓하며 휴대폰 너머에 있는
차윤성에게 다급히 말했다.

"윤성 씨, 제가 나중에 다시 전화할게요."

그렇게 서둘러 전화를 끊은 서다래는 사람들이 모여 있는 곳을 향해 달려갔다.

타닥타닥—

그녀가 뛰어가는 뒷모습을 바라보며 김대현의 입가에 수줍은 웃음이 지어졌다.

여러 사람이 모이는 신입생 환영회가 그렇듯 시간은 정신없이 흘러갔다.

간단한 식사 후에 진행되는 꽉 찬 일정들.

계속되는 자기소개와 각종 장기자랑 그리고 오고가는 술잔 속에 친목을 도모하는 와자지껄한 자리였다.

그리고 이곳에서는 이미 당연하다는 듯이 초저녁부터 술 파티가 벌어졌다.

쨍!

사방에서 술잔을 부딪치는 소리가 들려왔다.

서다래가 잠시 자리에 앉아 있다가 눈치를 봐서 일어나야지 하고 마음을 먹을 때였다.

때마침 그녀를 향해 다가오는 사람이 한 명 있었다.

"저기, 선배님."

자신을 부르는 목소리에 서다래가 고개를 들어 보니 낮에 보았던 김대현이라는 후배였다.

"응?"

영문을 몰라 서다래가 쳐다보자, 그가 낮은 헛기침을 한 뒤 나지막이 말했다.

"밖에서 교수님이 찾으시는데요."

"나를?"

갑자기 무슨 일인가 싶기도 했지만, 어차피 술자리를 빠져나가려고 기회를 엿보고 있던 서다래였기에 이때가 기회다 싶어 바로 자리에서 일어났다.

끼익.

신발을 신고 건물 밖으로 나오자 어느새 해가 졌는지 어둑어둑한 밤이 되어 있었다.

앞장을 서서 걷는 김대현을 뒤따라가는데 자꾸 인적이 드문 곳으로 향하는 그가 이상해서 서다래가 물었다.

"교수님은 어디 계시는 거야?"

우뚝—

서다래의 질문에 드디어 그의 발걸음이 멈췄다.

그리고 그가 천천히 고개를 돌리며 그녀를 바라봤다. 그는 뭐가 그리 부끄러운 건지 머리를 긁적거리며 수줍게 말했다.

"저기, 선배님."

그의 부름에 서다래가 빤히 쳐다보자 김대현이 다시 입을 열었다.

"사실 제가 선배님께 하고 싶은 말이 있어서 불렀습니다."

전혀 생각지도 못한 말에 서다래가 깜짝 놀라 되물었다.

"나한테?"

"네. 선배…… 아니, 누나!"

갑자기 호칭을 바꾸는 그를 보니 도대체 무슨 말을 하려는 건지 궁금증이 떠올랐다. 김대현이 힘겹게 입을 열었다.

"처음 봤을 때부터……."

그때였다.

"서다래."

갑자기 서다래의 뒤편에서 중저음의 매력적인 목소리가 들려왔다.

갑작스럽게 들린 그 목소리에 서다래는 놀라고 말았지만, 그녀보다 더 놀란 건 바로 김대현이었다.

김대현이 바라보고 있던 방향에서 어둠 속에서 모습을 드러내는 한 남자가 보였다.

길쭉한 팔다리에 말도 안 되는 몸매 비율을 지닌 남자였다. 보는 순간 시선을 확 사로잡는 야성적인 분위기가 '아, 이런 사람이 연예인을 하는 건가?'라는 생각이 들 정도로.

점점 다가오는 그의 얼굴을 가까이에서 확인하자 김대현은 지금까지 스스로가 조금은 잘생겼다고 믿은 자신이 한심하다고 느껴질 정도였다.

고개를 돌려 그를 확인한 서다래가 소리쳤다.

"윤성 씨!"

"연락은 왜 안 받는 거야?"

이곳에 차윤성이 있다는 사실이 믿겨지지 않아 서다래가 다급히 물었다.

"여기까진 어떻게 온 거예요?"

"어떻게 오긴 뭘 어떻게 와. 말 안 듣는 너 때문에 마음이 잡혀야 말이지. 당장에 전용기 띄워서 날아왔어."

"중요한 일 아니었어요?"

"중요했지. 내 인생에서 가장 중요한 일이었어."

"그런데 그냥 와도 돼요? 엄청 중요한 받을 게 있다고 했잖아요."

"막 받았거든. 받자마자 곧바로 여기로 날아온 거야."

차윤성은 서다래에게서 풍기는 술 냄새를 맡고 반듯했던 미간을 살짝 찡그리며 다시 말했다.

"벌써 술 마셨어?"

"조금이요."

"오길 잘했네."

"정말 조금밖에 안 마셨어요."

말투만 들으면 조금 투닥거리는 것 같기도 하지만 서로가 서로를 바라보는 시선이 따뜻하기 그지없었다.

잠시 두 사람을 지켜보던 김대현이 조심스럽게 입을 열어 말했다.

"저, 선배님 이분은?"

그제야 서다래가 깜빡 잊고 있던 김대현의 존재를 기억해내

곧 퍼뜩 고개를 돌려 말했다.

"아, 이쪽은 내 남자 친구야. 그러고 보니 아까 할 말이라는 게 뭐였지?"

서다래의 질문에 김대현은 순간 할 말을 잃었다.

이렇게 잘생긴 남자 친구가 있다는 사실을 알게 되자 기가 팍 죽기도 했고, 도저히 고백할 만한 분위기도 아니었기 때문이다.

어떻게 해야 하나 망설이던 김대현의 눈이 차윤성과 허공에서 마주쳤다.

꿀꺽.

압도당한다는 건 이럴 때 쓰는 말이구나 싶었다.

자신을 못마땅하게 여기는 오렌지빛 눈동자와 마주치는 순간 김대현은 온몸의 털이 삐죽 서는 느낌이 들었다.

"아, 아무것도 아닙니다. 그럼 저 먼저 들어가 보겠습니다."

그 말만 남긴 채 김대현은 부리나케 뛰어가 버렸다. 그런 그의 뒷모습을 서다래가 의아하게 바라볼 뿐이었다.

하지만 서다래나 눈치를 못 채고 있는 것일 뿐이지 귀가 좋은 차윤성은 자신이 나타나기 전 그가 하는 말을 듣고 단박에 이 상황을 알아차렸다.

고백이다.

분명 저 후배는 서다래에게 고백하기 위해 이 자리에 온 것이 분명했다.

"내 이럴 줄 알았지."

독백 같은 그의 혼잣말에 서다래가 되물었다.

"에? 뭐가요?"

영문을 모르겠다는 듯이 쳐다보는 서다래를 향해 차윤성이 목소리에 힘을 주며 단호하게 말했다.

"분명히 말하지만, 이런 곳에서 외박이라니 절대 안 돼."

"뭐예요, 남들도 다 하는…….."

"난 다른 여자들이 뭘 하고 다니든 관심 없어."

두근.

이런 사소한 말 한 마디에도 여전히 서다래의 가슴은 설레어 왔다.

"뭐, 뭐예요, 그게."

아까 조금 마셨던 술기운이 돌면서 서다래의 얼굴이 희미하게 붉어질 때였다.

차윤성이 마침 떠오른 듯 나지막이 말했다.

"말이 나와서 하는 말인데, 내가 어떻게 이곳에 왔느냐보다 왜 여기에 있는지가 더 궁금하지 않아?"

생각해 보니 그의 말이 맞았다.

서다래가 정말 궁금하다는 듯이 차윤성을 올려다보았다. 그러자 그의 입가에 씩하고 미소가 그려지며 그가 나지막이 말했다.

"너 납치하려고 온 거거든."

덥석.

말이 끝나자마자 차윤성의 커다란 손이 순식간에 서다래의 손을 낚아챘다. 그러곤 그녀가 머물던 곳과 정반대 방향으로 걸어가기 시작했다.

"어어? 저 짐도 다 저기 있는데……."

"내일 날 밝으면 가서 찾아."

"하지만……."

서다래가 다시 말을 하려고 하자 차윤성이 그녀의 말을 자르며 단호하게 말했다.

"더 이상은 안 돼. 타이밍 좋게 도착했기에 망정이지 하마터면 순서도 뺏길 뻔했잖아."

"그게 무슨 말……?"

서다래가 무슨 말이냐고 되물으려던 찰나였다.

퍼어엉!

파앗!

갑자기 뭔가가 터지는 소리가 시끄럽게 울리면서 까맣던 밤하늘에 폭죽이 터지기 시작했다.

"우와."

밤하늘에 수놓아지듯이 반짝이는 폭죽이 아름답기 그지없었다. 순간 시선을 빼앗긴 채 밤하늘을 올려다보던 서다래가 말했다.

"그러고 보니까 오늘 여기에서 폭죽놀이를 크게 한다고 들었던 것 같아요."

밤하늘에서 시선을 떼지 못하는 그녀를 바라본 차윤성이 나지막이 말했다.

"그럼 가장 좋은 자리에 가서 구경할래?"

"그게 어딘데요?"

"가장 높은 곳. 저기 있네."

서다래는 차윤성의 긴 손가락이 가리키는 곳을 쳐다봤다. 그러자 거기에는 주변에서 가장 높은 건물이 보였다.

"에?"

높은 건물을 바라본 그녀가 다시 차윤성을 향해 시선을 돌리곤 물었다.

"우리가 저기까지 어떻게 가요?"

순진무구한 그녀의 표정에 차윤성이 은밀하게 웃음을 지으며 말했다.

"서다래, 내가 누군지 잊은 거야?"

"우와앗!"

서다래의 환호 소리는 다행히 커다란 폭죽 소리에 묻혀 들리지 않았다.

그녀를 등에 업은 차윤성은 마치 날아다니는 것처럼 가벼운 동작으로 이 주변의 가장 높은 건물 꼭대기까지 올라왔다.

"대단해요, 윤성 씨. 저는 이런 게 가능할 거라고 생각도 못 했어요."

가장 높은 곳까지 올라와서야 차윤성은 서다래를 등에서 내려 바닥에 앉혀주었다. 그러곤 나지막이 말했다.

"무섭지는 않아?"

그의 말을 듣고서야 서다래는 자신의 발밑을 한 번 쳐다봤다.

여기서 잘못되면 누군가 구하러 오지도 못할 거란 생각이 들자 괜스레 다시 웃음이 새어 나왔다.

그녀는 바닥을 내려다보던 시선을 다시 들어 차윤성의 오렌지빛 눈동자와 눈 마주치며 말했다.

"예전에는 그랬을지 몰라도 지금은 하나도 무섭지 않아요. 내옆에 윤성 씨가 있잖아요."

파앙!

때마침 다시 폭죽이 솟아올랐다.

서다래는 밤하늘을 수놓는 색색의 폭죽에 시선을 고정시킨 채로 입가에 미소를 머금었다. 그녀가 그렇게 어두운 밤을 밝히는 폭죽에 정신이 팔린 사이, 옆에 있는 차윤성의 시선은 서다래에게로 향해 있었다.

그녀의 웃고 있는 모습을 보고 있으면 절로 기분이 좋아지는게 신비했다.

착하고 배려심이 있으면서도, 필요할 때는 흔들리지 않는 굳은 마음을 가진 이 여자가 차윤성의 하나뿐인 사랑이다.

어제보다 오늘이 더 사랑스럽고, 또 오늘보다는 내일이 더 사랑스러울 여자.

차윤성이 자신도 모르게 입을 열어 그녀의 이름을 불렀다.

"서다래."

그의 낮지만 매력적인 목소리에 밤하늘을 향하던 서다래의 시선이 차윤성을 향했다.

지금 이곳에서 하려던 말은 아니었다.

준비된 장소, 훨씬 더 좋은 분위기에서 전하고 싶었다. 하지만 지금 이 순간 차윤성은 이 말을 내뱉지 않으면 안 될 것 같았다.

"널 만나기 전에 난 아무것도 욕심이 나는 게 없었어. K그룹 후계자란 자리도 그저 거추장스럽다고만 생각했지. 그런 내가 널 만나고 바뀌기 시작한 거야."

낮게 흐르는 그의 목소리가 이상하게 서다래의 가슴을 어지럽힐 때였다.

그의 말이 계속 이어졌다.

"지금 내가 가진 게 있다면, 그건 전부 네 것이나 다름없어. 앞으로도 내가 가져야 할 게 있다면 그것 또한 전부 널 위해서일 거야."

"윤성 씨……."

차윤성의 말에서는 자신을 향한 진실한 사랑이 느껴졌다.

이런 남자의 사랑을 받는 게 자신이라는 사실에 서다래는 가슴이 벅차올랐다.

"대신에 난 서다래 너 하나만 가질 수 있으면 돼. 다른 건 아무것도 필요 없어."

서다래가 홀린 듯이 그를 바라보고 있자 차윤성의 매력적인 목소리가 이어졌다.

"그러니까…… 내 것이 되어 줄래?"

두근두근.

그의 말에 서다래는 자신의 심장 소리가 귓가에 들릴 것만 같이 크게 느껴졌다.

차윤성은 재킷 안주머니에 손을 넣어 품에 가지고 있던 케이스 하나를 꺼내 들었다.

달칵.

작은 소리와 함께 케이스가 열렸다.

그러자 그 안에는 놀랍게도 차윤성의 눈동자를 빼다 박은 듯한 오렌지 빛깔 보석이 박힌 반지가 들어 있었다.

전혀 예상치 못한 반지였기에 서다래가 눈을 동그랗게 뜬 채로 차윤성을 바라봤다.

스윽.

그러자 차윤성이 조심스레 서다래의 왼손을 쥐곤 반지를 끼워 주었다.

그녀의 왼손 네 번째 손가락에서 빛나고 있는 반지를 보니 고생해서 얻은 보람이 있었다.

"진작에 주고 싶었는데 생각보다 너무 오래 걸려서 늦었어."

"설마 윤성 씨가 중요하게 받아와야 된다는 게 이거였어요?"

"맞아. 이 반지야."

그의 인생에서 가장 중요한 일이라는 게 자신을 위한 일이었다니…….

서다래는 감격해서 순간 아무런 말도 이을 수가 없었다.

"다래야."

오늘따라 그의 목소리를 듣는 귓가가 녹아버릴 것 같다고 느껴질 정도로 너무나도 달콤했다. 그것이 그녀 자신의 이름이라고는 생각되지 않을 만큼.

차윤성은 눈앞에 너무나도 사랑해마지않는 그녀를 바라보며 말했다.

"나와 결혼해 줘."

순간 서다래는 숨을 들이마시고 말았다.

두근두근.

빠르게 뛰는 심장이 숨을 고를 수 없게 만들었기 때문이다.

어느새 눈물이 그렁그렁하게 맺히는 그녀의 얼굴을 보곤 차윤성이 나지막이 말했다.

"최고로 행복하게 해 줄게."

어찌 보면 진부하고 유치하기 짝이 없는 말이었다. 하지만 서다래를 행복하게 만드는 데는 가장 적합한 말이었다.

서다래는 눈물이 맺힌 눈초리를 둥그렇게 휘며 세상에서 가장 행복하다는 듯 웃었다.

"사랑해요, 윤성 씨."

어두운 밤하늘에는 어지럽게 불빛이 쏘아지고 있었고, 서다래의 발밑에는 아름다운 야경이 끝도 없이 펼쳐져 있었다.

차윤성의 별빛 같은 오렌지빛 눈동자가 점점 다가온다고 느껴지자 서다래는 약속이라도 한 듯 조심스레 눈을 감았다. 그러자 입가에 맞닿아오는 그의 따뜻한 입술 감촉이 느껴졌다.

그녀는 세상에서 가장 위험한 맹수와 사랑에 빠졌다.

〈완결〉

번외 1.
그와 그녀의 결혼식

빙글빙글.

서다래는 초조한 마음에 왼손에 끼고 있는 반지를 손가락으로 돌리며 만지고 있었다.

지금까지 한 번도 손에서 빼본 적 없는 반지라 이젠 손가락의 일부나 다름없었다.

그렇게 오랫동안 끼고 있었음에도 영롱한 오렌지빛 보석은 조금도 퇴색되지 않은 채 여전히 그녀가 사랑해마지않는 남자의 눈동자와 똑같은 빛을 내며 반짝이고 있었다.

"하아!"

서다래는 평소답지 않게 깊게 숨을 들이켜며 앉아 있던 자리에서 몸을 일으켰다.

오늘따라 그녀가 이렇게 가만히 있지 못할 정도로 긴장한 것은 두 사람이 청첩장에 찍은 결혼식 날짜가 어느덧 바로 코앞으로 다가와 있었기 때문이다.

오늘 하루만 지나면……

드디어 내일이 결혼식 날이었다.

두 사람의 결혼식은, 사실 청혼을 받은 지 꽤 오랜 시간이 지나고 나서야 이루어질 수 있었다. 이유는 서다래가 대학을 졸업하고 식을 올리길 원했기 때문이다.

안절부절못하는 서다래의 행동을 가만히 보고 있던 서다영이 참다못해 입을 열었다.

"언니가 하는 행동을 보고 있자니, 왠지 내가 더 정신이 없어지는 느낌이야."

"응? 내가 왜?"

서다래는 자신이 지금 뭘 하고 있는지 모른다는 듯이 오히려 눈을 크게 뜨고 되물었다.

그러자 서다영이 쯧쯧 혀를 차며 말했다.

"언니 지금, 가만히 앉아 있지도 못하고 자꾸 일어섰다가 앉았다가…… 손으로 이것저것 만지작거리잖아. 정말 몰라서 묻는 거야?"

"아, 내가 그랬나?"

정말 지금까지 자신이 한 행동을 인지하지 못한 듯 어색하게 웃는 서다래의 얼굴을 보다가 서다영이 궁금하다는 듯이 물었다.

"······그렇게 많이 떨려?"

그 질문에 서다래가 말없이 고개만 끄덕거렸다.

그러자 서다영이 여전히 이해가 안 간다는 얼굴로 재차 물었다.

"다른 남자도 아니고, 형부랑 결혼하는데도?"

"내가 떨리는 거랑 윤성 씨가 무슨 상관인데?"

"아니, 형부만큼 완벽한 남자면 오히려 두 손 들고 환영해야 되는 거 아닌가 싶어서."

"하아?"

그 말은 들은 서다래가 어처구니없다는 듯이 서다영을 바라보다가 이내 웃음이 터지고 말았다.

픽하고 웃고 마는 서다래를 향해 서다영이 장난스럽게 히죽거리며 다시 말했다.

"왜, 내 말이 틀렸어?"

틀린 건 아니다.

외모든 재력이든, 차윤성만큼 완벽이란 단어에 어울리는 남자는 없었으니까. 하지만 그런 것 때문에 차윤성과 결혼을 결심한 것은 아니었다.

사랑하기 때문이다.

서다래는 누구보다 차윤성을 사랑했고, 동시에 그가 주는 사랑을 분에 넘칠 정도로 느끼고 있었다.

"그런 게 아니라······ 너도 나중에 결혼하게 되면, 이게 어떤 기분인지 알게 될 거야."

이 감정을 말로 표현할 수가 없었다.

차윤성이 싫다거나 믿지 못해서 그런 것이 아니었다. 정말 결혼식 전날에 찾아오는 그런 떨림이 있었다.

이제는 서로의 남편과 아내가 되어 새롭게 시작하는 것에 대한 설렘이랄까.

혹은 지금까지의 자기 자신이 앞으로 너무 많이 변해버리는 것은 아닐까 하는 그런 막연한 두려움이었다.

"칫. 난 얼른 그 마음 알게 됐으면 좋겠다! 나는 지금도 결혼할 준비가 됐다고."

"얼씨구?"

"아직 결혼할 준비가 안 된 건, 내가 아니라 현성이야."

강현성, 그는 서다영의 남자 친구였다.

서다영이 서울에 있는 대학교에 입학해서 올라오자마자 만나게 돼 지금까지 사귀는 사이였다.

"벌써 현성이랑 결혼까지 생각하고 있었어?"

"당연하지, 언니만큼은 아니어도 우리도 꽤 오랫동안 만나왔다고."

서다영이 볼멘소리를 할 때였다.

지이잉.

때마침 그녀의 휴대폰이 울리기 시작했다.

발신자는 지금 막 두 사람의 대화에 등장하기 시작한 강현성, 바로 그였다.

"호랑이도 제 말하면 온다더니, 잠깐 통화 좀 하고 올게."

서다영이 휴대폰을 쥐고 자리에서 일어서서 베란다로 향하자 서다래가 눈짓으로 현관문을 가리키며 말했다.

"천천히 통화해. 나 잠깐 바람 좀 쐬고 올 테니까."

"응. 언니 내일이 결혼식인데, 너무 멀리가지 마."

서다래가 말없이 고개를 끄덕이며 현관으로 향했다.

지금 그녀들이 묵고 있는 곳은 유명한 외국계열의 어느 한 호텔이었다.

완전히 방을 빠져나오기 전 희미하게 서다영이 통화하는 목소리가 들려오는 듯했지만, 방문을 닫고 나니 아무런 소리도 들리지 않았다.

달칵.

밖으로 나온 서다래는 천천히 엘리베이터를 타고 로비로 향했다.

서다래가 막 엘리베이터에서 내려설 때였다.

"엄마?"

호텔 로비에는 긴장한 모습이 역력한 엄마가 서 있었다.

서다래가 부르는 목소리를 들은 엄마도 그녀를 발견하고 재빨리 다가왔다.

"시간이 늦었는데 들어가서 쉬어야지. 어디 가는 거야?"

"잠깐 바람 좀 쐬려고."

"혹시라도 어디 다치거나 하면 안 되니까, 너무 멀리가지 말고

빨리 들어와야 돼."

엄마의 당부에 서다래가 배시시 웃으며 말했다.

"알았어. 그러는 엄마야말로 여기서 뭐하는 거야? 얼굴을 보니까 왠지 긴장한 것 같은데?"

서다래의 말을 들은 엄마의 볼이 살짝 불그스름하게 변했다. 엄마는 부끄러운지 양손으로 볼을 감싸 쥐며 말했다.

"그래. 결혼하는 건 다래 너인데, 내가 왜 이렇게 떨리는지 모르겠구나."

"내가 우리 집안의 첫 결혼이잖아. 그러니까 더 떨리겠지. 뜨거운 거라도 한 잔 마시면서 마음 좀 가라앉혀."

엄마는 오히려 자신을 위로하는 서다래를 대견스럽다는 듯이 바라보다가 웃었다.

"알겠어. 엄마는 알아서 할 테니까 신경 쓰지 말고, 오래 있지 말고 들어와야 해?"

"응."

"이따가는 아빠한테도 말해놨으니까, 오랜만에 여자들끼리 한 방에 모여서 같이 자자구나."

"풋. 알겠어. 이따 봐, 엄마."

그렇게 엄마와 대화를 마친 서다래는 원래의 목적대로 호텔 바깥으로 향했다.

바깥으로 나오자 선선한 바람이 불어왔다.

덥지도 춥지도 않은, 매우 이상적인 날씨.

서다래는 해가 지려는지 어둑어둑해지는 하늘을 잠시 바라보다 호텔 바로 앞에 위치하고 있는 해변을 혼자 걷기 시작했다.

타박 타박.

서다래가 걸어가는 길을 따라 모래사장 위에는 그녀의 발자국이 남았다.

이렇게 혼자 걷다보니 문득 오래전에 차윤성과 나눴던 대화가 떠올랐다.

"서다래, 넌 나중에 결혼식 올리게 되면 어떻게 하고 싶어?"

"결혼식이요? 그냥 어렸을 때, 막연히 상상해본 게 다예요. 딱히 이렇게 했으면 좋겠다 그런 거 없어요. 나중에 상황보고 맞춰가야죠."

"상상했던 결혼식이 뭔데?"

"음. 조용한 결혼식?"

서다래의 대답에 차윤성은 쉽게 이해가 안 간다는 듯이 다시 되물었다.

"조용하다고?"

"네. 너무 형식에 얽매인 번잡한 결혼식 말고 정말 가까운 사람들만 불러 모아 놓고, 축복받으면서 하는 그런 결혼식이요."

"흐음. 조용하다라…… 너무 어려운데, 조금 더 구체적인 내용 없어?"

"말하면요? 그대로 해 주기라도 할 생각이에요?"

서다래의 질문에 차윤성의 입가에 근사한 미소가 지어졌다. 그러곤 그가 나지막한 목소리로 대꾸했다.

"봐서."

그 대답이 왠지 매우 그답다는 생각이 들어서 서다래는 자신도 모르게 작게 웃고 말았다.

그저 웃어넘기려는 그녀를 향해 차윤성이 재촉했다.

"웃지만 말고 말해 봐. 궁금하니까."

"이게 정말 궁금해요?"

"응."

차윤성이 진심으로 궁금하다는 듯이 눈을 빛냈다.

그래서 서다래는 그동안 무의식적으로 꿈꿔왔던 결혼식에 대한 환상을 좀 더 구체적으로 떠올려보며, 중얼거리듯이 말하기 시작했다.

"실내보단 아무래도 야외가 좋죠. 아, 그것도 해변이 보이는 야외요. 날씨는 너무 덥지도 않고 춥지도 않은…… 왜 가끔 봄바람에 이유 없이 가슴이 설렐 때가 있잖아요? 그런 날씨예요."

꿈꾸는 듯이 흐릿한 눈동자로 설명을 하던 서다래가 정신을 차리고 차윤성을 바라보며 말했다.

"윤성 씨는요? 어떤 게 좋아요?"

유심히 그녀의 말을 듣고 있던 차윤성이 서다래의 질문에 픽 하고 웃으며 말했다.

"난, 네가 좋은 거."

그 말을 들은 서다래의 얼굴이 순간 붉게 변했다.

아무리 결혼식이 남자보단 여자를 위한 이벤트라고 해도 이렇게 대놓고 맞춰 주겠다니……

부끄럽지 않을 수가 없었다.

행복하지 않을 리가 없었다.

"말이라도 고마워요. 그런데 이건 그냥 상상인거고, 그때가 되면 현실이랑 타협해서 정해야죠."

"그럴지도 모르지. 그래도 조금 더 말해 봐, 듣고 싶어."

자신의 이야기에 귀기울여주는 그의 진지한 눈빛이 좋아서, 서다래는 그날 상상 속에만 존재하던 결혼식에 대한 이런저런 이야기를 나눴었다.

그리고……

차윤성은 그때 서다래가 말했던 모든 것들을 하나도 빼먹지 않은 채 그대로 현실로 만들어 주었다.

지금 서다래가 서 있는 이곳은 한국이 아니었다.

이제는 K그룹 회장이 된 차윤성의 결혼식은 아무리 조용히 치르고 싶다고 하더라도 언론의 주목을 받을지도 몰랐다.

조용한 결혼식을 하고 싶다던 서다래의 말에 따라 그는 가까운 사람들을 모두 비행기에 태우며, 날씨가 좋은 해외로 결혼식장을 정했다.

'그때는 정말 이렇게 다 이루어질 줄은 몰랐는데…….'

대학을 졸업하고 결혼식을 올리고 싶다는 자신 때문에 청혼을 받고 난 뒤에도 꽤나 오랜 시간이 지난 후에야 잡게 된 결혼식 날짜.

그래서 그녀가 상상했던 결혼식에 대한 대화는 정확히 언제 나눴는지도 모를 정도로 기억 저편에 있던 추억이었다.

그 오래전에 나눴던 대화를 전부 기억해내서 그대로 실현시켜 줄 줄은 정말로 예상치 못했었다.

아마 그때 서다래가 세상에서 가장 화려한 결혼식을 치르고 싶다고 말했었더라면 지금 그녀가 어디에 있을지는 정말 모르는 일이었다.

어쩐지 차윤성이라면 자신이 원하는 게 무엇이든 다 들어줬을 거라는 생각이 들었다.

차윤성의 모습을 떠올리며 서다래가 희미하게 미소 짓고 있을 때였다.

"무슨 생각을 그렇게 하고 있어?"

중저음의 매력적인 목소리.

서다래는 고개를 돌리지 않아도 지금 말을 거는 그가 누구인지 알아차릴 수밖에 없었다. 이렇게 목소리 하나만으로 가슴 깊은 곳까지 울리게 할 남자는 하나뿐이었다.

바로 차윤성이다.

어느새 옆으로 다가온 건지 나란히 서서 모래사장을 걷고 있는 차윤성을 바라보며 서다래가 말했다.

"제가 여기 있는 건 어떻게 알았어요?"

"호텔 창문에서 봤어."

그 말에 무심코 서다래는 고개를 돌려 호텔을 바라보았다.

차윤성이 말한 창문은 여기서 손가락 한 마디정도로밖에 보이지 않을 정도로 작았다.

멀어도 너무 멀어 보이는 호텔 창문을 보며 서다래가 장난스럽게 말했다.

"거짓말. 아무리 당신이라고 해도 저건 너무 심해요."

그 말에 차윤성은 그저 의미심장한 웃음을 지으며 다시 입을 열었다.

"그것보다 무슨 생각을 하고 있었냐고 물었잖아."

"그건 왜요?"

"내 생각을 한 게 아니라면 질투할 거야. 나 말고 다른 걸 생각하면서 그렇게 웃는 건 반칙이잖아."

"나, 내일이면 죽을 때까지 당신의 신부가 될 여자인데. 그래도 질투가 나요?"

"당연하지. 앞으로도 나 말고는 어디에도 한눈팔지 못하게 할 거라고."

이렇듯 한순간에 그녀의 가슴을 설레게 만드는 그.

차윤성은 언제나 반짝반짝 빛이 날 것만 같은 자신만의 남자였다.

우뚝.

서다래는 걷던 걸음을 멈춘 채, 한걸음 앞서가려던 차윤성의 커다란 손을 잡아챘다.

그러자 그녀에게 손이 잡힌 차윤성도 그 자리에 멈춰 섰다. 오렌지빛 눈동자가 무슨 일이냐는 듯 서다래를 향했다.

"앞으로도 변치 말아 줘요."

"뭘?"

"지금이랑요. 나 결혼하고 난 뒤에 너무 많은 것들이 변할까 봐 조금 겁이 나요."

서다래의 걱정스러운 표정에 차윤성이 자신의 손을 잡고 있던 그녀의 손을 잡아당겼다.

휙.

그러자 순간 중심을 잃은 서다래의 몸이 차윤성을 향해 쓰러져왔다.

그대로 그녀를 품 안에 소중히 안은 채, 차윤성이 나지막한 목소리로 속삭였다.

"겁내지 마. 앞으로 어떤 것들이 변할지 모르겠지만, 그게 뭐가 됐건 네가 조금이라도 싫어할 만한 변화는 만들지 않을 거니까."

경험해 보지 않은 날들에 대한 막연한 긴장.

하지만 이렇듯 차윤성의 따뜻한 품 안에 안겨 있으니, 하루 종일 서다래를 쫓아다니며 그녀를 예민하게 만들던 감정들이 사라져가는 게 느껴졌다.

"고마워요."

새삼스럽게도 이렇게 다시 확인받고 싶은 걸 보면 자신의 마음은 참 알다가도 모르겠단 생각이 들었다.

그리고 동시에 그런 스스로가 조금은 바보 같다고 느껴지기도 했다.

"윤성 씨도 혹시 나처럼 떨려요?"

서다래의 질문에 차윤성이 피식하고 웃는 소리가 들렸다.

그 소리에 서다래가 여전히 품에 안긴 상태로 고개를 들어 그를 쳐다봤다. 그러자 입가에 옅은 미소를 짓고 있는 차윤성의 얼굴이 보였다.

"그 웃음은 뭐예요?"

"내가 떨릴 리가 있어? 내일을 얼마나 기다려왔는데."

"에?"

"뭘 그리 놀란 얼굴로 봐. 당연하잖아, 서다래가 내 거라고 공개하는 날인데 기뻐서 죽을 것 같다고."

화끈.

서다래의 얼굴이 순식간에 붉게 물들었다.

들어 올렸던 얼굴을 다시 차윤성의 가슴팍 안으로 묻으며 서다래의 얼굴에는 어느새 행복한 미소가 번져 있었다.

"사랑해요."

그녀의 나지막한 고백에 차윤성이 곤란하다는 표정을 지으며 말했다.

"이따가 장모님이랑 처제들이랑 같이 잘 거면서 그런 말 하지

마. 보내기 싫어진다고."

조금은 투덜거리는 듯한 차윤성의 듣기 좋은 목소리에 서다래는 조금 더 그의 품 안으로 파고들며 나직한 목소리로 말했다.

"말해 봐요. 이 해변에서 언제부터 나 기다린 거예요?"

"……!"

생각지도 못한 서다래의 질문에 순간 차윤성의 뻣뻣하게 굳고 말았다.

사실 차윤성은 결혼식 전날, 유난히 여자들이 많이 불안해한다는 소리를 듣고 서다래의 모습이 보일 때까지 이곳에서 기다리고 있었다.

서다래라면 분명 이 해변을 걸으러 나올 것이라고 생각했기 때문이다.

"어떻게 알았어?"

"내가, 윤성 씨에 대해 모르는 게 뭐가 있겠어요?"

"……그럼 이왕 들킨 거, 상이라도 줘."

은근한 차윤성의 목소리에 그의 가슴팍에 얼굴을 묻고 있던 서다래가 다시 고개를 들었다.

그러자 천진난만하게 보일 정도로 환하게 웃고 있는 차윤성의 얼굴이 보였다.

처음부터 이렇게 웃던 남자는 아니었다.

그런데 어느 순간부터 이런 웃음을 짓기 시작하더니 서다래의 마음을 송두리째 앗아가 버렸다.

점점 가까워지는 차윤성의 얼굴을 바라보던 서다래는 두 눈을 살며시 감으며 좋아서 어쩔 줄 모르겠다는 듯이 중얼거렸다.

"진짜, 윤성 씨가 너무 좋아서 미칠 것 같아요."

귀여운 서다래의 말에도 차윤성은 어떠한 대답도 해 주지 못했다.

그는 다만 더 이상 못 참겠다는 듯이 서다래의 입술에 입을 맞추었다. 숨 막힐 정도로 강렬한 키스를 나누고 난 뒤, 잠시 입술을 떼었을 때였다.

탐스럽게 번들거리는 서다래의 입술을 차윤성이 엄지로 쓸어내리며 조금은 쉰 듯한 목소리로 말했다.

"한번만 더……."

그리고 두 사람의 입술을 다시 겹쳐졌다.

철썩 철썩.

귓가에 들리는 파도소리.

어느새 해가 지고 어두워진 해변가에 서 있는 두 사람의 모습은 그림처럼 아름다웠다.

*　　*　　*

순백의 새하얀 드레스를 입은 서다래는 정말 너무나도 아름다웠다.

긴 생머리는 곱게 뒤로 넘겨 올리고, 왕관모양의 장신구와 연결된 면사포가 우아하게 등 뒤로 내려왔다. 둥그렇게 퍼진 드레스 위로 잘록한 허리라인과 곧게 뻗은 쇄골이 드러나자 가뜩이나 좋은 몸매가 더욱 부각되었다.

무엇보다 설렘이 가득 물들어 있는 불그스름한 얼굴이 사랑스럽기 그지없는 신부 그 자체였다.

야외식장으로 입장하기 전, 넋을 잃을 정도로 아름다운 서다래의 모습을 보기 위해 대기실로 사람들이 몰려들었다.

그들은 모두 서다래가 익히 아는 얼굴들이었고, 소중해마지 않는 사람들이었다. 어젯밤 뜬눈으로 같이 밤을 지새워준 자신의 가족과 기꺼이 비행기를 타고 멀리 있는 이곳까지 함께해 준 지인들.

"어머, 다래야 정말 축하해!"

"결혼 축하해! 너무 예쁘다!"

모두가 하나같이 환한 미소로 그녀의 하나뿐인 결혼식을 축복했다.

찰칵!

여러 사람들과 사진을 찍느라 정신이 없었지만, 서다래는 진심으로 웃음 지었다.

마치 오늘의 주인공이 자신이라는 것이 실감이 날 정도로 행복하기 그지없는 순간들이었다.

자신이 좋아하는 사람들의 진심 어린 축하를 받으며, 사랑하는 남자와 결혼식을 올리는 바로 오늘.

또각또각.

어느덧 서다래는 아버지의 손을 잡고 야외의 결혼식장으로 향했다.

화창한 날씨에 선선한 바람이 살랑거리며 불어왔다.

조심히 내딛는 걸음에, 조금씩 야외식장의 모습이 보이기 시작했다.

사방에 하얀 꽃이 흐드러지게 피어 있는 모습이 경이로울 정도로 아름다웠다. 그동안 꿈꿔왔던 대로 한편에는 끝없이 펼쳐진 바다와 청명한 하늘이 어우러진 풍경이 장관이었다.

새하얀 융단으로 된 버진로드.

그 길을 걸으며 등장하는 서다래의 모습에 둥그런 테이블에 앉아 있던 모두가 일어나 그녀를 반겼다.

짝짝짝.

박수 소리와 간간히 들려오는 축하의 말.

그리고 신부의 입장을 알리는 감미로운 반주 소리가 귓가에 들려왔다.

두근두근─

모두의 주목된 시선을 받으며 걷자니, 자신의 의지와는 상관없이 긴장한 몸이 조금씩 떨려오기 시작했다. 그러자 그녀의 손을 쥐고 있던 아버지가 그 사실을 알아차렸는지 조금 더 힘을 주어 세게 잡아주었다.

자신을 따스하게 바라봐주는 아버지의 시선과 마주하니 잠시

나마 긴장했던 마음이 조금씩 가라앉았다.

한걸음, 한걸음……

지금 서다래가 걷는 길에 끝에 서서, 그녀를 기다리고 있는 차윤성의 모습이 보였다.

검은 예복을 입은 차윤성의 모습은 근사하기 그지없었다.

단정하게 빗어 넘긴 머리카락과 반듯한 이마, 그리고 그녀를 사랑스럽다는 듯이 바라보는 오렌지빛 눈동자.

눈이 마주치자 차윤성은 서다래를 향해 가늘게 눈웃음을 지어 보였다.

두근.

너무나도 설레는 이 순간.

지금 이 장면은 수십 번 반복한다 해도 결코 질리지 않을 정도로 좋았다.

어느새 눈가가 촉촉해진 아버지가 잡고 있던 서다래의 손을 차윤성에게로 넘겼다.

스윽.

드디어 마주잡게 된 두 사람의 손.

서다래는 물기어린 눈동자로 차윤성을 향해 행복하다는 듯이 배시시 웃어 보였다. 그러자 그 미소에 답하듯 차윤성이 마주잡은 두 손을 다신 놓지 않겠다는 듯 쥐었다.

"사랑한다, 다래야."

갑작스러운 고백에 서다래가 햇살 같은 미소를 지어 보이며 진심을 담아 대답했다.

"저도 사랑해요."

지금 두 사람의 앞에 기다리고 있는 것은……

더욱 행복해지기 위한 새로운 시작이었다.

번외 2.
수렁에 빠지는 이유

강지욱은 언제부턴가 궁금했다.

사람들은 도대체 어떻게 사랑에 빠지는 건지.

차윤성을 보고 있자면 그런 궁금증이 더욱더 강하게 밀려들었다. 그는 서다래를 만나고 난 뒤 너무나도 많이 변해버렸으니까.

그래서 언제 한 번 차윤성에게 물은 적이 있었다.

"어떻게 하면 그렇게 앞뒤 안 가리고 마음을 줄 수 있는 겁니까?"

뜬금없는 그의 질문에 차윤성이 어처구니없다는 듯이 대꾸했다.

"정말 궁금해서 묻는 거야?"

"네."

한 치의 망설임도 없이 나오는 대답.

장난이라고 치부하기엔 강지욱의 표정이 꽤나 진지했기에 차윤성은 조금 고민하더니 나지막이 말했다.

"……머리로 생각한다고 답이 나올 리가 없지."

"무슨 말씀입니까?"

애매모호한 말이 쉽게 이해가 되지 않아 재차 질문을 할 때였다.

슥.

차윤성이 강지욱의 심장 부근을 손가락으로 가리키며 다시 나직이 말을 이었다.

"네 질문에 대한 답은, 조금 더 안쪽에 있다는 말이야."

그 말을 들은 강지욱의 표정이 미묘하게 변했다. 무슨 뜻인지 알 것 같기도 했지만 이해가 되지 않았다.

아니, 오히려 그 말을 듣고 나니 더욱 모르겠단 생각이 들었다.

분명히 예전에는 차윤성을 보고 바보 같다고 생각한 적도 있었다. 하지만 지금은 누군가를 그토록 아껴줄 수 있다는 감정이 그저 신기할 뿐이었다.

행복해 보이는 두 사람을 옆에서 지켜보고 있자면 이따금씩 외롭다고 느껴질 때도 있었지만……

분명한 건, 강지욱 자신에게 사랑은 아직 너무나도 먼 이야기라는 것이다.

저벅저벅.

강지욱이 연회장 안을 걸어 다니며, 무전기에서 들려오는 소리에 집중했다.

아주 오래간만에 서다래가 참석한 공식석상이다.

수인족들의 모임이니 만큼 그녀의 안전을 위해서 지금 강지욱은 신경을 바짝 곤두세운 상태였다.

서다래는 이제 K그룹 회장이 된 차윤성이 아내. 누구든 그녀를 쉽게 위협할 순 없었지만, 강지욱은 혹시 모를 상황에 늘 대비했다.

어찌 됐던 그녀는 연약한 인간이었고, 차윤성을 노린 누군가가 나쁜 마음을 먹을지 모르는 일이었으니까.

이미 한 번 서다래를 진해임에게 넘겨주었던 적이 있다. 그렇기에 두 번 다시 그런 일이 생기도록 내버려 두지 않을 것이다.

"명단 수시로 확인하고, 초대받지 않은 사람이 참석한 게 확인되면 즉각 보고해."

무전기를 통해 지시를 내리던 강지욱이 무심코 고개를 돌릴 때였다.

"……!"

한 눈에 시선을 잡아끄는 사람이 있었다.

짧은 컷트머리.

여자치고는 큰 키에 늘씬한 몸, 길쭉한 팔다리가 보이시한 매력을 풍기면서도 동시에 모델같이 완벽한 분위기를 자아냈다.

이곳은 고위층만 참석하는 자리다. 그런데 그녀는 여타 다른 집안에서 온실 속의 화초처럼 자란 아가씨들과는 판이하게 다른 분위기를 풍겼다.

자신도 모르게 그녀를 물끄러미 바라보던 강지욱은 머릿속에 문득 한 가지의 생각이 스쳐 지나갔다.

'저런 여자를 지금까지 본 적이 있었나?'

고위층에 속한 모든 사람들의 얼굴을 안다고 자신할 수는 없었지만, 대부분의 얼굴을 외우고 있는 것은 사실이었다.

그런 자신이 저렇게 눈에 띄는 여자를 못 알아볼 리는 없었다. 누군가가 데리고 온 여자일수도 있었지만 주의를 기울일 필요가 있었다.

막 그녀의 신원을 파악하기 위해 초대명단을 가지고 오란 명령을 내리려던 찰나였다.

또각또각—

와인잔을 손에 쥔 채로 그녀가 갑자기 서다래를 향해 다가가기 시작했다.

위험할지도 모른다.

그 말은 즉, 위험하다는 것과 동일했다.

머릿속에 생각이 떠오른 것과 동시에 강지욱의 발걸음이 빠르게 움직이기 시작했다.

저벅저벅.

스윽—

순식간에 강지욱은 정확히 그녀의 앞을 가로막았다.

한쪽 팔을 들며 막아서는 강지욱 덕분에 여자는 걸음을 멈추고 말았다.

우뚝―

그녀의 시선이 자연스럽게 자신의 앞을 막아선 형체를 향했다. 그리고 두 사람의 시선이 허공에서 마주치자 순간 여자의 눈동자가 조금 놀란 듯이 커졌다.

놀란 것은 비단 여자 뿐만은 아니었다.

처음 본 순간부터 묘한 매력을 가진 여자라고 생각했지만, 가까이에서 마주하자 중성적인 아름다움이 치명적이게 느껴질 정도였다.

하지만 그런 감정은 찰나의 순간이었을 뿐.

강지욱에게 지금 중요한 것은 서다래의 안전이었다.

잠시 아무런 말도 없이 서 있는 여자를 향해 강지욱이 먼저 입을 열었다.

"더 이상의 접근은 불가합니다."

지극히 사무적인 강지욱의 말투에 잠시 멈칫했던 여자가 나지막이 대꾸했다.

"여기서 내가 갈 수 없는 곳은 없어요."

오만하게 느껴질 정도로 당당한 말이었다.

문득 그녀의 정체가 궁금해지긴 했지만, 어찌 됐던 확인되지 않은 정체불명의 수인족을 서다래의 근처로 보낼 수는 없었다.

뛰어난 수인족일수록 조금의 거리만 주어진다면 서다래를 위협하기가 쉬울 테니까.

"정확한 신분이 확인되기 전까지는 사모님의 일정거리 안에 접근하실 수 없습니다."

강지욱은 여자를 향해 일방적으로 통보한 뒤, 대답조차 듣지 않은 채 곧바로 무전기를 들고 다시 지시를 내렸다.

"지금 내가 있는 곳으로 초대명단 가지고 올라와."

그의 행동에 여자는 순간 황당한 표정이 되었지만, 곧이어 신기한 것을 발견하기라도 한 것처럼 흥미롭다는 얼굴로 다시 입을 열었다.

"내가 누군지 모르겠어요?"

여전히 너무나도 당당하게 들리는 여자의 질문에 이번에는 강지욱이 어처구니가 없다는 듯이 대꾸했다.

"제가 그걸 알아야 합니까?"

그 말이 뭐가 그리 웃긴지 여자는 강지욱의 대답을 듣곤 낮게 웃음을 터뜨렸다. 그러곤 웃음기가 가시지 않은 목소리로 다시 물었다.

"당신 이름이 뭐예요?"

"누군가한테 이름을 묻기 전에 먼저 자기 이름을 밝히는 게 순서가 아닙니까."

높낮이가 없는 강지욱의 무뚝뚝한 말투에도 여자는 조금도 개의치 않은 듯 빙긋 웃으며 말했다.

"내가 먼저 물어봤으니까 대답도 먼저 들어야겠어요."

그녀의 말을 듣고 있자니 불현듯이 강지욱의 머릿속에 떠오르는 장면이 있었다.

"넌 누구지?"

"그런 건 물어보기 전에 먼저 밝혀야 되는 거 아니야?"

"내가 먼저 물었으니 네가 대답을 하는 게 순서야."

그것은 바로 차윤성과의 첫 만남에서 나눈 대화였다.

이상하게도 비슷한 느낌에 강지욱은 잠시 멈칫할 수밖에 없었다.

당당하게 마주쳐오는 반짝이는 눈동자.

오만해 보이지만 이상하게도 밉지 않은 말투까지.

소년 같은 느낌이 물씬 풍기는 눈앞의 아름다운 여자는 어딘가 차윤성을 떠올리게 하는 부분이 있었다.

뭔가 꺼림칙한 기분이 들었지만 강지욱은 이내 아무렇지 않다는 듯이 대꾸했다.

"제 이름을 그쪽이 알 필요는 없다고 생각되는군요."

"그건 내가 정해요."

자신만만한 여자의 대답에 강지욱은 순간 할 말을 잃고 말았다. 말로 딱 꼬집어 표현할 수는 없었지만, 여자는 어딘가 함부로 대할 수 없는 위엄이 느껴졌다.

그렇게 두 사람이 잠시 서로를 탐색하고 있을 때였다.

갑자기 그들을 향해 들려오는 목소리가 있었다.

"희주 아가씨, 여기서 뭐하고 계십니까?"

강지욱의 고개가 소리가 들려온 방향으로 돌아갔다. 거기에는 그도 잘 아는 고위층 관계자의 얼굴이 보였다.

희주, 그런 이름을 어디선가 들은 기억이 났다.

'……설마.'

차윤성의 친척 여동생이자, 수인족에서도 손꼽힐 정도로 고귀한 피를 이은 여인.

차희주.

만약 그녀가 남자로 태어났더라면 차윤성과 어깨를 맞대고 후계자를 다퉜을 것이고, 차윤성과 친척관계만 아니었다면 어떻게 해서든 그의 정략결혼 대상이 되었을 정도로 대단한 가문의 아가씨.

그리고 그런 대단한 배경을 지니고 있음에도 불구하고 차희주는 혼자만으로도 충분히 빛이 나는 여자라고 소문이 자자했다.

지성과 외모, 무엇 하나 부족한 것이 없이 완벽하다고 일컬어졌으니까.

'해외 유학 중이라고 들었는데, 도대체 한국에는 언제…….'

더 이상 눈앞에 있는 여자의 정체에 대해 의심할 여지가 없었다.

자신도 잘 아는 인물이 그녀를 희주 아가씨라고 불렀다. 뿐만 아니라 그 이름을 듣고 나니 볼수록 어딘가 차윤성을 떠올리게 했던 느낌도 납득이 되었다.

지금이 어떤 상황인지 머릿속으로 정리가 되자 강지욱은 차희주를 향해 고개를 살짝 숙이며 방금 전과 달리 정중하게 말했다.

"제가 아가씨를 못 알아보고 실례를 범했습니다."

생각보다 순순히 자신의 잘못을 인정하는 강지욱의 모습에 차희주의 눈이 빛났다.

사실 강지욱은 입으로는 자신의 잘못을 운운하고 있었지만, 무표정한 그의 얼굴은 조금도 미안한 기색이 없었다. 그런 이질적인 모습이 이상하게도 더욱 눈이 갔다.

하지만 차희주의 생각은 길어지지 않았다.

"실례라니! 아가씨, 이자가 무슨 무례한 짓을 한 겁니까?"

강지욱의 말을 곁에서 들은 남자의 표정이 딱딱하게 굳어졌다.

당장이라도 주먹을 내지를 것만 같은 남자를 향해 차희주가 나지막한 목소리로 말했다.

"그런 일 없었어요. 저희 둘이 남은 할 이야기가 있으니 잠시 자리 좀 비켜주세요."

"하지만 아가씨……!"

남자의 다음 말은 끝까지 이어지지 못했다.

"제가 방금 한 말, 듣지 못했나요?"

조금 전보다 낮아진 차희주의 목소리에 남자가 움찔하더니 서둘러 자리를 비켜섰다.

강지욱은 재빨리 눈치를 살피며 다른 곳으로 이동하는 남자의 모습을 물끄러미 바라봤다. 상대가 차희주가 아니었다면 결코 이렇게 쉽게 굽힐 남자가 아니었다.

그녀의 아버지는 K그룹을 이끌어 가는 실세중의 실세.

그런 아버지를 둔 차희주의 말 한 마디가 가지는 위력은 상상 이상이었다.

그런 조건들 때문에도 차희주와 결혼하기 위해 줄을 선 남자가 셀 수가 없을 정도란 소문을 들어 본 적이 있었다. 하지만 그녀의 아버지가 차희주를 너무 아껴 아직 시집을 보내지 않았다지.

다시 단둘이 남게 되자 차희주가 먼저 입을 열었다.

"본의 아니게 내 이름을 먼저 들켰네요. 당신 말대로 된 셈이니 이젠 그쪽이 이름을 말할 차례예요."

아직도 자신의 이름을 궁금해하는 차희주를 바라보며 강지욱은 그게 뭐가 중요하냐고 묻고 싶었다. 하지만 그런 본심은 감춘 채 순순히 대답을 했다.

"……강지욱입니다."

"아, 들어 본 적 있어요. 윤성 오빠의 그림자였는데 지금은 서다래 사모님을 보호하고 있다죠?"

"맞습니다."

강지욱의 말투는 공손하기 이를 데 없었지만, 어떻게 보면 한없이 차가웠다. 아주 짧은 단답형의 대답이 더 이상 자신에게 말을 걸지 말라는 뉘앙스를 꽉꽉 풍겨대고 있었기 때문이다.

하지만 두 사람 간에 더 이상 나눌 대화가 없어진 건 사실이었다.

애초에 신분확인을 위해 묶어 두었던 거고, 이제 명확히 확인이 되었으니 더 이상 이렇게 마주하고 있을 필요가 없어진 것이다.

더군다나 강지욱과 차희주 두 사람 간의 신분 차이는 하늘과 땅만큼 컸다. 그가 더 이상 그녀에게 남은 볼일은 없었다.

강지욱이 무감각한 눈동자로 그녀를 바라보며 다음 말을 기다리고 있자, 차희주 또한 그를 잠시 쳐다보다가 천천히 입을 열었다.

"하고 싶은 말을 돌려 말하는 재주가 없어서 단도직입적으로 말할게요."

"하시죠."

"세상에 어느 재벌 집 아가씨가 자신의 앞길을 막은 경호원의 이름을 궁금해할 거라고 생각해요?"

그 말이 풍기는 뉘앙스가 뭔가 이상했다.

'가만두지 않겠다고 협박이라도 할 셈인가?'

강지욱이 영문을 모르겠다는 표정으로 그녀를 내려다보고 있자 다시 차희주의 목소리가 이어졌다.

"당신한테 관심이 생겼어요."

"……지금 뭐라고 하셨습니까?"

웬만한 일로는 눈 하나 꿈쩍하지 않는 강지욱의 눈동자가 조금 크게 뜨여졌다.

두 귀로 듣고도 믿어지지가 않았으니까.

"강지욱 씨, 그래서 당신 휴대폰 번호 좀 따고 싶은데요."

그녀의 입에서 또박또박 흘러나오는 자신의 이름이 이렇게 이질적으로 느껴질 수가 없었다.

강지욱이 순간 아무런 대답도 하지 못한 채 서 있자, 그녀가 클러치 백에서 휴대폰을 꺼내 들더니 재촉하듯이 그를 향해 내밀었다.

"뭐하고 있어요? 어서 번호 찍으세요."

당당한 요구가 마치 자신에게 휴대폰 번호를 맡겨놓은 것처럼 보일 정도였다.

이 상황이 도통 어떻게 된 영문인지 알 수가 없었지만……

강지욱은 복잡한 눈빛으로 그녀를 내려다보다 한껏 낮아진 목소리로 말했다.

"지금 아가씨가 하는 말이 이해가 가질 않습니다. 원하신다면 저따위와는 비교도 되지 않을 정도의 남성분들과 연락처를 교환하실 수 있을 텐데요."

"다른 남자의 전화번호 따윈 필요 없어요. 지금 제가 원하는 건 그런 사람들이 아닌 강지욱 씨 연락처예요."

강지욱은 여전히 이해가 안 된다는 표정이었지만, 차희주는 자신의 감정을 솔직하게 표현한 것일 뿐이었다.

처음 그와 눈이 마주치는 순간부터 그녀는 할 말을 잃고 말았다.

무심한 눈.

아무런 감정이 담기지 않은 채 자신을 내려다보는 얼굴을 보고 있자니 순간 심장이 덜컹 내려앉았다. 왜인지 이유는 알 수 없었지만.

훤칠한 키에 마른 몸이 무척이나 다부져 보이는 남자.

어떻게 보면 잘생긴 외모인데도 불구하고 인상이 그리 좋지만은 않았다. 어딘가 고집스러워 보이기도 했고, 딱딱해 보였으니까.

외모만큼이나 말투도 차갑기 짝이 없었는데, 접근하지 말라는 그의 말에 이상하게도 자신의 신분을 밝히기 보단 스스로 생각해도 어이가 없을 정도의 말이 튀어나갔다.

"내가 누군지 모르겠어요?"

알 턱이 있나. 유학을 갔다가 돌아온 지 얼마나 되었다고.

하지만 한 번도 해본 적 없는 이런 말이 입 밖으로 나간 이유는 단 하나였다.

그가 자신을 쳐다보는 그 무감각한 시선이 싫었으니까.

그녀가 수인족의 모임에서 갈 수 없는 곳은 없었다. 그가 이렇게 자신의 앞을 가로막는 게 잘못되었다는 걸 알려주고 싶었다.

하지만 그 말을 들은 강지욱은 도리어 황당하다는 기색을 내비쳤다.

조금은 삐딱하게, 아니 어떻게 보면 건방지게 자신을 내려다보고 있는 시선은 정말이지 자신의 인생을 통틀어 처음이었다.

그런데 참으로 이상하기도 하지.

불쾌했어야 마땅할 그 상황이 계속 머릿속에 끊임없이 되풀이되면서, 자꾸 강지욱이란 남자의 무심한 눈동자가 계속 보고 싶어지는 걸 보면 말이다.

두 사람 사이에 다시 침묵이 돌자 이번엔 강지욱이 먼저 입을 열었다.

"아가씨의 장난에 놀아날 생각이 없습니다. 정중하게 사양하지요."

단호한 강지욱의 말에 차희주는 진심으로 당황하고 말았다. 이렇게 단칼에 거절을 당할 줄은 몰랐다.

"이, 이보세요."

"그럼 이만."

차희주가 뭐라고 더 말을 하려고 했지만, 강지욱은 허리를 깊숙하게 한 번 숙이곤 묵묵히 그녀의 옆을 지나쳐갈 뿐이었다.

저벅 저벅.

그렇게 다른 곳으로 걸어가는 강지욱의 뒷모습을 차희주가
말없이 쳐다보았다.

*　　　*　　　*

"오늘 희주 아가씨 봤어?"
"어, 소문으로만 들었는데 완전 여신이더라."
다른 경호원들의 쑥덕거리는 소리가 강지욱의 귓가에도 들려
왔다.
문득 들려온 이름 때문일까.
강지욱은 자신도 모르게 오늘 마주친 그녀의 얼굴을 떠올렸
다.
짧은 머리가 소년 같은 이미지를 풍겼지만, 한눈에 시선을 잡
아끌 정도로 아름다운 아가씨.
분명 누군가의 기억 속에 오랫동안 남을 만큼 강렬한 이미지
였다. 그렇기에 아직도 그녀의 모습이 머릿속에 생생히 남아 있
는 게 이상한 일 일리가 없다.

"당신한테 관심이 생겼어요."

그녀가 한 말이 떠오르자 강지욱의 입가에 일순 쓴웃음이 걸
렸다가 사라졌다.

너무나도 안 어울리는 조합이었다. 수인족의 꽃이나 다름없는 차희주와 강지욱은.

괜스레 떠오른 상상을 지우며 강지욱은 조용히 바깥으로 향했다. 서다래가 차윤성과 함께 차에 올라타는 모습까지 확인한 터라 더 이상 그가 남아서 할 일은 없었다.

연회가 끝나고 모두가 돌아간 늦은 시간.

강지욱이 퇴근을 하기 위해 건물을 나설 때였다.

뚜벅뚜벅.

보도를 걷는 강지욱의 앞으로 오토바이 한 대가 빠르게 다가왔다.

부우웅! 끼이이익!

가까스로 강지욱의 옆에 멈추어 선 오토바이의 바퀴를 따라 먼지가 풀풀 피어올랐다.

강지욱이 일순 미간을 찌푸리며 오토바이를 쳐다보자 그 위에 타고 있던 운전자가 느릿하게 머리에 쓰고 있던 헬멧을 벗었다.

그리고 완전히 드러난 얼굴.

중성적인 이미지가 너무나도 아름다운 여자, 차희주였다.

"……!"

강지욱이 생각지도 못한 차희주의 등장에 놀라 그녀를 쳐다봤다. 그러자 그녀가 먼저 말을 건넸다.

"좋은 말로 할 때 타요."

반 강제적인 그녀의 말이 순간 어처구니가 없어 강지욱이 되물었다.

"협박입니까?"

"그렇게 들렸다면 부정하진 않겠어요. 전화번호도 안 가르쳐주고 가버렸으니까."

불퉁하게 볼을 부풀리는 차희주의 얼굴을 바라보며 강지욱의 표정이 딱딱하게 굳었다. 그가 믿을 수 없다는 듯이 말했다.

"진심이었습니까?"

"관심 있다고 말한 거요? 진심이 아닌데 그런 말을 하는 사람도 있어요?"

너무나도 당연하다는 듯이 말하는 차희주에 말에 오히려 강지욱이 당황하고 말았다. 차희주가 강지욱에게 관심을 갖는 건절대 당연한 일이 아니었으니까.

"만약 이 사실을 아가씨 아버님이 알게 되면, 제가 쥐도 새도모르게 사라지는 거 아닙니까?"

"시작하기 전에 겁부터 먹지 말아요."

타이르듯이 말하는 차희주를 보고 있자니 마치 사기꾼 같은느낌이 들었다. 그래서 강지욱은 자신도 모르게 피식하고 자그맣게 실소를 짓고 말았다.

그의 웃음을 본 차희주의 눈동자가 커졌다.

"엇, 지금 웃었어요?"

한순간에 밝아지는 차희주의 표정을 보고 있자니……

왜일까.

강지욱은 자주 보던 풍경이 오늘따라 조금 다르게 느껴졌다.

그런 자신의 감정이 생소해서 강지욱은 재빨리 얼굴에 웃음 기를 지우고 딱딱한 표정으로 다시 차희주를 쳐다봤다.

그 태도가 마치 자신을 또 거절하려는 것 같아 차희주가 의기 소침한 어투로 말했다.

"두 번째 거절은 안 돼요. 아무리 먼저 마음을 준 사람이 불리 하다지만 이건 억울할 정도라고요."

"……제가 안 타겠다고 하면 어떻게 되는 겁니까?"

강지욱의 딱딱한 말투에도 차희주의 소년 같은 얼굴에는 은 은한 미소가 어릴 뿐이었다.

"생각보다 제가 꽤 끈질기거든요. 지금 타시는 게 여러모로 좋을 거라고 충고 해드리죠."

스윽.

말과 동시에 그녀는 자신이 방금 전까지 쓰고 있던 헬멧을 강 지욱에게 내밀었다.

빨간색과 검은색이 뒤섞인 매끈하게 잘빠진 오토바이 위에 올라탄 그녀의 모습은 말로 표현할 수 없을 정도로 근사했다. 지금 내밀고 있는 손을 절대 뿌리치고 싶지 않을 만큼.

불현듯 지금 오토바이 뒤에 올라타게 되면 되돌릴 수 없을 지 도 모른다는 생각이 들었다.

하지만……

"어서 타요."

나지막한 목소리로 유혹하는 차희주를 더 이상 당해 낼 재간이 강지욱에겐 없었다.

스윽.

잠시 고민하던 강지욱은 말없이 오토바이 뒤에 올라타고 말았다.

모든 일을 이성적으로 생각해서 판단하는 자신에게는 너무나도 어울리지 않는 결정이었지만, 이상하게도 후회스럽지 않았다.

강지욱이 오토바이에 올라타서 가만히 앉아 있자 차희주의 입꼬리가 씨익하고 올라갔다.

"내 허리 꽉 잡는 게 좋을 거예요. 미리 말하지만, 나 그렇게 안전주의가 아니거든요."

차희주가 자신을 조금도 붙잡지 않고 앉아 있는 강지욱을 향해 경고를 날리자 그가 나지막이 말했다.

"제 일이 누군가를 지키는 겁니다. 사고가 나도 지켜드릴 테니 걱정 마시죠."

"지금 누가 내 걱정해서 말하는 거예요?"

차희주는 어처구니없다는 듯이 피식 웃고는 강지욱이 방금 전에 받지 않은 헬멧을 다시 건네며 나지막이 말을 이었다.

"써요. 남 지키는 게 당신 일이라면, 당신은 내가 지켜줄게요."

탁.

얼떨결에 차희주가 건네는 헬멧을 받아 들고서 강지욱은 빤히 그것을 내려다보았다.

누군가가 자신을 지켜 주겠다고 말을 한 것은 처음이었다. 알 수 없는 기분이 들었다.

그때였다.

"그럼 갈게요."

차희주의 우렁찬 목소리와 동시에 듣기 좋은 오토바이 엔진 소리가 울려 퍼졌다.

부우우웅!

순식간에 빠른 속도로 두 사람이 탄 오토바이가 앞으로 질주하기 시작했다.

기분 좋은 바람을 온몸으로 느끼며, 강지욱은 여전히 손에 쥐고 있는 헬멧을 내려다봤다. 그러다가 이내 나지막이 말했다.

"그래도 이건 아가씨가 쓰는 게 낫겠습니다."

"어어."

스윽.

더 이상 차희주가 대꾸할 틈도 주지 않은 채, 강지욱은 그녀의 머리 위로 헬멧을 씌워버렸다. 생각지도 못한 행동에 차희주가 깜짝 놀라긴 했지만 그렇다고 오토바이가 휘청거린다거나 하지는 않았다.

얼떨결에 헬멧을 다시 쓰게 된 차희주가 어처구니가 없다는 듯이 투덜거렸다.

"하여간 말 참 안 듣네요."

"혹시라도 저와 같이 있는 모습을 누군가에게 들킨다면 좋지 않을 겁니다. 마음만 받겠습니다."

여전히 딱딱한 목소리였지만, 그 말을 들은 차희주의 얼굴에는 화색이 돌았다.

"그 말은 저랑 비밀연애를 하겠단 소리로 들리는데요?"

"그런 뜻이 아니라⋯⋯."

"좋아요! 비밀연애가 시작인 것도 나쁘지 않죠. 그럼 우리 오늘부터 1일이에요."

강지욱의 말을 잘라 버리며 차희주는 뭐가 그리 즐거운지 큰 소리로 웃어젖혔다.

문제는 그런 뜻이 아니라고 다시 한 번 부정을 해야 하는데 강지욱의 입이 떨어지지 않는다는 것이었다.

차희주가 싫지 않았다.

아니, 싫을 리 없었다.

강지욱은 내내 자신과 무관하다고 생각했던 기분을 왠지 알 것만 같았다. 마치 수렁에 빠지는 듯한 이 기분을.

두근―

지금 빠르게 뛰고 있는 자신의 가슴이 그렇게 말하고 있었다.

"너무 유혹하지 마세요. 제가 정말 넘어가면 어쩌시려고 그럽니까? 나중에 가서 장난이라고 해도⋯⋯ 제가 쉽게 놔드리지 않을 수도 있습니다."

끼이이익!

강지욱의 말을 들은 차희주가 다급하게 한쪽 길모퉁이에다가 오토바이를 세웠다.

그녀의 갑작스러운 행동에 강지욱이 놀라서 쳐다볼 때였다. 운전석에 가만히 앉아 있는 그녀에게서 나지막한 목소리가 흘러 나왔다.

"……그런 살인멘트 함부로 날리지 마요."

작게 말하는 차희주의 목소리가 지금 그녀가 얼마나 쑥스러운지를 대신 알려 주는 것 같았다.

그 뒷모습을 보고 있자니 강지욱의 가슴이 아까보다 더 술렁거려왔다.

타악.

차희주는 말없이 그가 씌워준 헬멧을 벗었다.

그리고 천천히 강지욱을 향해 고개를 돌렸다. 그러자 붉게 물든 그녀의 얼굴이 보였다. 그 모습이 너무나도 사랑스럽게 느껴져 강지욱은 그 어떤 말도 할 수가 없었다.

그가 딱딱하게 굳어 있을 때였다.

스르륵.

차희주의 얼굴이 그대로 강지욱에게 다가와 입술에다가 박치기를 하듯이 입을 맞췄다.

순간 강지욱의 눈이 크게 떠졌다.

바로 앞까지 다가왔던 차희주의 얼굴이 서서히 멀어지며 그녀가 중얼거리듯이 작은 목소리로 말했다.

"강지욱 씨, 그쪽이야말로 이제 도망 못 가요."

자신만만한 표정으로 자신을 바라보는 차희주를 보고 있자니 아찔한 기분이 들었다. 강지욱은 눈을 질끈 감았다가 떴다.

수렁에 빠질 것 같다고 생각했는데……

어쩌면 벌써 헤어 나올 수 없는 수렁에 빠져 있는 건지도 모르겠다.

번외 3.

떠난 후에

"……한 잔 더."

이은호의 나지막한 목소리에 바텐더가 말없이 그의 비어 버린 술잔을 채워 주었다.

쪼르르.

곧이어 술잔이 가득 채워지자 이은호는 기다렸다는 듯이 단숨에 들이켰다.

탁.

다시 빈 잔을 테이블 위에 올려놓으며 이은호가 방금했던 말을 다시 반복했다.

"더."

이미 독한 양주를 꽤나 마신 이은호였기에 바텐더는 순간 머뭉거렸지만, 이내 그의 빈 잔을 다시 채워주며 조심스러운 목소리로 말했다.

"이러다가 취하시겠습니다."

조금 걱정이 묻어 나오는 목소리에 이은호의 입가에 일순 희미한 웃음이 떠올랐다. 그러곤 낮은 목소리로 중얼거리듯이 대답했다.

"그러려고 마시는 거야."

그렇게 다시 한 번 술잔을 꺾을 때였다.

스윽.

혼자 조용히 앉아서 술을 마시고 있는 이은호에게 누군가가 다가왔다.

슬그머니 그의 옆자리에 앉은 여자는 인형처럼 예쁘게 생겼을 뿐만 아니라, 나올 데는 나오고 들어갈 데는 들어간 완벽한 몸매의 소유자였다.

그녀는 이은호를 바라보며 붉은 입술로 유혹적인 미소를 지어 보였다.

"얼마 전에도 여기서 본 적 있는데, 오늘도 여기서 마시고 있네요. 혼자 마시지 말고 같이 한 잔 할래요?"

이런 상황은 이은호에게 흔하게 찾아오는 일이었다.

누가 봐도 알 만한 고가의 명품 옷을 입고 있는 잘빠진 남자. 사실 그런 것들의 가치를 알지 못한다 하여도 그는 누가 봐도 귀티가 줄줄 흐르는 귀공자였다.

외모면 외모, 재력이면 재력.

무엇 하나 빠지지 않는 이은호에게 여자들이 먼저 손길을 뻗어 오는 건 자연스러울 정도로 당연한 일이었다.

적당히 취기가 오른 이은호의 흐릿한 눈동자가 자신의 옆자리로 다가온 여자를 향했다.

어깨선이 완전히 드러날 정도로 깊게 파인 옷에 짧은 치마는 분명 어떤 남자라도 녹일 만큼 아찔해 보였다. 그녀 또한 그런 자신의 외모를 아는지 자신 있는 얼굴이었다.

머리부터 발끝까지 조금의 흠을 찾아볼 수 없을 만큼 아름다운 여자였지만……

"긴 머리……."

"네?"

정작 이은호의 눈에 들어온 건 그녀의 가늘고 긴 머리카락이었다.

살짝 고개를 숙이면 다른 누군가로 착각이 될 만큼 비슷했으니까.

"머리가 기네요."

사락.

이은호의 손가락이 어느새 옆자리로 다가온 여자의 긴 머리카락을 가볍게 쥐었다.

그가 언제 손을 뻗은 건지 보지 못했기에 여자는 순간 놀랐다. 하지만 크게 개의치 않았다. 중요한 건 그가 자신에게 관심을 보인다는 사실이었으니까.

여자는 이내 기분 좋게 웃어 보이며 방금 전보다 더 은밀해진 목소리로 물었다.

"지금 저한테 작업 거시는 거예요?"

먼저 다가온 건 그녀였지만, 여자는 오히려 이은호를 향해 도발적으로 되물었다.

자신만만한 그녀의 얼굴을 바라보던 이은호가 말없이 긴 팔을 뻗었다.

드르륵.

순식간에 그녀가 앉아 있는 의자가 당겨졌다.

눈 깜짝할 사이에 이은호와 어깨가 닿을 만큼 밀착되자 여자가 놀라서 눈을 크게 뜰 때였다.

거기서 끝이 아니었다.

이은호의 단단한 팔이 자연스럽게 그녀의 허리를 감싸고 얼굴이 귓가를 향해 다가갔다.

그리고 흘러나오는 유혹적인 목소리.

"그래서, 싫어요?"

방금 전 그녀가 던진 도발 따위는 비교도 되지 않았다.

바로 코앞에서 옅은 갈색 눈동자를 마주하고 있자니 거짓말처럼 여자의 심장이 쿵쾅거리며 뛰어왔다.

자신을 내려다보는 그의 시선은 어딘지 모르게 퇴폐적인 분위기가 풍겨졌다. 하지만 그게 너무나도 매력적이어서 뿌리칠 생각은 조금도 들지 않았다.

오히려 마음이 흔들렸다.

그녀는 자신도 모르게 살짝 떨리는 목소리로 대답했다.

"아니요, 당신이라면 좋아요."

"그럼, 술은 위로 올라가서 할래요?"

호텔 바에서 더 높은 층으로 자리를 옮기자는 말이 무엇을 뜻하는지 모를 리 없다. 이대로라면 단지 말 몇 마디를 나눴을 뿐인 상대와 잠자리를 가지게 될 상황.

하지만 여자는 조금의 망설임도 없이 고개를 끄덕였다.

그제야 이은호는 쉴 새 없이 마시던 술잔을 손에서 내려놓고, 여자와 함께 자리에서 일어났다.

스윽.

자연스럽게 여자의 허리에 손을 두른 채 이은호는 엘리베이터를 향해 걸어갔다.

걸을 때마다 찰랑거리는 긴 머리카락이 언뜻 보면 정말 누군가와 비슷해 보였다. 술에 취해도, 또는 취하지 않아도 계속 머릿속을 떠돌아다니는 그녀와 말이다.

"은호 씨."

환청이었다.

우습게도 이은호의 귓가에는 아직도 서다래의 부드러운 목소리가 맴돌았다. 작게 웃던 그녀의 웃음소리도 마치 어제 들었던 것처럼 생생했다.

시간은 자꾸만 가는데, 이은호는 여전히 제자리였다.

내 것이 아니라고 아무리 스스로를 타일러도 소용없었다. 자신의 눈은 언제나 조금이라도 서다래를 닮은 여자를 쫓고 있었으니까.

그녀에게서 풍겨오던 향기가 없었기에 쉽게 착각할 수조차 없었지만……

서다래가 아닌 다른 여자는 아무라도 상관없었다.

딩—

엘리베이터에 올라타고, 좁은 공간에 단둘만이 남겨졌다. 그러자 여자는 이런 상황이 어색했는지 작은 목소리로 말을 걸었다.

"저기……."

하지만 여자의 말은 끝까지 이어지지 못했다.

탁!

이은호가 그녀를 엘리베이터 구석으로 몰아넣었기 때문이다.

그의 양팔이 그녀를 속박하듯이 벽을 짚었다. 그러고는 고개를 숙여 그녀의 얼굴에 바짝 가까이 다가갔다.

입술이 막 닿기 직전, 그가 낮은 목소리로 속삭이듯이 말했다.

"쉬잇."

아찔할 정도로 유혹적인 행동.

그 뒤로는 두 사람 사이에서 더 이상의 말은 오고가지 않았다. 이은호의 입술이 거칠게 그녀의 입 안을 탐닉했기 때문이다.

술기운이 오른 이은호의 흐릿한 눈엔 지금 눈앞에 있는 여자 위로 언뜻 서다래가 겹쳐 보였다.

알고 있다.

결코 옳은 행동은 아니라는 걸.

하지만 스스로도 어쩔 수가 없었다. 이렇게라도 하지 않으면 정말 미쳐버릴 것만 같았으니까.

처음 준 감정, 처음 했던 이별.

서다래가 잠시 다녀간 자신의 가슴은 커다란 구멍이라도 뚫린 것처럼 무엇으로도 메워지지가 않았다.

어느샌가 이런 그를 사람들은 더 이상 냉혈한이라 부르지 않았다.

이제는 모두가 그를 바람둥이라 칭했다.

*　　　*　　　*

"은호 도련님, 변하셨습니다."

오늘 낮에 들었던 그 말이 떠올라 이은호는 자신도 모르게 피식하고 허탈하게 웃고 말았다.

변한 게 어때서?

이은호의 아버지는 여자가 아주 많았다.

그 덕분에 이은호에겐 태어날 때부터 배다른 형제가 여럿이 있었고, 그의 재능을 시기한 그들 때문에 어둠 공포증도 생겨나게 된 것이다.

따라서 이은호는 어렸을 때부터 여러 여자를 만나는 것 자체를 싫어했다. 그래서 그는 겉보기완 달리 연애를 별로 해본 적이 없었다. 서다래를 만나기 전까지는 말이다.

지금의 그는 자신의 아버지를 쏙 빼다 닮은 남자였지만.

"……이럴 줄 알았으면, 안 할걸 그랬어."

쪼르르.

비어 버린 이은호의 술잔을 채워주며 바텐더가 나지막이 물었다.

"무엇을 말입니까?"

생각 없이 내뱉은 말을 바텐더가 다시 질문을 하자, 술잔을 쥔 이은호의 손이 순간 허공에서 잠시 멈칫했다.

글쎄, 무엇일까.

사랑을 안 하는 게 편했을까?

아니면 이별을……

이은호는 아무런 대꾸도 하지 않은 채, 그저 입꼬리를 늘려 한 번 쓰게 웃고는 다시 술을 넘길뿐이었다.

자신이 변했다 해도 상관없다.

그렇다 해도 해야 할 일은 모두 빈틈없이 완벽하게 처리하고 있었으니까.

아무한테도 피해를 주는 건 아니지 않은가.

같은 동족인 고양이과 수인족들에게도, 차윤성을 사랑해서 떠난 서다래에게도 말이다.

이렇게 타들어 가는 감정만 그저 자신 혼자서 삭히면 되는 일이었다.

'그래도 이렇게까지 지독할 줄은 몰랐는데…….'

사실 사기를 당한 기분이 들 정도였다.

이 정도로 서다래가 자신에게 남을 줄 알았다면 그렇게 쉽게 보내주지 못했을지도 모른다. 뭐, 끝끝내 보내주지 않았더라도 차윤성이 어떻게든 뺏어갔을 테지만.

차윤성의 얼굴이 떠오르자 이은호의 머릿속에 두 사람의 모습이 그려졌다.

잘 어울리는 한 쌍.

차윤성과 서다래는 자신이 봐도 눈이 부실 정도다.

차윤성을 향해 짓던 서다래의 행복한 미소가 기억나 이은호의 가슴 한구석이 찌르르하고 울려왔다.

'……쓸데없는 생각.'

이제는 그만 추억하고 싶은데 그게 아직도 마음처럼 쉽지가 않았다.

탁!

술잔을 단번에 들이킨 이은호가 빈 잔을 테이블 위에 거칠게 올려놓았다.

그때였다.

"혼자세요?"

귀여운 목소리의 어떤 여성이 이은호를 향해 다가왔다.

스윽.

이젠 이런 상황에 익숙해진 바텐더가 조용히 다른 곳으로 자리를 옮겼다.

어떤 기준인지는 알지 못했으나 이은호는 매번 다른 타입의 여자와 바깥으로 나갔다. 그렇다고 다가오는 모든 여자와 그러는 것 또한 아니었다.

무언가 마음에 들지 않을 경우엔 혼자서 늦게까지 술잔을 기울이다가 사라졌으니 말이다.

구석으로 자리를 옮긴 바텐더가 잠시 이은호와 그에게 다가온 여자에게 시선을 두고 있을 때였다.

곧이어 이은호가 자리에서 일어서며 두 사람이 함께 바를 나가는 모습이 보였다.

엘리베이터 쪽으로 사라져가는 이은호와 여자의 뒷모습을 바라보는 일은 더 이상 바텐더에게 그리 특별한 일이 아니었다.

"제가 잘 아는 데가 있는데 그리로 가요."

오늘 이은호에게 다가온 여자는 평소보다 더 적극적인 타입이었다.

하지만 아무래도 상관없었다.

"그러지."

이은호는 가볍게 고개를 끄덕이고, 그녀를 따라 바깥으로 걸음을 옮겼다.

로비를 지나 유리문을 열고 바깥으로 나오니 한순간 서늘할 정도로 선선한 바람이 불어왔다. 어느덧 추워지기 시작하는 계절이었다.

"그런데 이름이 어떻게 되세요?"

명랑하게 물어 오는 질문을 들으며 이은호가 그녀의 뒤를 따라 걸을 때였다.

저벅저벅.

우뚝.

그의 발걸음이 멈춰 섰다.

갑작스럽게 풍겨오는 향기 때문이었다.

지금 그의 코끝을 어지럽히는 향기는 지독하게도 그에게 각인되어 있던, 그리워서 미칠 것만 같았던 바로 서다래의 향기였다.

또각또각.

"왜 대답이 없으……?"

앞서 걷던 여자가 아무런 대꾸가 없는 이은호를 향해 뒤돌아볼 때였다.

휘이이이잉—

이미 그곳에는 아무도 존재하지 않았다.

이은호의 날렵한 몸이 순식간에 앞으로 쏘아져 나갔다.

설령 서다래가 이 근처에 있다고 해도 만나선 안 된다는 생각이 잠시 머릿속에 들었지만, 말 그대로 그것은 찰나의 생각일 뿐이었다.

보고 싶었다.

이런저런 이유 다 집어치우고, 그저 다시 한 번만 보고 싶었다.

그렇게 점점 향기가 풍겨오는 곳이 가까워질 때였다.

"이, 이 손 놓아주세요!"

거리가 가까워지자 갑자기 들려오는 목소리에 이은호가 방금 전보다 더 엄청난 속도로 다가갔다.

타앗!

발로 강하게 바닥을 짚으며 도착한 곳.

그곳은 어두운 골목 앞이었다.

한 밤중. 그것도 가로등 하나 없는 어두운 골목 안은 사람들의 형상이 보일 뿐 어두컴컴하기 그지없었다.

수인족의 특성상 좀 더 자세히 들여다본다면 어둠 따위 크게 방해가 되진 않을 테지만, 어둡다는 것을 머릿속으로 인지하자마자 일단 눈살부터 찌푸려졌다.

하지만 그것도 길지 않았다.

"잠깐만 같이 놀자는데 뭘 그렇게 팅겨?"

골목 안에서 남자 세 명이 여자 한 명을 둘러싸고 있는 상황.

누군가가 굳이 옆에서 설명을 해 주지 않아도 이게 어떤 상황인지 뻔했다. 그리고 그들에게 둘러싸인 여자가 누구인지 머릿속에 떠오르자 온몸의 피가 거꾸로 솟구치는 기분이었다.

저벅—

이은호의 긴 다리가 망설임 없이 골목 안으로 들어섰다.

그제야 누군가의 기척을 느낀 남자들이 뒤를 돌아보았다.

"뭐야? 다치기 싫으면 그냥 가던 길이나……."

퍼억!

남자의 말은 끝까지 이어지지 못했다.

이은호의 쭉 뻗은 다리가 호선을 그리며 그자의 안면을 가격했기 때문이다.

단조로워 보일 정도로 단순한 동작이었지만, 이은호의 움직임 한 번에 남자들이 거짓말처럼 바닥에 쓰러져 갔다.

건장한 남자 세 명이 처참하게 바닥에 뒹구는 건 눈 하나 깜짝할 만큼 순식간에 벌어진 일이었다.

이은호가 간신히 살기를 억누른 목소리로 그들을 향해 나직이 말했다.

"죽고 싶지 않으면 당장 꺼져."

진심이었다.

이은호는 정말로 당장 저들의 목뼈를 부러뜨리고 싶을 만큼 화가 났다.

그 감정이 전해졌던 걸까.

어둠 속에서 번뜩거리는 살기어린 눈동자와 마주치자 머뭇거리던 남자들은 누가 먼저라 할 것도 없이 서둘러 이 골목을 벗어나기 시작했다.

타다다닷!

그 자들이 도망가는 발걸음 소리가 잠시 들려왔다.

그리고 이내 그 소리마저 사라지자 어두운 골목 안에는 일순 적막이 찾아왔다.

이은호는 미동도 없이 꼿꼿이 서 있을 뿐, 그녀와 제대로 시선조차 마주치지 못했다.

하고 싶은 말이 너무 많았다.

하지만 막상 입 밖으로 꺼낼 수 있는 말은 별로 없었다.

수천 번도 넘게 그린 서다래의 얼굴이다. 고개를 들어 제대로 보고 싶었지만 눈이 마주치면 언제나 그랬듯 꿈에서 깨어버릴 것만 같았다.

그래서 이은호는 손가락 하나 쉽게 까딱할 수 없었다.

그때였다.

"저기, 도와 주서서 고맙습……."

애써 침착한 듯 말하는 목소리를 듣자 순간 울컥 화가 치밀었다.

술기운 때문인지도 몰랐다.

사실 그는 서다래에게 화낼 자격조차 없었으니까.

"윤성 도련님은 어디 두고, 여기서 이런 일을 당하는 겁니까?"

"네? 그게⋯⋯."

뭐라고 변명을 하려는 듯 입을 여는 그녀를 향해 이은호가 더는 참지 못하고 손을 뻗었다.

와락!

다짜고짜 그녀의 어깨를 잡고 품 안에 안아버리자 따스한 체온이 느껴졌다.

품 안에 꼭 들어오는 작은 몸.

미칠 듯이 그리웠던 향기가 가득 느껴져서 이은호는 문득 눈물이 나올 것만 같았다.

이것은 꿈이 아니었다.

지금 자신이 품 안에 안고 있는 여자는 분명 서다래였다.

이러면 안 된다는 것을 잘 알았지만⋯⋯

이 모든 것은 분명 술기운 때문이었다.

"자, 잠깐만 기다려 주⋯⋯!"

싫다는 듯 뿌리치는 그녀의 움직임을 간단히 제압해 품 안에 가두며 이은호가 슬픈 목소리로 말했다.

"⋯⋯거짓말하지 마요. 아무리 기다려도 나한테는 안 올 거잖아요."

서다래의 마음속에 자신의 자리는 없다.

잘 아는데, 분명 너무나 잘 알고 있는데⋯⋯

자신의 이 감정이 영원히 끝나지 않을까 봐 두려웠다.

오늘 하루가 지나면 조금은 잊혀지겠지, 내일이 되면 지금보다 더 나아지겠지.

그렇게 생각하며 버티던 날들이 이미 셀 수조차 없다.

이야기 속에 나오는 조연들처럼 멋지게 작별 인사하고 사라지면 정말 사랑했던 그녀를 잊고 행복하게 살까?

만약 그렇지 않다면?

죽을 때까지 잊지 못하고 평생 그녀 하나만 가슴에 품고 산다면?

그렇다면, 정말 그렇다면……

그렇게 멋진 척 보내지 말 걸 그랬다.

서다래의 다리라도 붙잡고 날 떠나가면 죽을 거라고 추하게 매달려 애원이라도 해볼걸.

후회했다.

지금도 미치도록 후회한다.

조금 더 서다래의 마음에 들도록 노력할걸 그랬다고.

어떻게든 그녀에게 완벽한 남자가 되었어야 했다고.

목 아래쪽이 꽉 막힌 것처럼 뜨거워서 이은호는 간신히 입을 열어 억눌린 목소리로 말했다.

"다래 씨."

수도 없이 혼자서 되뇌었던 이름.

그 이름을 소리 내어 부르면서 이은호는 어느새 미동도 없이 안겨 있는 그녀의 어깨를 잡아 살며시 떼어 냈다.

어둠 속에서도 선명히 보이는 그 맑은 눈동자를 들여다 볼 때였다.

"······!"

그 순간 이은호의 온몸이 피가 차갑게 식어가는 듯했다.

지금 자신이 품에 안고 있던 여자는 서다래가 아니었다.

올려다보는 맑은 눈동자, 하얀 피부와 가녀린 작은 몸이 서다래를 빼다 박은 듯 닮아 있었지만······

분명히 그녀는 아니었다.

너무 놀라고 만 이은호가 뻣뻣하게 굳어 있을 때였다.

그가 여자를 쳐다보고 얼어버렸듯이, 그녀도 갑자기 나타나 자신을 구하고는 가타부타 말할 틈도 주지 않은 채 끌어안아버린 남자를 바라보고 있었다.

서로 당황해서 말없이 눈빛을 교환하고 있는 찰나였다.

여자의 눈에 문득 이은호의 관자놀이를 타고 흐르는 땀이 들어왔다. 그리고 보니 이은호의 품 안도 온통 축축한 땀투성이였다.

"저······ 아저씨 괜찮으세요?"

어둠 속이라 제대로 보이진 않았지만, 지금 이은호는 지나치게 창백하게 질린 채로 식은땀을 흘리고 있었다. 그 모습이 심상치 않아 보일 정도다.

사실 이은호는 이렇게 어두운 곳에 들어온 순간부터 어둠공포증이 재발하고 있었다.

팟!

이은호는 머릿속에 생각이라는 것이 돌아오자마자 재빨리 품에 안고 있던 그녀를 떼어 냈다.

"하……."

기가 막혔다.

서다래와 꼭 닮은 향기를 가진 여자가 있다는 게 신기했지만, 그렇다고 해도 이렇게까지 착각하다니.

있을 수 없는 일이었다.

이은호는 살짝 고개를 저으며 정신을 추슬렀다. 어쩌면 정말 술을 너무 많이 마셔서 술기운이 도는 건지도 모르겠다.

"……미안합니다. 다른 사람과 착각했어요."

다시금 바라보니 어떻게 착각했을까 싶을 정도로 눈앞에 있는 여자는 무척이나 앳되어보였다.

척 보아도 십대가 아니면 이제 막 이십대가 되었을 젊은 아가씨.

"그럼."

이은호는 방금 전과 달리 차갑게 말을 내뱉고는 바로 뒤돌아섰다. 다시 생각해도 이 상황이 어처구니가 없어서 입가에 비릿한 미소가 지어졌다.

그러면 그렇지.

우연이라도 서다래를 마주치는 행운 따위가 쉽게 찾아올 리가 없었다.

이내 이은호의 입가에 지어진 비릿한 미소가 씁쓸하게 변해

갔다. 그가 막 어두운 골목을 벗어날 때였다.

"저기, 잠깐만요!"

뒤에서 여자의 목소리가 들려왔다.

저벅저벅.

하지만 이은호는 걸음을 멈추지 않았다. 더 이상 저 여자에게 볼일은 없었다.

"아저씨! 아까 다래 언니 이름 부르지 않았어요?"

우뚝―

여자 입에서 나온 다래라는 이름에 거짓말처럼 이은호의 발걸음이 멈춰 섰다.

그가 혼란스러운 표정으로 다시 여자를 향해 고개를 돌렸다. 그러자 어둠 속에서 점점 모습을 드러내며 그에게 다가오는 여자의 모습이 눈에 들어왔다.

서다래를 쏙 빼다 박은 앳된 얼굴로 그녀가 말했다.

"우리 다래 언니를 아세요? 전 언니 동생 서다은이라고 하는데."

'……망할!'

하필이면 그녀가 서다래의 여동생이라는 사실에 이은호의 눈앞이 캄캄해졌다.

혹시 지금 자신이 했던 일을 서다래에게 가서 전할까 봐 걱정이 됐기 때문이다. 방금 전은 감정이 폭발한 상태라 그런 거지, 이은호는 누구에게도 피해를 줄 생각이 없었다.

그러니 이런 감정은 아무도 몰라야 했다. 그게 서다래라면 더욱더.

그녀는 그저 차윤성 옆에서 행복하게 웃고 있으면 됐다.

이은호가 잠시 아무런 대꾸 없이 서 있자 서다은이 재차 입을 열었다.

"아저씨?"

그녀가 부르는 호칭에 알게 모르게 이은호의 미간이 찡그려지며 그가 나지막이 대답했다.

"내가 언제? 난 그런 이름 모르는데."

이은호가 시치미를 떼자 서다은이 겉보기엔 무표정하기 그지없는 그의 얼굴을 가만히 들여다보았다. 마치 의심하는 듯한 눈초리처럼 보였다.

이 별것 아닌 상황에 이은호가 괜스레 긴장을 느끼고 있을 때였다.

그의 얼굴을 바라보던 서다은이 갑자기 그를 향해 꾸벅 고개를 숙이며 말했다.

"아무튼 아까 제대로 인사를 못 드린 것 같아요. 구해 주서서 고맙습니다. 아저씨가 아니었으면 많이 곤란했을 상황이었어요."

"감사 인사는 안 해도 돼."

상황을 정리하고 얼른 이 자리를 벗어나고 싶은 이은호와 달리 서다은은 가방에서 무언가를 뒤적거리면서 꺼냈다. 그러곤 두 손으로 그것을 들고 이은호를 향해 내밀었다.

깨끗하게 접힌 손수건이었다.

"그럼 땀을 많이 흘리시는데, 이거라도 사용하세요."

전혀 생각지도 못한 행동이었다.

이은호는 내미는 손수건을 받지 않은 채 잠시 물끄러미 바라봤다. 그러곤 나직이 말했다.

"마음은 고마운데 그냥 받은 걸로 치지."

마치 더 이상 접근하지 말라고 선을 긋는 차가운 이은호의 행동에 서다은이 무심코 고개를 들어 그를 뚫어지게 쳐다봤다.

믿을 수 없을 만큼 잘생긴 외모.

긴 팔다리에 딱 맞는 핏 좋은 슈트 또한 근사하기 그지없다. 옅은 색깔의 갈색 눈동자와 머리카락이 조화롭게 어우러져 차갑고 이지적인 분위기를 풍기는데 그게 눈길을 잡아끌만큼 매력적이었다.

이런 남자에게 위급한 상황에 도움을 받아서 그런가.

어떻게 보면 생판 모르는 남자에게 덥석 안긴 것이 기분이 나쁠 법도 했지만, 이상하게 싫지 않다.

묘한 느낌.

자꾸만 이 남자의 공허한 눈동자에 시선이 간다.

어쩌면 방금 전의 어딘가 애절했던 모습과 지금 보여 주는 차가운 모습이 극과 극이라 호기심을 자극하는지도 몰랐다.

그래서 자신도 모르게 돌아서는 뒷모습을 붙잡아 버린 건지도……

"할 말 다 끝났으면 난 그만 가 봐도 될까?"

이은호는 자신을 빤히 쳐다보는 서다은에게 냉기가 뚝뚝 떨어질 것 같은 말을 내뱉고는 대답도 듣지 않은 채 다시 몸을 돌렸다.

저벅저벅.

그렇게 몇 걸음 채 떼지 않았을 때다.

"여보세요? 다래 언니, 나야. 오늘 길에서 언니 이름을 부르는 어떤 아저씨를 만났는데……."

팟!

이은호의 몸이 순간이동을 한 것처럼 다시 서다은의 앞에 나타났다.

그가 순식간에 커다란 손으로 서다은이 쥐고 있던 휴대폰을 빼앗으며 인상을 찌푸렸다.

"이봐……."

하지만 이은호의 말은 끝까지 이어지지 못했다.

그녀의 휴대폰을 빼앗아 전화를 끊으려 했는데, 막상 손에 들고 보니 아무에게도 전화를 걸지 않은 상태였기 때문이다.

이게 지금 뭐하는 상황인가 싶어 그가 얼굴을 찌푸린 상태로 서다은을 바라봤다.

그러자 그녀가 악동같이 히죽 웃음을 지으며 말했다.

"역시 제가 잘못들은 게 아니었네요? 아저씨, 다래 언니랑 아는 사이 맞죠?"

이런 말도 안 되는 농간에 당했다니 스스로가 어처구니없이 느껴질 지경이었다.

하지만 더 이상 시치미를 뗄 수는 없었다.

이은호는 귀찮다는 듯이 긴 손가락으로 앞머리를 쓸어 넘기며 말했다.

"그렇다면?"

"왜 거짓말 했어요?"

"꼬마야, 이쪽 나름대로 사정이 있는 거니까. 그냥 모르는 척해 주면 안 될까?"

이은호의 말에 잠시 생각하듯이 침묵하던 서다은이 다시 고개를 번쩍 들었다. 그의 입에서 나온 꼬마라는 단어가 마음에 걸렸기 때문이다.

"그런데 아저씨, 처음엔 존댓말을 하시더니 왜 어느 순간부터 반말을 하세요?"

"그러는 넌? 네가 먼저 아저씨라고 불렀잖아. 그만큼 너와 나이 차이가 난다는 소리니까 말은 놓아도 된다고 판단했는데."

이은호의 말에 서다은이 다시 입술을 다물었다.

사실이다.

그가 나이가 들어 보이는 건 아니었지만, 멋지게 양복을 입고 서 있는 이은호는 딱 보아도 성인 남자였다. 갓 스무 살이 된 서다은과는 전혀 다른 느낌.

순간 그의 눈에 자신이 너무 어린애처럼 보였을까 생각이 들자 얼굴이 붉어졌다.

그런 서다은을 내려다보는 이은호의 심정은 복잡했다.

어떻게 된 영문인지 서다래에게 풍기던 향기가 그녀의 여동생에게서도 똑같이 나고 있었다. 더구나 외형까지도 비슷하다.

아직 그녀를 조금도 잊지 못한 이은호에겐 서다은을 마주 보고 있는 것 자체가 곤욕스러웠다.

절대 얽히고 싶지 않은 인연.

아무리 서다래를 닮은 여자를 찾아 외로움을 달래왔다고 하나 그녀의 동생마저 건드릴 생각은 없었다.

"아저씨."

서다은의 부름에 이은호가 퉁명스럽게 대꾸했다.

"말해."

"그럼 제가 아저씨 사정대로 오늘 일을 언니한테 비밀로 하면 저한테 뭘 해 주실 거예요?"

전혀 생각지도 못한 질문.

이은호가 순간 아무런 말도 못한 채 그녀를 바라보고 있을 때였다.

서다은의 입이 다시 열렸다.

"다시…… 아저씨 볼 수 있어요?"

*　　　*　　　*

팟!

순간 어둠이 사라지며 눈앞에 밝은 빛이 나타났다.

침대에 가지런히 누워서 잠을 자고 있던 이은호가 다급히 눈을 떴기 때문이다.

아침 햇살이 눈부시게 그의 눈을 비추고 있었다.

이상한 꿈이었다.

한 치 앞도 안 보이는 캄캄한 어둠 속.

숨이 턱턱 막혀오고 온몸이 떨려오는 그 순간 어둠 속에서 서다래의 향기가 풍겨왔다. 그래서 혼자가 아니란 생각이 들었다.

안도하는 사이 어둠 속에서 한 줄기 빛이 생겨났다. 그리고 바로 눈앞에서 보이던 서다래의 얼굴.

그녀와 수인족들의 추격을 피해 비상계단에 숨어 있을 때 생긴 일이었다.

서다래와 이별한 뒤로도 종종 꾸던 꿈.

그런데 오늘은 달랐다.

어둠 속에 빛이 밝혀지고 서다래의 얼굴을 가만히 들여다보고 있는데 갑자기 귓가에 다른 목소리가 들려왔다.

"아저씨 괜찮으세요?"

그 목소리에 깜짝 놀라 다시 눈앞을 바라보니 자신의 앞에 서 있는 사람은 서다래가 아니었다.

바로 그녀의 동생 서다은이었다.

이은호는 거칠게 머리를 넘기며 어처구니가 없다는 듯이 웃음을 터뜨렸다.

"하, 하하……."

황당하기 짝이 없는 꿈.

아마도 이런 꿈을 꾸게 된 원인은……

이은호가 하얀 침대 시트를 걷으며 자리에서 일어났다. 그러곤 긴 다리로 성큼성큼 걸어 창가에 다가갔다.

챠르륵—

커튼을 걷어 젖히자 자신의 집 앞에 쭈그리고 앉아 있는 작은 형체가 보였다.

저기 보이는 작은 형체가 요즘 이은호를 끈질기게 쫓아다니는 스토커의 정체였다.

그녀의 이름이 바로 서다은이었다.

일찍 일어난 덕분에 평소보다 여유롭게 출근 준비를 마친 이은호가 집을 나섰다.

가벼운 발걸음으로 앞을 향해 걷던 그가 문득 이질적인 느낌에 발걸음을 멈췄다.

슥—

언제부터인가 하늘에서 하얀 눈이 내리고 있었다.

입만 열어도 입김이 뿜어져 나올 만큼 추운 겨울. 어쩌면 첫눈이 내리는 건 당연히 예정되어 있는 일이었다.

다만 이런 일에 무감각하기 짝이 없던 이은호에게 이 추위와 눈이 내심 기분 좋지 않은 이유는 자신의 집 앞에서 언제부터 기다리고 있었는지 모를 서다은 때문이었다.

철컹.

이은호가 잘 꾸며진 정원을 지나쳐 대문을 열 때였다.

추위에 고개를 수그리고 있던 서다은이 소리를 듣고 반사적으로 얼굴을 들었다. 그리고 그를 발견하자마자 안면 가득 번지는 환한 미소.

"아! 아저씨, 지금 출근하시는 거예요?"

그녀의 하얀 얼굴이 추위에 새빨갛게 변해 있었다.

이은호는 그 모습에 자신도 모르게 미미하게 얼굴을 찌푸려졌다.

서다은은 그런 그의 표정을 알아채지 못한 채, 자신이 입고 있던 코트 안을 뒤적거리며 그 속에서 불쑥 무언가를 꺼내 그에게 내밀었다.

쭈글쭈글한 종이봉지 안에 들어가 있는 건 아직 미약하게 온기가 남아 있을 군고구마였다.

"아침 드셨어요? 안 드셨으면 이거 가지고 가시면서 드세요."

이은호는 그녀가 내미는 군고구마를 받지 않은 채 잠시 물끄러미 쳐다봤다. 그러곤 지나치게 차가운 목소리로 말을 했다.

"필요 없어."

"아 그래요? 맛있는 건데⋯⋯."

무안한 듯 콧잔등을 쓰다듬는 그녀의 모습은 더없이 순수해 보였지만 그것을 바라보는 이은호의 속은 타들어 갔다.

"꼬마, 너 언제까지 여기서 이러고 있을 거야?"

하루 이틀이면 지칠 거라고 생각했다.

그런데 그녀가 그를 쫓아다닌 지는 이미 몇 달이란 시간이 흐르고 있었다. 이젠 슬슬 걱정이 되기 시작했다.

"글쎄요, 아마 제가 지칠 때까지 일까요?"

"대체 이러는 이유가 뭐야?"

"정말 몰라서 물어요? 아니면 그새 또 까먹은 거예요?"

서다은의 순수한 맑은 눈동자가 진지하게 변했다.

그 눈 속에 담긴 진심에 이상하게 이은호의 심장이 덜컥 내려앉았다. 어디선가 많이 보던 눈동자였다. 아마도 자신이 서다래를 바라봤을 때의 시선.

"좋아해요, 아저씨. 나 좀 봐주세요."

지나칠 정도로 당돌한 말.

어리기 때문인지도 몰랐다. 서다은에게 어른들의 간보기 따위는 없었다. 그녀는 항상 이은호에게 직진이었다.

"하."

이은호는 머리가 지끈거렸다.

그때였다.

끼익—

두 사람의 옆으로 어느새 외제차 한 대가 세워졌다.

운전석에 앉아 있던 기사가 조심스레 두 사람의 분위기를 살피며 이은호를 향해 말했다.

"도련님, 출발하실 시간입니다."

그 말에 이은호가 운전기사를 한 번 쳐다보고는 조금의 망설임도 없이 차문을 열고 뒷좌석에 올라탔다.

차에 올라탄 그가 지독히도 차가운 목소리로 말했다.

"출발해."

"네, 도련님."

운전기사가 다시 차를 출발시킬 때였다.

그 모습을 바라보던 서다은이 잡고 있던 군고구마를 얼른 다시 품 안으로 넣으며 손을 흔들었다.

"잘 다녀와요, 아저씨."

부우웅—

아무런 대꾸조차 남기지 않은 채 차가 출발했다.

그리고 그녀와 점점 멀어져 갔다.

백미러에서는 서다은이 잠시 제자리에서 망설이다가 마지못해 뒤돌아서서 걸어가는 모습이 작게 보여 왔다.

자신도 모르게 그것을 잠시 바라보던 이은호가 이내 시선을 돌렸다.

쪼르르—

이은호의 빈 술잔이 다시금 채워졌다.

바텐더는 아무런 말도 없이 묵묵히 앉아 있는 이은호를 향해 반가운 목소리로 말했다.

"요즘 통 안 보이시기에 다른 곳으로 옮기신 건가 했습니다. 바쁜 일이라도 있으셨던 겁니까?"

무심한 눈빛으로 바텐더가 채워준 술잔을 마시며 이은호가 나지막이 대답했다.

"일이 좀 있었어."

사실 업무는 평소와 다를 게 없었지만, 서다은이 아침저녁으로 자신의 집 앞에서 기다리기 시작한 후부터 신경이 쓰여서 전처럼 자주 술을 마시러 오지 못했다.

"그럼 오늘은 좀 한가해지셨나 봅니다."

"아아. 그렇지 뭐."

대충 둘러대며 이은호는 다시 가득 채워진 술잔을 넘겼다.

오늘부터는 생각을 바꿨다.

지금까지 그나마 서다은을 향해 신경을 쓰던 것도 이제부터 그만 둘 생각이었다. 다시 예전의 생활로 돌아가야 했다.

그래서 일이 끝나자마자 예전처럼 다시 찾아온 바였다.

그렇게 어느 정도 시간이 지났을까.

이은호가 독한 양주 한 병을 모두 비우고 두 병째를 마시기 시작했을 때였다.

"옆에 앉아도 될까요?"

그에게 말을 거는 가녀린 여성의 목소리가 들려왔다.

사실 이은호에게조차 너무나도 익숙해진 상황이었다.

세상에 서다래가 아닌 여성은 왜 이렇게 꼬시기가 쉬운 건지, 가만히 앉아 있어도 그를 찾아오는 여자들은 정말 차고도 넘쳤다.

비스듬히 고개를 돌려보니 하얀 얼굴에 청순하게 생긴 여자가 서서 자신을 바라보고 있었다.

하얗고 매끈한 피부가 서다래를 연상시킬 정도로 닮아 있었다.

톡톡.

이은호가 검지로 자신의 옆자리를 가볍게 두드리며 말했다.

"비어 있는 자리인데, 원한다면 앉아요."

"으음……."

여자의 입에서 가느다란 신음이 흘러나왔다.

그녀와 농염하게 키스를 나누고 있던 이은호의 귓가에 누군가의 목소리가 들려왔다.

"오늘 저녁 엄청난 폭설이라는데?"

"아, 정말? 나 일기예보 안 봐서 몰랐어. 그럼 지금 다시 밖에 눈 내리고 있는 거야?"

막 그녀의 잘록한 허리를 쓰다듬고 있던 이은호의 손이 거짓말처럼 멈춰졌다.

입을 맞추며 막 호텔방 안으로 들어서려던 순간이다. 방문이 완전히 닫히기 전, 복도에서 들려온 그 소리에 이은호의 얼굴이 딱딱하게 굳었다.

갑자기 멈춰 버린 이은호의 손길에 여자가 붉게 물든 얼굴로 의아하다는 듯이 그를 바라봤다.

"왜 그래요?"

여자의 질문에 순간 이은호는 아무런 말도 할 수가 없었다.

지금 자신의 머릿속에 떠오른 생각이 스스로도 납득이 되질 않기 때문이다. 하지만 한 번 신경에 거슬리기 시작하자 이대로 여기서 시간을 보내고 있을 순 없었다.

"……미안한데, 그만 가 봐야겠어요."

"네?"

여자가 당황해서 눈을 크게 뜨고 그를 바라봤지만, 이은호는 개의치 않은 채 서둘러 호텔방 바깥으로 뛰어나갔다.

"무, 무슨……."

망연자실하게 서 있던 여자가 뒤늦게 이은호가 나가는 뒷모습을 쫓아 호텔방 문을 열었다.

벌컥!

얼마나 빠른지 이은호의 뒷모습이 복도 끝에 슬쩍 보였다가 사라졌다.

순간 멍하니 그가 사라진 곳을 바라보던 여자는 문득 머릿속에 떠오른 생각에 고개를 갸웃거렸다.

"뭐야, 저긴 엘리베이터가 아니라 창문 쪽 아닌가?"

*　　　*　　　*

　헉헉.

　이은호가 숨이 턱 끝까지 차오를 정도로 달려간 곳은 자신의 집이었다.

　혹시나 하는 생각 때문이었다.

　사람들의 말대로 바깥에는 함박눈이 내리고 있었고, 어느새 세상은 온통 하얗게 변했다.

　이미 자정이 넘은 시간이다.

　아무리 서다은이라고 해도 지금쯤이면 돌아갔을 터였다. 그리고 그래야만 했다.

　타악!

　다급하게 도착한 집 앞에서 이은호는 서둘러 고개를 돌려 혹시나 있을지 모르는 서다은의 모습을 찾았다.

　하지만 다행히 아무도 없었다.

　"하아."

　안심하는 것과 동시에 적막하기 그지없는 자신의 집이 눈에 들어왔다. 싸늘하게 느껴지는 자신의 집을 바라보며 잠시 멈칫하는 순간이었다.

　타박타박.

　마침 작은 발걸음 소리와 낯익은 목소리가 들려왔다.

"아저씨?"

천천히 고개를 돌려보니 서다은이 핫팩이 든 편의점 비닐봉지를 든 채로 서 있는 모습이 보였다.

울컥.

그 모습을 발견하자 무언가가 가슴속에서 치밀어 올랐다.

"뭐예요, 아저씨 술 마셨어요? 웬일로 늦게 퇴근하시나 생각했는데……."

"너 바보야?"

잔뜩 낮아진 이은호의 목소리가 싸늘하게 흘러나왔다.

지금까지 서다은을 대하던 차가운 무심함과는 달랐다. 무척이나 화가 난 표정으로 이은호가 다시 입을 열었다.

"꼬마, 너 내가 정말 누굴 좋아하는지 몰라서 이래?"

서다은이 모를 리 없다.

처음 만난 순간부터 그가 부르던 그녀의 이름을 들었다. 그렇다면 그의 감정이 어디를 향하고 있는지 유추하는 건 식은 죽 먹기나 다름없었다.

이은호가 서다은을 똑바로 바라보며 한껏 낮아진 목소리로 말했다.

"내가 설령 다시 누군갈 좋아한다고 해도…… 그게 너는 아니야."

단호한 이은호의 말.

서다은의 마음을 갈기갈기 찢는 말임에도 그녀는 담담한 표정으로 그를 향해 물었다.

"왜요, 아저씨?"

순진무구하게 물어 오는 그녀의 질문에 이은호는 정말 머리 끝까지 화가 났다.

정말 몰라서 묻는단 말인가.

서다은의 향기, 외모……

모든 것이 서다래와 닮아 있었다.

처음에는 서다래에게서 풍기던 향기에 끌렸던 것은 사실이나 오로지 그 향기 때문에 사랑에 빠진 것은 아니었다.

"내가 널 만난다면, 그건 그저 널 그 사람의 대용품으로 쓰겠다는 소리야. 그래도 내가 좋아?"

여전히, 빌어먹게 지금도 변함없이 사랑한다.

이은호는 언제나 서다은의 얼굴 너머로 끊임없이 서다래의 모습을 찾아 갈구하고 있었다. 이런 자신을 눈치채고 알아서 사라져주기를 바랐건만.

이은호가 치밀어 오르는 답답함에 머리를 거칠게 쓸어 넘길 때였다.

서다은이 하얀 입김을 내뿜으며 나지막한 목소리로 말했다.

"대용품이라도 상관없잖아요."

"뭐?"

이은호가 마치 못 들을 걸 들은 것처럼 표정을 굳히자 서다은이 재차 입을 열었다.

"이것 봐요, 아저씨도 알고 있는 거예요. 언니와 내가 닮았다고 해도 전혀 다른 사람이라는 거."

"……!"

"아니까, 아저씨도 대용품이란 단어를 쓰는 거죠."

서다은이 그를 향해 처연하게 웃어 보였다.

이은호는 순간 할 말을 잃고 말았다.

서다은은 정말 바보인 것 같았다. 설령 그녀의 말대로 서다은과 서다래의 미세한 차이를 자신이 알고 있다고 해도 달라지는 게 뭐가 있단 말인가.

이해가 가질 않았다.

그런데 문득 예전에 서다래가 보던 자신의 모습도 이랬을까 하는 생각이 들었다.

그때였다.

서다은이 나지막한 목소리로 다시 말을 이었다.

"나요, 뭐라도 좋아요. 대용품이라 해도 상관없어요. 어떤 이름으로 불린대도 아저씨 곁에 있고 싶어요."

"너……."

이은호가 차마 말을 끝까지 내뱉지 못한 채 다시 입을 다물 때였다.

서다은이 다시 말했다.

"내가 마지막엔 진짜가 될 거거든요. 지금은 대용품이라 불린다 해도 시간이 지나서 아저씨 마음에 언니가 사라지면 그땐 내가 주인공이 될 거예요. 믿어 봐요, 내가 꼭 그렇게 만들 거예요."

절절한 사랑을 고백 하는 건 서다은인데, 이상하게 그 말을 듣는 이은호가 문득 눈물이 나올 것 같았다. 이런 말을 하는 그녀의 심정을 누구보다 잘 알아서인지도 몰랐다.

자신이 당했던 거절을 누군가에게 똑같이 하고 있다는 생각을 지울 수가 없었다.

이은호가 아무런 말도 못한 채 우두커니 서 있자 서다은이 애써 밝은 미소를 지어 보이며 다시 입을 열었다.

"그러니까, 아저씨 나한테도 기회를 주세요. 네?"

사실 더 매몰차게 거절하는 게 맞았다. 분명 그게 옳은 행동일 것이다.

아마 이런 사이를 차윤성이나 서다래가 안다면. 아니, 다른 그 누가 안다고 해도 그리 축하받진 못할 것이다.

자신이 생각하는 것처럼 남들도 서다은을 그저 서다래의 대용품이라고 여길 테니까.

더구나 자신은 고양이과 수인족의 후계자.

방해물을 굳이 멀리서 찾을 필요 없었다.

하지만……

"아무도 누군가를 구해 주지 못해요. 은호 씨 스스로가 본인을 구해내야죠."

서다래가 이별을 통보하면서 자신에게 했던 말이 문득 머릿속에 떠올랐다.

'내가 나를 구한다라……'

어려운 말이었다.

그리고 지금까지 한 번도 시도해본 적 없는 것이기도 했다.

말없이 서 있던 이은호가 서다은을 지나쳐 자신의 집 현관문을 향해 다가갔다.

저벅저벅.

끼이익—

현관문이 열리는 소리를 들으며 서다은이 천천히 고개를 수그렸다. 숙인 그녀의 맑은 두 눈동자에는 눈물이 그렁그렁하게 맺혀갔다.

그때였다.

"뭐해?"

나지막이 들리는 이은호의 목소리에 그녀의 고개가 번쩍하고 들려졌다.

그러자 현관문을 열고 비스듬히 서서 자신을 바라보고 있는 이은호의 모습이 보였다.

"아직 네 말에 대답한 건 아니야. 하지만 일단 들어와. 네가 추위에 떨고 있는 꼴은 이제 그만 볼 생각이니까."

"아!"

서다은의 눈가에 맺힌 눈물이 보이자 이은호가 눈살을 찌푸리며 말했다.

"울면 방금한 말 취소한다."

"아, 아니에요!"

서다은이 소매로 눈가를 한 번 슥 문질러 눈물을 닦고는 방긋 웃어 보였다. 그러곤 이은호가 그 말을 취소할 새라 서둘러 현관 앞으로 걸어갔다.

"우와, 여기가 아저씨 집이에요?"

신이 난다는 듯이 들어가는 서다은의 뒷모습을 보며 이은호 가 자신도 모르게 피식하고 웃어버렸다.

앞으로 어떻게 될지는 모르겠지만 자신의 감정을 속이지는 않을 생각이었다.

지금 와서 생각해 보면 차라리 서다래가 행복해서 다행이었 다. 분명 차윤성의 옆에서 세상 누구보다 행복하게 살 테니까 지 금 마음속에 남아 있는 미련도 언젠간 놓아 버릴 수 있겠지.

이은호는 조금이라도 자신이 행복해지는 길을 찾기 위해 노 력해볼 생각이었다.

그리고 오늘이 바로 그 첫 번째 날이었다.